AF552924

प्रतिनिधि कहानियाँ

प्रतिनिधि कहानियाँ

इस्मत चुग़ताई

राजकमल प्रकाशन

ISBN : 978-81-7178-386-1

मूल्य : ₹ 395

पहला संस्करण : 1994
छठा संस्करण : 2023

प्रकाशक : राजकमल प्रकाशन प्रा.लि.
1-बी, नेताजी सुभाष मार्ग, दरियागंज
नई दिल्ली-110 002
शाखाएँ : अशोक राजपथ, साइंस कॉलेज के सामने, पटना-800 006
पहली मंजिल, दरबारी बिल्डिंग, महात्मा गांधी मार्ग, प्रयागराज-211 001
वेबसाइट : www.rajkamalprakashan.com
ई-मेल : info@rajkamalprakashan.com

मुद्रक : बी.के. ऑफसेट
नवीन शाहदरा, दिल्ली-110 032

PRATINIDHI KAHANIYAN
Representative Stories of Ismat Chughtai

क्रम

दो हाथ

राम अवतार लाम पर से वापस आ रहा था। बूढ़ी मेहतरानी अब्बा मियाँ से चिट्ठी पढ़वाने आयी थी। राम अवतार को छुट्टी मिल गयी। जंग ख़त्म हो गयी थी न, इसलिए राम अवतार तीन साल बाद वापस आ रहा था। बूढ़ी मेहतरानी की चीपड़-भरी आँखों में आँसू टिमटिमा रहे थे। मारे शुकरगुज़ारी के वह दौड़-दौड़कर सबके पाँव छू रही थी; जैसे उन पैरों के मालिकों ने ही उसका इकलौता पूत लाम से ज़िन्दा, सलामत मँगवा लिया।

बुढ़िया पचास बरस की होगी, पर सत्तर की मालूम होती थी। दस-बारह कच्चे-पक्के बच्चे जने, उनमें से बस रामअवतरवा बड़ी मन्नतों, मुरादों से जिया था। अभी उसकी शादी रचाये साल-भर भी नहीं बीता था कि राम अवतार की पुकार आ गयी। मेहतरानी ने बहुत बावेला मचाया, मगर कुछ न चली और जब राम अवतार वर्दी पहनकर आख़िरी बार उसके पैर छूने आया तो वह उसकी शानो-शौकत से बेइन्तहा मरगूब हुई। जैसे वह करनल ही तो हो गया था!

शागिर्दपेशे में नौकर मुस्करा रहे थे। राम अवतार के आने के बाद जो ड्रामा होने की उम्मीद थी, सब उसी पर आस लगाये बैठे थे। हालाँकि राम अवतार लाम पर तोप-बन्दूक छोड़ने नहीं गया था, फिर भी सिपाहियों का मैला उठाते-उठाते उसमें कुछ सिपाहियाना आन-बान और अकड़ पैदा हो गयी थी। भूरी वर्दी डाटकर वह पुराना रामअवतरवा वाक़ई न रहा होगा। नामुमकिन है, वह गोरी की करतूत सुने और उसका जवान ख़ून हतक से खौल न उठे।

ब्याहकर आयी तो क्या मुसमसी थी गोरी। जब तक राम अवतार रहा,

उसका घूँघट फुट-भर लम्बा रहा और किसी ने उसके रुख़ पर नूर का जलवा न देखा। जब ख़सम गया तो कैसी बिलख-बिलखकर रोयी थी; जैसे उसकी माँग का सिन्दूर हमेशा के लिए उड़ रहा हो। थोड़े दिन रोयी-रोयी आँखें लिये, सर झुकाये मैले की टोकरी ढोती फिरी। फिर आहिस्ता-आहिस्ता उसके घूँघट की लम्बाई कम होने लगी।

कुछ लोगों का ख़याल है कि यह सारा बसन्त रुत का किया धरा है। कुछ साफ़गो कहते थे, गोरी थी ही छिनाल। राम अवतार के जाते ही क़यामत हो गयी। कम्बख़्त हर वक़्त ही-ही, हर वक़्त इठलाना। कूल्हे पर मैले की टोकरी लेकर, काँसे के कड़े छनकाती जिधर से निकल जाती, लोग बदहवास हो जाते। धोबी के हाथ से साबुन की पट्टी फिसलकर हौज में गिर जाती। बावर्ची की नज़र तवे पर सुलगती हुई रोटी से उचट जाती। भिश्ती का डोल कुएँ में डूबता ही चला जाता। चपरासियों तक की बिल्ला लगी पगड़ियाँ ढीली होकर गर्दन में झूलने लगतीं। और जब ये सरापा क़यामत घूँघट में से बान फेंकती गुज़र जाती तो पूरा शागिर्दपेशा एक बेजान लाश की तरह सकते में रह जाता। फिर एकदम चौंककर वह एक-दूसरे की दुर्गति पर तानाज़नी करने लगते। धोबन मारे गुस्से के कलफ़ की कूँडी लौट देती। चपरासन छाती से चिमटे लौंडे को बेबात धमूके जड़ने लगती और बावर्ची की तीसरी बीवी पर हिस्टीरिया का दौरा पड़ जाता।

नाम की गोरी थी, पर कम्बख़्त स्याह बहुत थी। जैसे उल्टे तवे पर किसी फूहड़िया ने पराठे तलकर उसे चमकता हुआ छोड़ दिया हो। चौड़ी फुकना-सी नाक, फैला हुआ दहाना, दाँत माँजने का उसकी सात पुश्त ने फैशन ही छोड़ दिया था। आँखों में काजल थोपने के बाद भी दायीं आँख का भैंगापन ओझल न हो सका। फिर भी टेढ़ी आँख से न जाने कैसे ज़हर में बुझे तीर फेंकती थी कि निशाने पर बैठ ही जाते थे। कमर भी लचकदार न थी, ख़ासी कुठला-सी थी। जूठन खा-खाकर दुम्बा हो रही थी। चौड़े भैंस के-से खुर; जिधर से निकल जाती कड़वे तेल की सड़ाँध छोड़ जाती। हाँ, आवाज़ में बला की कूक थी। तीज-त्योहार पर लहककर कजरियाँ गाती तो उसकी आवाज़ सबसे ऊँची लहराती चढ़ती चली जाती।

बुढ़िया मेहतरानी, यानी उसकी सास बेटे के जाते ही उससे बेतरह बदगुमान हो गयी। बैठे-बिठाये एहतियातन गालियाँ दे देती। उस पर नज़र

रखने के लिए पीछे-पीछे फिरती। मगर बुढ़िया अब टूट चुकी थी। चालीस बरस मैला ढोने से उसकी कमर मुस्तकिल तौर पर एक तरफ लचककर वहीं थम गयी थी। हमारी पुरानी मेहतरानी थी। हम लोगों के आँवल नाल उसी ने गाड़े थे। ज्यों ही अम्माँ के दर्द लगते, मेहतरानी दहलीज़ पर आकर बैठ जाती और बाज़ वक़्त लेडी डाक्टर तक को निहायत मुफ़ीद हिदायतें देती। बलाइयात को दफ़ा करने के लिए कुछ तावीज़ भी लाकर पट्टी से बाँध देती। मेहतरानी की घर में ख़ासी बुज़ुर्गाना हैसियत थी।

इतनी लाडली मेहतरानी की बहू यकायक लोगों की आँखों में काँटा बन गयी। चपरासन और बावर्चन की तो बात और थी, हमारी अच्छी-भली भावजों का माथा उसे इठलाते देखकर ठिनक जाता। अगर वह उस कमरे में झाड़ू देने जाती, जिनमें उनके मियाँ होते तो वे बड़बड़ाकर दूध पीते बच्चे के मुँह से छाती छीनकर भागतीं कि कहीं वह डायन उनके शौहरों पर टोना-टोटका न कर रही हो।

गोरी क्या थी, बस एक मरखना लम्बे-लम्बे सींगोंवाला बिजार था, कि छुट्टा फिरता था। लोग अपने काँच के बरतन-भाँड़े दोनों हाथों से समेटकर कलेजे से लगाते और जब हालात ने नाज़ुक सूरत पकड़ी तो शागिर्दपेशे की महिलाओं का एक बाक़ायदा वफ़द अम्माँ के दरबार में हाज़िर हुआ। बड़े जोर-शोर से ख़तरा और उसके खौफ़नाक नताइज पर बहस हुई। पति-रक्षा की एक कमेटी बनायी गयी, जिसमें सब भावजों ने शदो-मद से वोट दिये और अम्माँ को सदरे-एज़ाज़ी का ओहदा सौंपा गया। सारी ख़वातीन हसबेमरातब[1] ज़मीन, पीढ़ियों और पलँग की अदवाइन पर बैठीं। पान के टुकड़े तकसीम हुए और बुढ़िया को बुलाया गया। निहायत इत्मीनान से बच्चों के मुँह में दूध देकर सभा में ख़ामोशी क़ायम की गयी और मुक़द्दमा पेश हुआ।

"क्यों री चुड़ैल, तूने कामुक बहू को छूट दे रखी है कि हमारी छातियों पर कोदो दले, इरादा क्या है तेरा? क्या मुँह काला करायेगी?"

मेहतरानी तो भरी ही बैठी थी, फूट पड़ी—"क्या करूँ बेगम साहब, हरामखोर को चार चोट की मार भी दई मैं तो, रोटी भी खाने को ना दई, पर राँड मेरे तो बस की नहीं।"

---

1. स्तर के अनुकूल।

"अरे रोटी की क्या कमी है उसे," बावर्चन ने ईंटा फेंका। सहारनपुर की खानदानी बावर्चन और फिर तीसरी बीवी। क्या तीहा था कि अल्लाह की पनाह! फिर चपड़ासन, मालन और धोबन ने मुक़द्दमे को और संगीन बना दिया। बेचारी मेहतरानी बैठी सबकी लताड़ सुनती और अपनी ख़ारिशज़दा पिण्डलियाँ खुजलाती रही।

"बेगम साहब, आप जैसी बताओ वैसी करने से मोय ना थोड़ेई, पर का करूँ, का राँड का टेंटुआ दबाये देवँ?"

टेंटुआ दबने के हसीन ख़याल से महिलाओं में मसर्रत की एक लहर दौड़ गयी और सबको बुढ़िया से बेइन्तहा हमदर्दी पैदा हो गयी।

अम्माँ ने राय दी, "मुई को मैके फिंकवा दे।"

"ए बेगम साहब, कहीं ऐसा हो सके है?" मेहतरानी ने बताया कि बहू मुफ़्त हाथ नहीं आयी है। सारी उमर की कमाई पूरे दो सौ झोंके हैं, तब मुसटण्डी हाथ आयी है। इतने पैसों में तो दो गाय आ जातीं, मजे से भर-कलसी दूध देतीं। पर ये राँड तो दुलत्तियाँ ही देती है। अगर इसे मैके भेज दिया गया तो इसका बाप इसे फौरन दूसरे मेहतर के हाथ बेच देगा। बहू सिर्फ बेटे के बिस्तर की ज़ीनत ही तो नहीं, दो हाथोंवाली है पर चार आदमियों का काम निपटाती है। राम अवतार के जाने के बाद बुढ़िया से इतना काम क्या सँभलता। ये बुढ़ापा तो अब बहू के दो हाथों के सदके में बीत रहा है।

महिलाएँ कोई नासमझ न थीं। मामला एख़लाकियात से हटकर इक़्तिसादियात पर आ गया था। वाक़ई बहू का वजूद बुढ़िया के लिए लाज़िमी था। दो सौ रुपये का माल, किसका दिल है कि फेंक दे। उन दो सौ के अलावा ब्याह पर जो बनिये से लेकर खर्च किया था, जजमान खिलाये थे, बिरादरी को राजी किया था, ये सारा खर्चा कहाँ से आयेगा। राम अवतार को जो तनख़्वाह मिलती थी, वह सारी उधार में डूब जाती थी। ऐसी मोटी-ताजी बहू अब तो चार सौ से कम में न मिलेगी। पूरी कोठी की सफाई के बाद, और आसपास की चार कोठियाँ निपटाती है। राँड काम में चौकस है वैसे।

फिर भी अम्माँ ने अल्टीमेटम दे दिया कि अगर इस लुच्ची का जल्द-अज़-जल्द कोई इन्तज़ाम न किया गया तो कोठी के अहाते में नहीं रहने दिया जायेगा।

बुढ़िया ने बहुत बावेला मचाया और जाकर बहू को मुँह भर-भरकर

गालियाँ दीं। झोंटे पकड़कर मारा-पीटा भी। बहू उसकी ज़रखरीद थी; पिटती रही, बड़बड़ाती रही और दूसरे दिन सारे मामले की धज्जियाँ बिखेर दीं। बावर्ची, भिश्ती, धोबी और चपरासियों ने तो अपनी बीवियों की मरम्मत की। यहाँ तक कि बहू के मामले पर मेरी मोहज़्ज़ब भाभियों और शरीफ़ भाइयों में भी खटपट। भाभियों के मैके तार जाने लगे। ग़रज़ बहू हरे-भरे खानदान के लिए सुई का काँटा बन गयी।

मगर दो-चार दिन के बाद बूढ़ी मेहतरानी के देवर का लड़का रतीराम अपनी ताई से मिलने आया, फिर वहीं रह पड़ा। दो-चार कोठियों में काम बढ़ गया था सो वह भी उसने सँभाल लिया। अपने गाँव में आवारा ही तो घूमता था। उसकी बहू अभी नाबालिग थी, इसलिए गौना नहीं हुआ था।

रतीराम के आते ही मौसम एकदम लौट-पौटकर बिल्कुल ही बदल गया। जैसे घनघोर घटाएँ हवा के झोंकों के साथ तितर-बितर हो गयीं। बहू के क़हक़हे ख़ामोश हो गये। काँसे के कड़े गूँगे हो गये। और जैसे गुब्बारे से हवा निकल जाये तो वह चुपचाप झूलने लगता है, ऐसे, बहू का घूँघट झूलते-झूलते नीचे की तरफ बढ़ने लगा। अब वह बजाये बे-नथे बैल के, निहायत शर्मीली बहू बन गयी। जुमला महिलाओं ने इंतमीनान का साँस लिया। स्टाफ के मर्दुए उसे छेड़ते भी तो वह छुईमुई की तरह लजा जाती और ज़्यादा आँख दिखाते तो वह घूँघट में से भैंगी आँख को और तिरछा करके रतीराम की तरफ देखती, जो फौरन बाज़ू खुजलाता सामने आकर डट जाता। बुढ़िया पुरसुकून अन्दाज़ में दहलीज़ पर बैठी अधखुली आँखों से यह आनन्ददायक ड्रामा देखती और गुड़गुड़ी पिया करती। चारों तरफ ठण्डा-ठण्डा सुकून छा गया, जैसे फोड़े का मवाद निकल गया हो।

मगर अब बहू के खिलाफ़ एक नया महाज़ क़ायम हो गया और वह अमले की मर्द ज़ात पर मुश्तमिल था। बात-बेबात बावर्ची, जो उसे पराठे तलकर दिया करता था, कूँडी साफ न करने पर गालियाँ देने लगा। धोबी को शिकायत थी कि वह कलफ लगाकर कपड़े रस्सी पर डालता है, ये हरामज़ादी ख़ाक उड़ाने आ जाती है। चपरासी मरदाने में दस-दस मर्तबा झाड़ू दिलवाते फिर भी वहाँ की ग़लाज़त का रोना रोते रहते। भिश्ती जो उसके हाथ धुलाने के लिए कई मश्कें लिये तैयार रहता था; अब घण्टों सहन में छिड़काव करने को कहती, मगर टालता रहता ताकि वो सूखी ज़मीन पर झाड़ू दे तो चपरासी गर्दा उड़ाने के

जुर्म में उसे गालियाँ दे सके।

मगर बहू सिर झुकाये सबकी डाँट-फटकार एक कान सुनती दूसरे कान उड़ा देती। न जाने सास से क्या जाकर कह देती कि वह काँय-काँय करके सबका भेजा चाटने लगती। अब उसकी नज़र में बहू निहायत पारसा और नेक हो चुकी थी।

फिर एक दिन दरोगाजी दाढ़ीवाले, जो तमाम नौकरों के सरदार थे और अम्माँ के ख़ास मुशीर समझे जाते थे, अब्बा के हुज़ूर में दस्तबस्ता हाज़िर हुए और उस भयानक बदमाशी और ग़लाज़त का रोना रोने लगे जो बहू और रतीराम के नाजायज़ तअल्लुक़ात से सारे शागिर्दपेशे को गन्दा कर रही थी। अब्बा ने मामला सेशन सुपुर्द कर दिया—यानी अम्माँ को पकड़ा दिया। महिलाओं की सभा फिर से जुड़ी और बुढ़िया को बुलाकर उसके लत्ते लिये गये।

"अरी निगोड़ी, खबर भी है तेरी ये कामुक बहू क्या गुल खिला रही है ?"

मेहतरानी ने ऐसे चुँधराकर देखा जैसे कुछ नहीं समझती गरीब, कि किसका ज़िक्र हो रहा है ! और जब उसे साफ़-साफ़ बताया गया कि चश्मदीद गवाहों का कहना है कि बहू और रतीराम के तअल्लुकात नाजायज़ हद तक खराब हो चुके हैं, दोनों बहुत ही क़ाबिले-एतराज़ हालात में पकड़े गये हैं, तो उस पर बुढ़िया बजाय अपनी बेहतरी चाहनेवालों का शुक्रिया अदा करने के बहुत चराग़-पा हुई, बड़ी बावेला मचाने लगी कि रामअवतरवा होता तो उन लोगों की ख़बर लेता जो उसकी मासूम बहू पर तोहमत लगाते हैं। बहू निगोड़ी तो अब चुपचाप रामअवतार की याद में आँसू बहाया करती है। कामकाज भी जान तोड़कर करती है। किसी को शिकायत नहीं होती। ठठोल भी नहीं करती। लोग उसके नाहक दुश्मन हो गये हैं। बहुत समझाया मगर वह तो मातम करने लगी कि सारी दुनिया इसकी जान की लागू हो गयी है। आखिर बुढ़िया और उसकी मासूम बहू ने लोगों का क्या बिगाड़ा है। वह तो किसी के लेने में न देने में। आज तक उसने किसी का भाँडा नहीं फोड़ा, उसे क्या ज़रूरत जो किसी के फटे में पैर घुसाती फिरे। कोठियों के पिछवाड़े क्या नहीं होता ? मेहतरानी से किसी का मैला नहीं छुपता। इन बूढ़े हाथों ने बड़े लोगों के गुनाह दफ़न किये हैं। ये दो हाथ चाहें तो रानियों के तख़्त उलट दें। पर नहीं, उसे किसी से बुग़्ज़ नहीं। अगर उसके गले पर छुरी दबायी गयी तो शायद ग़लती हो जाये, वैसे वह किसी के राज़ अपने बूढ़े कलेजे से बाहर नहीं निकलने देगी।

उसका तीहा देखकर फौरन छुरी दबानेवालों के हाथ ढीले पड़ गये। सारी महिलाएँ उसको पुचकारने लगीं। बहू कुछ भी करती थी, उनके अपने क़िले तो महफ़ूज़ थे, तो फिर शिकायत कैसी ? फिर कुछ दिन के लिए बहू के इश्क़ की चर्चा कम होने लगी। लोग कुछ भूलने लगे। मगर ताड़नेवालों ने ताड़ लिया कि कुछ दाल में काला है। बहू का भारी-भरकम जिस्म भी दाल में काले को ज़्यादा न छुपा सका और लोग बुढ़िया को समझाने लगे। मगर उस नये मौज़ूँ पर बुढ़िया बिल्कुल उड़नघाइयाँ बताने लगी। बिल्कुल ऐसी बन गयी, जैसे एकदम ऊँचा सुनती हो। अब वह ज़्यादातर खाट पर लेटी बहू और रतीराम पर हुक्म चलाया करती। कभी खाँसती-छींकती बाहर धूप में आ बैठती तो वह दोनों उसकी ऐसी देख-रेख करते, जैसे वह कोई पटरानी हो।

भली बीवियों ने उसे खूब समझाया—रतीराम का मुँह काला कर और इससे पहले कि राम अवतार लौटकर आये, बहू का इलाज करवा डाल। वह ख़ुद इस फ़न में माहिर थी। दो दिन में सफ़ाई हो सकती थी। मगर बुढ़िया ने कुछ समझकर ही न दिया। बिल्कुल इधर-उधर की शिकायतें करने लगी कि उसके घुटनों में पहले से ज़्यादा ऐंठन होती है। नीज़ (और कि) कोठियों में लोग बहुत ही ज़्यादा बादी चीज़ें खाने लगे हैं। किसी-न-किसी कोठी में दस्त लगे ही रहते हैं। उसकी टाल-मटोल पर जलकर नासेहीन (उपदेशक) मरमण्ड हो गये। माना कि बहू औरत ज़ात है, नादान है, भोली—बड़ी-बड़ी शरीफ़जादियों से ख़ता हो जाती है, लेकिन उनकी आला ख़ानदान की मोअज़्ज़ज़ सासें यों कान में तेल डालकर नहीं बैठ जातीं। पर न जाने यह बुढ़िया क्यों सठिया गयी है। जिस बला को वह बुढ़िया बड़ी आसानी से कोठी के कूड़े की तह में दफ़न कर सकती थी, उसे आँखें मीचे पलने दे रही है।

राम अवतार के आने का इन्तज़ार था। हर वक़्त धमकियाँ तो देती रहती थी—"आन दे रामअवतरवा का, कहाँगी, तोरी हड्डी-पसली एक कर दैहे।"

और अब रामअवतरवा लाम पर से ज़िन्दा वापस आ रहा था। फ़िज़ा ने साँस रोक ली थी। लोग एक मुहीब हंगामे के मुन्तज़िर थे।

मगर लोगों को सख़्त कोफ़्त हुई जब बहू ने लौंडा जना। बजाय उसे ज़हर देने के बुढ़िया की मारे खुशी के बाँछें खिल गयीं। राम अवतार के जाने के दो साल बाद पोता होने पर वह क़तई आश्चर्यचकित न थी। घर-घर फटे-पुराने कपड़े और बधाई समेटती फिरी। उसका भला चाहनेवालों ने उसे हिसाब

लगाकर बहुत समझाया कि लौंडा राम अवतार का हो ही नहीं सकता, मगर बुढ़िया ने क़तई समझकर न दिया। उसका कहना था, 'असाढ़ में राम अवतार लाम पर गया, जब बुढ़िया पीली कोठी के नये अंग्रेजी वज़ा के संडास में गिर पड़ी थी, अब चैत लग रहा है और जेठ के महीने में बुढ़िया को लू लगी थी मगर बाल-बाल बच गयी थी। जभी से उसके घुटनों का दर्द बढ़ गया। बैदजी पूरे हरामी हैं, दवा में खड़िया मिलाकर देते हैं।' इसके बाद वह बिल्कुल असल सवाल से हटकर खेलाऊँ की तरह औल-फौल बकने लगती। किसके दिमाग़ में इतना बूता था कि वह बात उस बुढ़िया को समझाता, जिसे न समझने का वह फैसला कर चुकी थी।

लौंडा पैदा हुआ तो उसने राम अवतार को चिट्ठी लिखवायी—"राम अवतार को बाद चुम्मा प्यार के मालूम हो कि यहाँ सब कुशल है और तुम्हारी कुशलता भगवान से नेक चाहते हैं और तुम्हारे घर में पूत पैदा हुआ है। सो तुम इस ख़त को तार समझो और जल्दी से आ जाओ।"

लोग समझते थे कि राम अवतार ज़रूर चिराग-पा होगा, मगर सब उम्मीदों पर ओस पड़ गयी, जब राम अवतार का मसर्रत से लबरेज़ ख़त आया कि वह लौंडे के लिए मोज़े और बनियाइन ला रहा है। जंग ख़त्म हो गयी और अब बस वह आने ही वाला है। बुढ़िया पोते को घुटनों पर लिटाये खाट पर बैठी राज किया करती। भला इससे ज़्यादा हसीन बुढ़ापा क्या होगा कि सारी कोठियों का काम तुरत-फुरत हो रहा हो, महाजन का सूद पाबन्दी से चुक रहा हो और घुटने पर पोता सो रहा हो।

खैर, लोगों ने सोचा राम अवतार आयेगा, असलियत मालूम होगी। अब राम अवतार जंग जीतकर आ रहा था। आख़िर सिपाही है, क्यों न ख़ून खौलेगा। लोगों के दिल धड़क रहे थे। शागिर्दपेशे की फ़िज़ा, जो बहू की तीताचश्मी की वजह से सो गयी थी, दो-चार ख़ून होने और नाकें कटने की आस में जाग उठी।

लौंडा साल-भर का होगा जब राम अवतार लौटा। शागिर्दपेशे में खलबली मच गयी। बावर्ची ने हाँडी में ढेर-सा पानी झोंक दिया, ताकि इत्मीनान से मुँहपीटे का लुत्फ़ उठाये। धोबी नें कलफ़ का बर्तन उतारकर मुँडेर पर रख दिया और भिश्ती ने डोल कुएँ के पास रख दिया। राम अवतार को देखते ही बुढ़िया उसकी कमर से लिपटकर चिंघाड़ने लगी, मगर दूसरे लम्हे खीसें काढ़े

लौंडे को राम अवतार की गोद में देकर ऐसे हँसने लगी, जैसे कभी रोयी ही न हो।

राम अवतार लौंडे को देखकर ऐसे शरमाने लगा, जैसे वही उसका बाप हो। झटपट उसने सन्दूक खोलकर सामान निकालना शुरू किया। लोग समझे, खुकरी या चाकू निकाल रहा है। मगर जब उसने उसमें से लाल बनियान और पीले मोज़े निकाले तो सारे अमले की कूव्वते-मरदाना पर ज़रब कारी लगी—हत्तेरी की, साला सिपाही बनता है, हींजड़ा ज़माने-भर का!

और बहू जैसे सिमटी-सिमटाई नयी-नवेली दुल्हिन ने काँसी की थाली में पानी भरकर राम अवतार के बदबूदार फ़ौजी बूट उतारे और चरन धोकर पिये।

लोगों ने राम अवतार को समझाया और उसे गावदी कहा, मगर वह गावदी की तरह खीसें काढ़े हँसता रहा, जैसे उसकी समझ में न आ रहा हो। रतीराम का गौना होनेवाला था, सो वह चला गया था।

राम अवतार की इस हरकत पर ताज्जुब से ज़्यादा लोगों ने ग़ुस्सा किया। हमारे अब्बा, जो आमतौर पर नौकरों की बातों में दिलचस्पी नहीं लिया करते थे, वह भी जज़-बज़ हो गये। अपनी सारी क़ानूनदानी का दाँव लगाकर राम अवतार को क़ायल करने पर तुल गये—

"क्यों बे, तू तीन साल बाद लौटा है न?"

"मालूम नहीं हजूर, थोड़ा कम-जियादा···इत्ता ही रहा होगा।"

"उधर लौंडा साल-भर का है।"

"इत्ता ही लगे है सरकार, पर बड़ा बदमास है ससुरा!" राम अवतार शरमाये।

"अबे तू हिसाब लगा ले।"

"जब···क्या लगाऊँ सरकार!" राम अवतार ने मरघिल्ली आवाज़ में कहा।

"उल्लू के पट्ठे, यह कैसे हुआ?"

"अब जे मैं का जानूँ सरकार, भगवान की देन है।"

"भगवान की देन! तेरा सर···यह लौंडा तेरा नहीं हो सकता।"

अब्बा ने उसे चारों ओर से घेरकर क़ायल करना चाहा कि लौंडा हरामी है, तो वह कुछ-कुछ क़ायल-सा हो गया। फिर वह मरी हुई आवाज़ में अहमकों की तरह बोला—

''तो अब का करूँ सरकार···हरामजादी को मैंने बड़ी मार दी।'' वह गुस्से से बिफरकर बोला।

''अबे उल्लू का पट्ठा है तू···निकाल बाहर क्यों नहीं करता कम्बख़्त को?''

''नहीं सरकार, कहीं ऐसा हो सके है?'' राम अवतार घिघियाने लगा।

''क्यों बे?''

''हजूर, ढाई-तीन सौ फिर दूसरी सगाई के लिए काँ से लाऊँगा और बिरादरी जिमाने में सौ-दो सौ अलग खर्च हो जायेंगे।''

''क्यों बे, तुझे बिरादरी क्यों खिलानी पड़ेगी? बहू की बदमाशी का तावान तुझे क्यों भुगतना पड़ेगा?''

''जे मैं न जानूँ सरकार, हमारे में ऐसा ही होवे है।''

''मगर लौंडा तेरा नहीं राम अवतार···उस हरामी रतीराम का है।'' अब्बा ने आजिज़ आकर समझाया।

''तो का हुआ सरकार···मेरा भाई होता है रतीराम, कोई गैर नहीं, अपना ही ख़ून है।''

''निरा उल्लू का पट्ठा है!'' अब्बा भिन्ना उठे।

''सरकार लौंडा बड़ा हो जावेगा, अपना काम समेटेगा।'' राम अवतार ने गिड़गिड़ाकर समझाया। ''वह दो हाथ लगायेगा, सो अपना बुढ़ापा तैर हो जायेगा।'' निदामत से राम अवतार का सर झुक गया।

और न जाने क्यों, एकदम राम अवतार के साथ अब्बा का भी सर झुक गया, जैसे उनके ज़ेहन पर लाखों-करोड़ों हाथ छा गये···ये हाथ हरामी हैं न हलाली। ये तो बस जीते-जागते हाथ हैं जो दुनिया के चेहरे से ग़लाज़त धो रहे हैं, उसके बुढ़ापे का बोझ उठा रहे हैं।

ये नन्हें-मुन्ने मिट्टी में लिथड़े हुए स्याह हाथ धरती की माँग में सिन्दूर सजा रहे हैं।

बच्छू फूफी

जब पहली बार मैंने उन्हें देखा तो वह रहमान भाई के पहले मंज़िले की खिड़की में बैठी लम्बी-लम्बी गालियाँ और कोसने दे रही थीं। यह खिड़की हमारे सहन में खुलती थी और कानूनन उसे बन्द रखा जाता था, क्योंकि पर्देवाली बीवियों का सामना होने का डर था। रहमान भाई रण्डियों के जमादार थे। कोई शादी, ब्याह, ख़तना, बिस्मिल्लाह[1] की रस्म होती, रहमान भाई औने-पौने उन रण्डियों को बुला देते और ग़रीब के घर में भी वहीद जान, मुश्तरी बाई और अनवरी कहरवा नाच जातीं।

मगर मुहल्ले-टोले की लड़कियाँ-बालियाँ उनकी नज़र में अपनी सगी माँ-बहनें थीं। उनके छोटे भाई बुन्दू और गेंदा आये दिन ताक-झाँक के सिलसिले में सर-फुटव्वल किया करते थे। वैसे रहमान भाई मुहल्ले की नज़रों में कोई अच्छी हैसियत नहीं रखते थे। उन्होंने अपनी बीवी की ज़िन्दगी ही में अपनी साली से जोड़-तोड़ कर लिया था। उस यतीम साली का सिवाय उस बहन के और कोई मरा-जीता न था। बहन के हाल पड़ी थी; उसके बच्चे पालती थी। बस दूध पिलाने की कसर थी, बाकी सारा गू-मूत वही करती थी। और फिर किसी नकचढ़ी ने उसे बहन के बच्चे के मुँह में एक दिन छाती देते देख लिया। भाँडा फूट गया और पता चला कि बच्चों में आधे बिल्कुल खाला की सूरत पर हैं। घर में रहमान की दुल्हिन चाहे बहन की दुर्गत बनाती हों, पर कभी पंचों में इकरार न किया। यही कहा करती थीं—'जो कुँवारी को कहेगा उसके दीदे घुटनों के आगे आयेंगे।' हाँ, वर की तलाश में हरदम सूखा करती थीं, पर उस कीड़े-भरे कबाब को कहाँ जुड़ता? एक आँख में ये बड़ी कौड़ी-सी फुल्ली थी, पैर भी एक ज़रा छोटा था, कूल्हा दबाकर चलती थी।

सारे मुहल्ले से एक अजीब तरह का बॉयकाट हो चुका था। लोग, रहमान भाई से काम पड़ता तो, धौंस जमाकर कह देते—'मुहल्ले में रहने की इजाज़त दे रखी थी, यही क्या कम इनायत थी।' रहमान भाई उसी को अपनी इज़्ज़त-अफ़ज़ाई समझते थे। यही वजह थी कि वह हमेशा रहमान भाई की

1. विद्यारम्भ कराने की रस्म।

खिड़की में बैठकर तूल-तवील गालियाँ दिया करती थी। क्योंकि बाक़ी मुहल्ले के लोग अब्बा से दबते थे। मजिस्ट्रेट से कौन बैर मोल ले ! उस दिन पहली दफ़ा मुझे मालूम हुआ कि हमारी इकलौती सगी फूफी बादशाही ख़ानम हैं और ये लम्बी-लम्बी गालियाँ हमारे ख़ानदान को दी जा रही हैं ! अम्माँ का चेहरा फक था और वह अन्दर कमरे में सहमी बैठी थीं, जैसे बच्छू फूफी की आवाज़ उन पर बिजली बनकर टूट पड़ेगी। छटे-छमाहे इसी तरह बादशाही ख़ानम रहमान भाई की खिड़की में बैठकर हुंकारतीं। अब्बा मियाँ उनसे ज़रा-सी आड़ लेकर मज़े से आरामकुर्सी पर दराज़ अखबार पढ़ते रहते और मोतिया महल पर किसी लड़के-बाले के ज़रिये कोई ऐसी बात जवाब में कह देते कि फूफी बादशाही फरिश्ता-बयाँ छोड़ने लगतीं। हम लोग सब खेल-कूद, पढ़ना-लिखना छोड़कर सहन में गुच्छा बनाकर खड़े हो जाते और मुड़-मुड़कर अपनी प्यारी फूफी के कोसने सुना करते। जिस खिड़की में वह बैठी थीं, उनके तूल-तवील जिस्म से लबालब भरी हुई थी। अब्बा मियाँ से इतनी हमशक्ल थीं जैसे वही मूँछें उतारकर दुपट्टा ओढ़कर बैठ गये हों और बावजूद कोसने और गालियाँ सुनने के, हम लोग बड़े इत्मीनान से उन्हें तका करते थे।

साढ़े पाँच फुट का कद, चार अंगुल चौड़ी कलाई, शेर का-सा कल्ला, सफ़ेद बगुला बाल, बड़ा-सा दहाना, बड़े-बड़े दाँत, भारी-सी ठोढ़ी ! और आवाज़ तो माशाअल्लाह मियाँ से एक सुर नीची ही होगी।

फूफी बादशाही हमेशा सफ़ेद कपड़े पहना करती थीं। जिस दिन फूफा मसूद अली ने मेहतरानी के संग कुलेलें करनी शुरू कीं, फूफी ने बट्टे से सारी चूड़ियाँ छना-छन तोड़ डालीं। रँगा दुपट्टा उतार दिया और उस दिन से वह उन्हें 'मरहूम' या 'मरनेवाला' कहा करती थीं। मेहतरानी को छूने के बाद उन्होंने वो हाथ-पैर अपने जिस्म को न लगने दिये।

ये सानेहा ख़ासी जवानी में हुआ था और वह तब से 'रँडापा' झेल रही थीं। हमारे फूफा हमारी अम्माँ के चचा भी थे ! वैसे तो न जाने क्या घंपला था, मेरे अब्बा मेरी अम्माँ के चचा लगते थे और शादी से पहले जब वह छोटी-सी थीं तो मेरे अब्बा को देखकर उनका पेशाब निकल जाता था और जब उन्हें यह मालूम हुआ कि उनकी मँगनी इसी भयानक देव से होनेवाली है, तो उन्होंने अपनी दादी यानी अब्बा की फूफी की पिटारी से अफ़ीम चुराकर खा ली थी। अफ़ीम ज़्यादा नहीं थी और वह कुछ दिन लोट-पोटकर अच्छी हो गयीं। उन दिनों अब्बा

अलीगढ़ कालिज में पढ़ते थे। उनकी बीमारी की ख़बर सुनकर इम्तहान छोड़कर भागे। बड़ी मुश्किल से हमारे नाना, जो अब्बा के फूफीज़ाद भाई भी थे और बुज़ुर्ग दोस्त भी, उन्होंने समझा-बुझाकर वापस इम्तहान देने भेजा था। जितनी देर वह रहे, भूखे-प्यासे टहलते रहे। अधखुली आँखों से मेरी अम्माँ ने उनका चौड़ा-चकला साया पर्दे के पीछे बेक़रारी से तड़पते देखा।

''उमराव भाई ! अगर उन्हें कुछ हो गया तो…'' देव की आवाज़ लरज रही थी। नाना मियाँ खूब हँसे।

''नहीं बिरादर, ख़ातिर जमा रखो, कुछ न होगा।''

उस वक़्त मेरी मुन्नी-सी माँ एकदम औरत बन गयी थीं। उनके दिल से एकदम देवज़ाद इन्सान का ख़ौफ़ निकल गया था। जभी तो मेरी फूफी बादशाही कहती थीं, मेरी अम्माँ जादूगरनी हैं और उनका तो मेरे भाई से शादी से पहले ताल्लुक होकर पेट गिरा था। मेरी अम्माँ अपने जवान बच्चों के सामने जब ये गालियाँ सुनतीं तो ऐसी लबोर-लबोरकर रोतीं कि हमें उनकी मार फ़रामोश हो जाती और प्यार आने लगता। मगर वे गालियाँ सुनकर अब्बा की गम्भीर आँखों में परियाँ नाचने लगतीं। वह बड़े प्यार से नन्हें भाई के ज़रिये कहलवाते—

''क्यों फूफी, आज क्या खाया है ?''

''तेरी मैया का कलेजा।''

इस बेतुके जवाब से फूफी जलकर मरिन्दा हो जातीं ! अब्बा फिर जवाब दिलवाते—

''अरे फूफी, जभी मुँह में बवासीर हो गयी है, जुल्लाब लो जुल्लाब !''

वह मेरे नौजवान भाई की मचमचाती लाश पर कौवों, चीलों को दावत देने लगतीं।

उनकी दुल्हिन को, जो न जाने बेचारी इस वक़्त कहाँ बैठी अपने ख़याली दूल्हा के इश्क़ में लरज़ रही होगी, रँडापे की दुआएँ देतीं और मेरी अम्माँ कानों में उँगलियाँ देकर बड़बड़ातीं, ''जल तू जलाल तू, आयी बला को टाल तू।''

अब्बा फिर उकसाते और नन्हें भाई पूछते—

''फूफी बादशाही, मेहतरानी फूफी का मिज़ाज तो अच्छा है ?'' और हमें डर लगता कि कहीं फूफी खिड़की में से फाँद न पड़ें।

''अरे जा सँपोलिये, मेरे मुँह न लग, नहीं तो जूती से मुँह मसल दूँगी। ये

बुड्ढा अन्दर बैठा क्या लौंडों को सिखा रहा है । मुग़ल बच्चा है तो सामने आकर बात करे ।''

''रहमान भाई, ए रहमान भाई, इस बौरानी कुतिया को संखिया क्यों नहीं खिलाते ?'' अब्बा के सिखाने पर नन्हें भाई डरते हुए बोलते ! हालाँकि उन्हें डरने की कोई ज़रूरत तो न थी, क्योंकि सब जानते थे कि आवाज़ उनकी है मगर अलफ़ाज़ अब्बा मियाँ के हैं । लिहाजा गुनाह नन्हें भाई की जान पर नहीं । मगर फिर भी बिल्कुल अब्बा की शक्ल की फूफी की शान में कुछ कहते हुए उन्हें पसीने आ जाते थे ।

कितना ज़मीनो-आसमान का फ़र्क़ था हमारे ददिहाल और ननिहालवालों में ! ननिहाल हकीमों की गली में थी और ददिहाल गाड़ी बानों कटहड़े में । ननिहालवाले सलीम चिश्ती के ख़ानदान से थे, जिन्हें मुग़ल बादशाह ने मुर्शिद का मर्तबा देकर निजात का रास्ता पहचाना । हिन्दुस्तान में बसे उसे अरसा गुज़र चुका था, रंगत सँवला चुकी थी । नक़ूश नरम पड़ चुके थे, मिजाज़ ठण्डे हो गये थे ।

ददिहालवाले बाहर से सबसे आख़िरी खेप में आनेवालों में से थे । ज़हनी तौर पर अभी तक घोड़ों पर सवार मंज़िलें मार रहे थे । ख़ून में लावा दहक रहा था । खड़े-खड़े तलवार-जैसे नक़ूश, लाल फिरंगियों-जैसे मुँह, गोरिल्लों-जैसी कद्दो-कामत, शेरों-जैसी गरजदार आवाज़ें, शहतीर-जैसे हाथ-पाँव । और ननिहालवाले, नाज़ुक हाथ-पैरोंवाले, शायराना तबीयत के, धीमी आवाज़ में बोलने-चालने के आदी, ज़्यादातर हकीम, आलिम और मौलवी थे । जभी मुहल्ले का नाम हकीमों गली पड़ गया था । कुछ कारोबार में भी हिस्सा लेने लगे थे। शालबाफ़, ज़रदोज़ और अत्तार वग़ैरह बन चुके थे। हालाँकि मेरी ददिहालवाले ऐसे लोगों को कुँजड़े-कसाई ही कहा करते थे, क्योंकि वे ख़ुद ज़्यादातर फ़ौज में थे। वैसे मार-धाड़ का शौक अभी तक नहीं हुआ था। कुश्ती, पहलवानी, तैराकी में नाम पैदा करना, पंजा लड़ाना, तलवार और पट्टे के हाथ दिखाना और चौसर-पचीसी को, जो मेरी ननिहाल के मरग़ूबतरीन खेल थे, हींजड़ों के खेल समझते थे ।

कहते हैं जब आतिशफिशाँ (ज्वालामुखी) पहाड़ फटता है तो लावा वादी की गोद में उतर आता है, शायद यही वजह थी कि मेरे ददिहालवाले ननिहालवालों की तरफ खुद-ब-खुद खिचकर आ गये। यह मेल कब और

किसने शुरू किया, सब शजरे (वंश-वृक्ष) में लिखा है, मगर मुझे ठीक से याद नहीं। मेरे दादा हिन्दुस्तान में पैदा नहीं हुए थे। दादियाँ भी उसी ख़ानदान से ताल्लुक रखती थीं, मगर एक छोटी-सी बहन बिन-ब्याही थी; न जाने क्योंकर वह शेख़ों में ब्याह दी गयी। शायद मेरी अम्माँ के दाद ने मेरे दाद पर कोई जादू कर दिया था कि उन्होंने अपनी बहन, बकौल फूफी बादशाही, कुँजड़ों-कसाइयों में दे दी। अपने 'मरहूम' शौहर को गालियाँ देते वक़्त वह हमेशा अपने बाप को कब्र में चैन न मिलने की बद्दुआएँ दिया करतीं, जिन्होंने चुग़ताई ख़ानदान की मिट्टी पलीद कर दी।

मेरी फूफी के तीन भाई थे—मेरे ताया, मेरे अब्बा मियाँ और मेरे चचा। दो उनसे बड़े थे और चचा सबसे छोटे थे। तीन भाइयों की एक लाड़ली बहन हमेशा की नखरीली और तुनकमिजाज थी। वह हमेशा तीनों पर रोब जमाती और लाड़ करवाती। बिल्कुल लौंडों की तरह पलीं। शाहसवारी, तीरअन्दाज़ी और तलवार चलाने की भी ख़ास मश्क थी। वैसे तो फैल-फालकर ढेर मालूम होती थीं, मगर पहलवानों की तरह सीना तानकर चलती थीं—सीना था भी चार औरतों जितना।

अब्बा मज़ाक में अम्माँ को छेड़ा करते—

''बेगम, बादशाही से कुश्ती लड़ोगी?''

''उई, तौबा मेरी!'' आलिम फ़ाज़िल बाप की बेटी, मेरी अम्माँ कान पर हाथ धरकर कहतीं। मगर वह नन्हें भाई से फौरन फूफी को चैलेंज भिजवाते।

''फूफी, हमारी अम्माँ से कुश्ती लड़ोगी?''

''हाँ-हाँ बुला अपनी अम्माँ को, आ जाइए खम ठोककर। अरे उल्लू न बना दूँ तो मिर्ज़ा करीम बेग की औलाद नहीं। बाप का नुत्फ़ा है तो बुला, बुला मुल्लाज़ादी को…'' और मेरी अम्माँ अपना लखनऊ का बड़े पाँयचों का पायजामा समेटकर कोने में दुबक जातीं।

''फूफी बादशाही, दादा मियाँ गँवार थे न! बड़े नानाजान उन्हें आमदनामा पढ़ाया करते थे।'' हमारे पड़नाना के दादाजान ने कभी दादा मियाँ को कुछ पढ़ा दिया होगा। अब्बा मियाँ छेड़ने को बात तोड़-मोड़कर कहलवाते।

''अरे वो ईस्तिजे का ढेला क्या मेरे बाबा को पढ़ाता, मुजावर कहीं का! हमारे टुकड़ों पर पलता था।'' यह सलीम चिश्ती और अकबर बादशाह के रिश्ते से हिसाब लगाया जाता। हम लोग, यानी चुग़ताई अकबर बादशाह के

ख़ानदान से थे, जिन्होंने मेरी ननिहाल के सलीम चिश्ती को पीर व मुर्शिद कहा था, मगर फूफी कहतीं, ''खाक पीर व मुरशिद की दुम ! मुजावर थे मुजावर ।''

तीन भाई थे मगर तीनों से लड़ाई हो चुकी थी और वह गुस्सा होतीं तो तीनों की धज्जियाँ बिखेर देतीं । बड़े भाई बड़े अल्लाहवाले थे, उन्हें फ़कीर और भिखमंगा कहतीं । हमारे अब्बा गवर्नमेंट सर्विस में थे, उन्हें गद्दार और अंग्रेजों का ग़ुलाम कहतीं । क्योंकि मुग़लशाही अंग्रेजों ने खत्म कर डाली, वर्ना आज 'मरहूम' पतली दाल के खानेवाले जुलाहे यानी मेरे फूफा के बजाय वह लाल किले में जेबुन्निसा की तरह अर्क गुलाब में गुसल फर्माकर किसी मुल्क के शहंशाह की मलका बनी बैठी होतीं । तीसरे, यानी चचा बड़े दस नम्बर के बदमाशों में से थे और सिपाही डरता-डरता मजिस्ट्रेट भाई के घर उनकी हाज़िरी लेने आया करता था । उन्होंने कई क़त्ल किये थे, डाके डाले थे, शराब और रण्डीबाज़ी में अपनी मिसाल आप थे । वह उन्हें डाकू कहा करती थीं, जो उनके करेक्टर को देखते हुए क़तई फुसफुसा लफ़्ज़ था ।

मगर जब वह अपने 'मरहूम' शौहर से ग़ुस्सा होतीं तो कहा करतीं, ''मुँहजले निगोड़ी, नाहटी नहीं हूँ । अगर छोटा सुन ले तो पल-भर में अँतड़ियाँ निकाल के हाथ में थमा दे, डाकू है डाकू... उससे बच गया तो मँझला मजिस्ट्रेट तुझे जेल में सड़ा देगा, सारी उमर चक्कियाँ पिसवायेगा और उससे भी बच गया तो बड़ा जो अल्लाहवाला है, तेरी आक़बत ख़ाक में मिला देगा । देख, मुग़ल बच्ची हूँ, तेरी अम्माँ की तरह शेखानी-फतानी नहीं ।'' मगर मेरे फूफा अच्छी तरह जानते थे कि तीनों भाई उन्हीं पर रहम खाते हैं और वे बैठे मुस्कराते रहते हैं । वही मीठी-मीठी ज़हरीली मुस्कराहट, जिसके ज़रिये मेरे ननिहालवाले ददिहालवालों को बरसों से जला रहे हैं ।

हर ईद-बकरीद को मेरे अब्बा मियाँ बेटों को लेकर ईदगाह से सीधे फूफी अम्माँ के यहाँ कोसने और गालियाँ सुनने जाया करते । वह फौरन पर्दा कर लेतीं और कोठरी में से मेरी जादूगरनी माँ और डाकू मामूँ को कोसने लगतीं । नौकर को बुलाकर सेवइयाँ भिजवातीं, मगर कहतीं, ''पड़ोसन ने भेजी हैं ।''

''इनमें ज़हर तो नहीं मिला है ?'' अब्बा छेड़ने को कहते । और फिर सारी ननिहाल के चीथड़े बिखर जाते ।

सेवइयाँ खाकर अब्बा ईदी देते, जो वह फौरन ज़मीन पर फेंक देतीं कि 'अपने सालों को दो, वही तुम्हारी रोटियों पर पले हैं ।'' और अब्बा चुपचाप

चले आते। वह जानते थे कि फूफी बादशाही वह रुपये घण्टों आँखों से लगाकर रोती रहेंगी। भतीजों को वह आड़ में बुलाकर ईदी देतीं।

''हरामज़ादो, अगर अम्माँ-अब्बा को बताया तो बोटियाँ काटकर कुत्तों को खिला दूँगी।''

अब्बा-अम्माँ को मालूम था कि लड़कों को कितनी ईदी मिली। अगर किसी ईद पर किसी वजह से अब्बा मियाँ न जा पाते तो पैग़ाम पर पैग़ाम आते।

''नुसरत ख़ानम बेवा हो गयी। चलो अच्छा हुआ, मेरा कलेजा ठण्डा हुआ।'' बुरे-बुरे पैग़ाम शाम तक आते ही रहते और फिर वह खुद रहमान भाई के कोठे पर से गालियाँ बरसाने आ जाती।

एक दिन ईद की सेवइयाँ खाते-खाते कुछ गर्मी से जी मितलाने लगा। अब्बा मियाँ को उल्टी हो गयी।

''लो बादशाही ख़ानम, कहा-सुना माफ करना, हम तो चले।'' बस अब्बा मियाँ ने कराहकर आवाज़ बनायी और फूफी लश्तम-पश्तम पर्दा फेंक छाती कूटती निकलीं। अब्बा को शरारत से हँसता देख उल्टे पाँव कोसती लौट गयीं।

''तुम आ गयीं बादशाही तो मल्कुल मौत भी घबराकर भाग गये, वर्ना हम तो आज खत्म ही हो जाते।'' अब्बा ने कहा। न पूछिए, फूफी ने कितने वज़नी कोसने दिये। उन्हें खतरे से बाहर देखकर बोलीं–

''अल्लाह ने चाहा बिजली गिरेगी, नाली में गिरकर दम तोड़ोगे, कोई मैयत को काँधा देनेवाला न बचेगा।''

अब्बा चिढ़ाने को उन्हें दो रुपये भिजवा देते, ''भई हमारी खानदानी डोमनियाँ गालियाँ दे दें तो उन्हें बेल (ज़मानत) तो मिलनी ही चाहिए।'' और वे बौखलाहट में कह जातीं–

''बेल दे अपनी अम्माँ-बहनिया को !'' और फिर अपना मुँह पीटने लगतीं। खुद ही कहतीं, ''ए बादशाही बन्दी, तेरे मुँह को कालिख लगे, अपनी मैयत आप पीट रही है।''

फूफी को असल में भाई से ही बैर था। बस उनके नाम पर आग लग जाती। वैसे कहीं अब्बा के बग़ैर अम्माँ नज़र आ जातीं तो गले लगाकर प्यार करतीं। प्यार से 'नच्छू-नच्छू' कर कहतीं– ''बच्चे तो अच्छे हैं ?''

वह बिल्कुल भूल जातीं कि ये बच्चे उसी बदज़ात भाई के हैं, जिसे वह अज़ल से अबद तक (आद्यन्त) कोसती रहेंगी। अम्माँ उनकी भतीजी भी तो

थीं। भई किस कदर घपला था। मेरी ददिहाल-ननिहाल में एक रिश्ते से मैं अपनी अम्माँ की बहन भी लगती थी। इस तरह मेरे अब्बा मेरे दूल्हा भाई भी होते थे। मेरी ददिहाल को ननिहालवालों ने क्या-क्या ग़म न दिये? ग़ज़ब तो तब हुआ जब मेरी फूफी की बेटी मुसर्रत ख़ानम ज़फ़र मामूँ को दिल दे बैठी। हुआ यह कि मेरी अम्माँ की दादी यानी अब्बा की फूफी जब लबे-दम हुईं तो दोनों तरफ के लोग तीमारदारी को पहुँचे। मेरे मामूँ भी अपनी दादी को देखने गये और मुसर्रत ख़ानम भी अपनी अम्माँ के साथ उनकी फूफी को देखने आयी।

बादशाही फूफी को कुछ डर-खौफ़ तो था नहीं। वह जानती थीं कि मेरे ननिहालवालों की तरफ़ से उन्होंने अपनी औलाद के दिल में इत्मीनान-बख़्श हद तक नफ़रत भर दी है और पन्द्रह बरस की मुसर्रत ख़ानम का अभी तन ही क्या था? अम्माँ के कूल्हे से लगकर सोती थीं। दूध-पीती ही तो उन्हें लगती थीं।

फिर जब मेरे मामूँ ने अपनी करंजी, शरबत-भरी आँखों से मुसर्रत जहाँ के लचकदार सरापे को देखा तो वहीं के वहीं जमकर रह गये।

दिन-भर बड़े-बूढ़े तीमारदारी करके थक-हारकर सो जाते तो ये फ़रमाबरदार बच्चे सिरहाने बैठे मरीज़ पर कम, एक-दूसरे पर ज़्यादा निगाह रखते। जब मुसर्रत जहाँ बर्फ़ में तर कपड़ा बड़ी बी के माथे पर बदलने को हाथ बढ़ातीं तो ज़फ़र मामूँ का हाथ वहाँ पहले से मौजूद होता।

दूसरे दिन बड़ी बी ने पट-से आँखें खोल दीं। लरज़ती-काँपती तकिये के सहारे उठ बैठीं। उठते ही सारे ख़ानदान के ज़िम्मेदार लोगों को तलब किया। जब सब जमा हो गये तो हुक्म हुआ, "क़ाज़ी को बुलवाओ।"

लोग परेशान कि बुढ़िया क़ाज़ी को क्यों बुला रही है, क्या आख़िरी वक़्त सुहाग रचायेगी? किसको दम मारने की हिम्मत थी।

"दोनों का निकाह पढ़ाओ।"

लोग चकराये, किन दोनों का? मगर उधर मुसर्रत जहाँ पट-से बेहोश होकर गिर गयीं और ज़फ़र मामूँ बौखलाकर बाहर चले। चोर पकड़े गये। निकाह हो गया। बादशाही फूफी सन्नाटे में रह गयीं।

हालाँकि कोई ख़तरनाक बात न हुई थी। दोनों ने सिर्फ़ हाथ पकड़े थे। मगर बड़ी बी के लिए बस यही हद थी।

फिर जो बादशाही फूफी को दौरा पड़ा है तो बस घोड़े और तलवार के बगैर

उन्होंने कुश्तों के पुश्ते लगा दिये। खड़े-खड़े बेटी-दामाद को निकाल दिया। मजबूरन अब्बा मियाँ दूल्हा-दुल्हन को अपने घर ले आये। अम्माँ तो चाँद-सी भाभी को देखकर निहाल हो गयीं। बड़ी धूम-धाम से वलीमा किया।

बादशाही फूफी ने उस दिन से फूफी का मुँह नहीं देखा। भाई से पर्दा कर लिया, मियाँ से पहले ही नाचती थीं। दुनिया से मुँह फेर लिया और एक ज़हर था कि उनके दिलो-दिमाग़ पर चढ़ता ही गया। ज़िन्दगी साँप के फन की तरह डसने लगी।

''बुढ़िया ने पोते के लिए मेरी बच्ची को फँसाने के लिए मक्कर गाँठा था।'' वह बराबर ही कहे जातीं, क्योंकि वाक़ई वह उसके बाद बीस साल तक और जीं। कौन जाने, ठीक ही कहती हों फूफी।

मरते दम तक बहन-भाई में मेल न हुआ। जब अब्बा मियाँ पर फालिज का चौथा हमला हुआ और बिल्कुल ही वक़्त आ गया तो उन्होंने फूफी बादशाही को कहला भेजा—''बादशाही ख़ानम, हमारा आख़िरी वक़्त है, दिल का अरमान पूरा करना हो तो आ जाओ।''

न जाने इस पैग़ाम में क्या तीर छुपे थे। भैया ने फेंके और बहनिया के दिल तराज़ू हो गये। हुलहुलाती, छाती कूटती, सफ़ेद पहाड़ की तरह भूचाल लाती हुई बादशाही ख़ानम उस ड्योढ़ी पर आ उतरीं, जहाँ अब तक उन्होंने क़दम नहीं रखा था।

''लो बादशाही, तुम्हारी दुआ पूरी हो रही है।''

अब्बा मियाँ तकलीफ में भी मुस्करा रहे थे। उनकी आँखें अब भी जवान थीं।

फूफी बादशाही, बावजूद बालों के, वही मुन्नी-सी बच्छू लग रही थीं, जो बचपन में भाइयों से मचल-मचलकर बात मनवा लिया करती थीं। उनकी शेर-जैसी खुर्राट आँखें एक मेमने की मासूम आँखों की तरह सहमी हुई थीं। बड़े-बड़े आँसू उनकी संगेमरमर की चट्टान-जैसे गालों पर बह रहे थे।

''हमें कोसो बच्छू बी।'' अब्बा ने प्यार से कहा। मेरी अम्माँ ने सिसकते हुए बादशाही ख़ानम से कोसने की भीख माँगी।

''या अल्लाह···या अल्लाह···'' उन्होंने गरजना चाहा, मगर काँपकर रह गयीं।

''या···या अल्लाह···मेरी उमर मेरे भैया को दे दे···या मौला···अपने रसूल

का सदक़ा···" वह उस बच्चे की तरह झुँझलाकर रो पड़ीं, जिसे सबक़ याद न हो।

सबके मुँह फ़क़ हो गये। अम्माँ के पैरों का दम निकल गया। या ख़ुदा, आज बच्छू फूफी के मुँह से भाई के लिए एक कोसना न निकला।

सिर्फ़ अब्बा मियाँ मुस्करा रहे थे, जैसे उनके कोसने सुनकर मुस्करा दिया करते थे।

सच है, बहिन के कोसने भाई को नहीं लगते। वह माँ के दूध में डूबे हुए होते हैं।

सास

सूरज कुछ ऐसे ज़ाविए पर पहुँच गया कि मालूम होता था छः-सात सूरज हैं जो ताक-ताककर बुढ़िया के घर में ही ग़र्मी और रौशनी पहुँचाने पर तुले हुए हैं। तीन दफ़ा खटोली धूप के रुख़ से घसीटी और ऐ लो, वह फिर पैरों पे धूप। और जो ज़रा ऊँघने की कोशिश की तो धमाधम और ठठोल की आवाज़ छत पर से आयी।

"ख़ुदा ग़ारत करे प्यारों पीटी को!"

सास ने बेहया बहू को कोसा, जो मुहल्ले के छोकरों के संग छत पर आँख-मिचौली और कबड्डी उड़ा रही थी।

"दुनिया में ऐसी बहुएँ हों तो कोई काहे को जिये! ऐ लो, दोपहर हुई और लाडो चढ़ गयीं कोठे पर। ज़रा-ज़रा-से छोकरे और छोकरियों का दल आन पहुँचा। फिर क्या मजाल है जो कोई आँख झपका सके।"

"बहू···क़ख···" बुढ़िया ने बलग़म-भरे हलक़ को खड़खड़ाकर कहा, "अरी ओ···बहू!"

"जी आयी!"

बहू ने बहुत-सी आवाज़ों के जवाब में कहा और फिर वही धमाधम···जैसे खोपड़ी पर भूत नाच रहे हैं।

"अरे तू आ चुकी, ख़ुदा समझे तुझसे!"

और धम-धम छन-छन करती बहू सीढ़ियों पर से उतरी और उसके पीछे कुत्तों की टोली। नंगे-अधनंगे, चेचक मुँह दाग़, नाकें सुड़सुड़ाते–कोई पौन दर्जन बच्चे। खी-खी, खी-खी, खों-खों···सब-के-सब खम्भों की आड़ में शरमा-शरमाकर हँसने लगे।

''इलाही, या तो इन हरामी पिल्लों को मौत दे या मेरी मिट्टी अज़ीज़ कर ले। न जाने ये उठाईगीरे कहाँ से मरने को आ जाते हैं···छोड़ दिये हैं जन-जनके हमारी छाती पर मूँग दलने को···''

बच्चे मुस्करा-मुस्कराकर एक-दूसरे को घूँसे दिखाते रहे।

''मैं कहती हूँ तुम्हारे घरों में क्या आग लग गयी है जो···''

''वाह, तुम तो मर गयी थीं'' बहू ने बशिरिया के कुहनी का टहोका देकर कहा।

बुढ़िया जुम्ले को अपनी तरफ़ मुख़ातिब समझकर तिलमिला उठी–

''झाड़ू फेरूँ तेरी सूरत पे, मरें तेरे होते-सोते, तेरे···''

''वाँ, हम तुम्हें कब कह रहे थे।'' बहू ने लाड से ठुनककर कहा।

मगर बुढ़िया कोसे गयी। और बच्चों को तो ऐसा आड़े हाथों लिया कि बिचारों को मुँह चुराके भागते ही बना, और बहू फसकड़ा मारकर बैठ गयी।

''दुनिया जहान में किसी की बहू-बेटियाँ यूँ लौंडों के साथ कुदकड़े लगाती होंगी? दिन है तो लौंढियार, रात है तो···''

सास तो ज़िन्दगी से तंग थी।

''ग़न-ग़न, ग़न-ग़न···''

बहू भिनभिनायी और तोते के पिंजरे में पंखे से तिनके निकाल-निकालकर डालने लगी।

''टें-टें!'' तोता चिंघाड़ा।

''खाकपड़ी, अब यह तोते को क्यों खाये लेती है?'' सास गुर्रायी।

''तो यह बोलता क्यों नहीं?'' बहू ने जवाब दिया।

''तेरी बला से! नहीं बोलता···तेरे बाप का खाता है?'' सास ने पहलू बदलकर कहा।

''हम तो इसे बुलायेंगे।'' बहू ने इठलाकर, तोते के पंजे में तिनका कोंचकर कहा।

''आँय···आँय···ऐ मैं कहती हूँ तेरा चीता (चित्त) ही पिघल गया है! अब

हटती है वहाँ से कि लगाऊँ…"

बुढ़िया ने धमकी-आमेज़ पहलू बदलकर कहा। और जब बहू ने और संगाया तो खटाई की शक्ल की जूती उठाकर ऐसी ताककर मारी कि घड़ौंची के नीचे सोये हुए कुत्ते के लगी; जो बिलबिलाकर भागा और बहू खिलखिलाकर हँसने लगी। बुढ़िया ने दूसरी जूती सँभाली और बहू खम्भे की आड़ में!

"आने दे असग़र के बच्चे को।"

"बच्चा!"

बहू को बच्चे के नाम पर बजाय शरमाने के हँसी दबानी पड़ी।

"थूः है तेरे जनम पर। ऐ और क्या, बच्चा भी आज को हो जाता जो कोई भागवान आती। जिस दिन से क़दम धरा, घर का घरवा हो गया।"

बहू और मुस्करायी और तोते का पिंजरा झकोल डाला।

"मैं कहती हूँ, यह तोते की जान को क्यों आ गयी है?"

"तो यह बोलता क्यों नहीं…हम तो इसे बुलायेंगे।"

बुढ़िया जलकर कोयला हो गयी, "यही ढंग रहे तो अल्लाह जानता है, दूसरी न कर लायी तो नाम नहीं!"

धूप ढलकर घड़ौंची और वहाँ से कँडेली पर पहुँची। सास बड़बड़ाती रही।

"मुए नफ़िक़ते बेटी को क्या जहेज़ दिया था…ऐ वाह क़ुर्बान जायँ, ख़ोली कड़े और मुलम्मा की बालियाँ और…"

"तो हम क्या करें?"

बहू फूहड़पने से बड़बड़ायी और खटोली पर पसरकर लेट गयी।

"और वो अलमुनियम के…" जम्हाई लेकर बुढ़िया ने पटारी पर सिर रखकर ज़रा टाँगें फैलाकर कहा।

और फिर सोने से पहले वह समधनों के घुटनों पर से घिसे हुए गुलबदन के पाजामों, फीके ज़र्दे और घुने हुए पायोंवाले जहेज़ के पलँग का ज़िक्र करती रही। मगर बेहया बहू आधी खटोली और आधी ज़मीन पर, लटककर सो भी गयी।

बुढ़िया की बड़बड़ाहट भी खर्राटों में न जाने कब बदल गयी।

असग़र ने छतरी को खम्भे से लगाकर खड़ा किया और कत्थई पछायेवाली नीली बास्कट को उतारकर कुर्ते से पसीने के आबशार पोंछते हुए दालान में क़दम रखा। पहले बड़ी एहतियात से एक शरीर (शरारती) बच्चे की तरह रूठकर सोयी हुई बुढ़िया पर नज़र डाली और फिर बहू पर। आमों और खरबूज़ों की पोटली को ज़मीन पर रखकर कुछ खुजाया और झुककर बहू की बाँह भींच दी।

''ऊँ!'' बहू त्योरियाँ चढ़ाकर ऐंठी और उसका हाथ झटक, मुड़कर सो गयी।

असग़र ने पोटली उठा ली। जेब में नयी चूड़ियों की पुड़िया टटोलता कोठरी में चला गया। बहू ने होशियार बिल्ली की तरह सिर उचकाकर बुढ़िया को देखा और दुपट्टा कढ़ेरती छपाक-से कोठरी में!

पसीने के शर्राटे चल निकले। मक्खियाँ आमों के छिलकों और कूड़े से नीयत भरके मुँह का मज़ा बदलने बुढ़िया के मुँह पर रेंगने लगीं। दो-चार ने बाँछों में बही हुई पीक को चखना शुरू किया। दो-चार आँखों के कोये में तन्दही से घुसने लगीं...।

कोठरी में से एक गड़गड़ाती हुई भारी आवाज़ और दूसरी चिनचिनाहट 'ऊँ-ऊँ' सुनायी देती रही। साथ-साथ खरबूज़ों के छिलकों और आमों के चिचोड़ने की चपड़-चपड़ आवाज़ सुकून को तोड़ती रही।

मक्खियों की चुहलों से दुखी होकर आख़िर बुढ़िया फड़फड़ा ही उठी। यह मक्खी ज़ात जी के साथ लगी थी। पैदा होते ही घुट्टी की चिपचिपाहट सूँघकर जो मक्खियाँ मुँह पर बैठना शुरू हुईं तो क्या सोते क्या जागते बस आँख, नाक और होंठों की तरह यह भी जिस्म का एक अज़ो बनकर साथ ही रहती थीं। और एक मक्खी तो न जाने सालहा-साल से उसकी दुश्मन हो गयी थी। जब लखनऊ में थी तब काटा, फिर जब उन्नाव गयी तो बरसात में फिर काटा, और लो सण्डीला में भी पीछा न छोड़ा। अगर बुढ़िया को मालूम होता कि उसे उसके जिस्म के कौन-से मख़सूस हिस्से से उंस है तो वह ज़रूर वह हिस्सा काटकर मक्खी को दे देती। मगर वह तो हर हिस्से पर टहलती थी। वह कभी-कभी ग़ौर से उसी ख़ास कटखनी मक्खी को देखती। वही चितले पर, टेढ़ी टाँगें और मटका-सा सिर। वह बड़े ताककर पंखे का झपाका मारती...मक्खी तिनन-तिनन करके रह गयी! आह माबूद (ख़ुदा)! उसे कितना अरमान था कि वह कभी तो उस मक्खी को मार सके! लँगड़ी ही कर दे। उसका बाज़ू मरोड़कर

मुर्गी की तरह गुड्डी बाँधकर डाल दे और मजे से पानदान के ढकने पर रखकर तड़पना देखे ! मगर ख़ुदा तो शायद उस मक्खी से भी शैतान की तरह क़ौल हारे बैठा था, कि बस सताये जाये। उसकी एक हक़ीर बन्दी को न जाने उससे क्या मज़ा आता है ? मगर उसे यक़ीन था कि उस दोज़ख़ी मक्खी का गरेबान ··· उस मक्खी की फ़रियाद ज़रूर उस कह्हार व जब्बार की हुज़ूर में लेकर जायेगी और ज़रूर फ़रिश्ते उसे खून-पीप पिलाकर काँटों पर सुलायेंगे ··· मगर फिर ··· क्या यह मूँडीकाटी मक्खियाँ भी जन्नत में जायेंगी ? सारी फ़ज़ा मुक़द्दर (गंदा) हो जायेगी ··· बुढ़िया ने पंखे की पतवार बनाकर छपाछप अपने मुँह, हाथ और सूखे पैरों को पीट डाला।

"बहू ! ऐ बहू ! मर गयी क्या ?" वह जलकर चिल्लायी।

और बहू तड़पकर कोठरी से निकली। दुपट्टा नदारद, गरेबान चाक, हाथ में आम की गुठली ··· जैसे किसी से कुश्ती लड़ रही हो ··· फिर फ़ौरन लौट गयी और दुपट्टा कन्धों पर डाले आँचल से हाथ पोंछती निकली।

"अरे बहू, मैं कहती हूँ ··· अरे दो बूँद हलक में पानी ···"

असग़र भी शलवार के पाँयचे झाड़ता, कुर्ते की पोटली से गर्दन रगड़ता आया।

"लो माँ, क्या खुशबूदार अमियाँ हैं।"

उसने बुढ़िया की गोद में पोटली डालकर कहा और खटोली पर आलती-पालती मारकर बैठ गया।

बुढ़िया आमों और खरबूज़ों को सूँघ-सूँघकर मक्खियों की नाइन्साफ़ी को भूल गयी, जो अब आमों की बोंडियों का मुआयना करने के लिए उसकी बाँछों से उतर आयी थीं।

"ऐ बहू, छुरी ···"

बहू ने गिलास देते हुए आमों का रस होठों पर से चाटा। असग़र ने पैर बढ़ाकर बहू की पिण्डली में बुक्चा भर लिया। पानी छलका और बुढ़िया गुर्रायी।

"अन्धी ! मेरे पाँव पर औंधाये देती है !"

और ऐसा खींचकर हाथ मारा कि गिलास मय भारी पेंदे के बहू के पैर पर। बहू ने दाँत किचकिचाकर असग़र को घूरा और चल दी तनतनाती।

"अम्माँ, लो पानी।" असग़र ने फ़रमाँबरदार बेटे की तरह कहा, "यह बहू

तो बड़ी वो हो गयी !"

"तुम्हीं देखो ।" बुढ़िया ने शिकायत की ।

"निकाल दो मार के हरामज़ादी को । अम्माँ, अब दूसरी लायें ··· यह तो ···" असग़र ने प्यार से बहू को देखकर कहा ।

"अरे ज़बान सँभाल कमीने !" बुढ़िया ने आम पिलपिलाकर कहा ।

"क्यों अम्माँ ? देखो न, खा-खाकर भैंस हो रही है ।"

उसने बुढ़िया की आँख बचाकर कमर में चुटकी भरके कहा और बहू ने छुरी मारने की धमकी देते हुए छुरी बुढ़िया के गट्टे पर पटक दी, जो तिलमिलायी ।

"देखती हो अम्माँ ? अब मारूँ चुड़ैल को ।"

और लपककर असग़र ने दिया धमोका बहू की पीठ पर और फ़रमाँबरदार बेटे की तरह फिर आलती-पालती मारकर बैठ गया ।

"खबरदार ! और सुनो, हाथ तोड़के रख दूँगी अबके जो तूने हाथ उठाया ।" बुढ़िया दुश्मन की तरफ़दारी करने लगी, "कोई लायी-भगायी है जो तू ··· ऐ, मैं कहती हूँ पानी ला दे ।" उसने एकदम फिर बहू पर बरसना शुरू किया ।

बहू खम्भे से लगकर मुँह थुथाकर बैठ गयी और गिलास से ज़ख़्मी हुए अँगूठे को दबा-दबाकर ख़ून निकालने लगी । बुढ़िया मजे से गुठलियाँ चिचोड़ा की । और फिर शकर का डब्बा देते वक़्त कुछ ऐसा बढ़ाके पाँव रखा कि ख़ून से लिथड़ा अँगूठा बुढ़िया ने देख ही लिया ।

"ओइ, यह ख़ून कैसा ?"

पर बहू रूठकर फिर खम्भे से लगकर बैठ गयी और ख़ून बहने दिया ।

"ऐ, मैं कहती हूँ इधर आ, देखूँ तो ख़ून कैसा है ? " बुढ़िया ने परेशानी छिपाकर कहा ।

बहू हिली भी नहीं ।

"देखो तो, कैसा जीता-जीता ख़ून निकल रहा है । असग़र, उठ तो ज़रा, उसके पैर पर ठण्डा पानी डाल ।"

सास भी गिरगिट होती है ।

"मैं तो नहीं डालता !" असग़र ने नाक सिकोड़कर कहा ।

"हरामज़ादे !"

बुढ़िया खुद घिसटती हुई उठी ।

''चल बेटी पलँग पर। ऐ, मैं कहती हूँ यह गिलास मुआ सवा सिपर का है। उस कमीने से कितना कहा, हल्का अलमुनियम का ला दे, मगर वह एक हरामख़ोर है। ले उठ ज़रा।''

बहू टस से मस न हुई, बल्कि कुहनी आगे करके झूठ-मूठ नाक दुपट्टे से पोंछने लगी।

''ला पानी डाल सुराही में से।''

और असग़र सीने पर पत्थर रखकर उठा।

बुढ़िया सूखे-सूखे लरजते हाथों से ख़ून धोने लगी। मगर यह मालूम करके कि बजाय ज़ख़्म पर पानी डालने के वह बहू के गरेबान में धार डाल रहा है और बहू इस ताक में है कि क़रीब आते ही असग़र का कान दाँतों से चबा डाले, वह एकदम बिखर गयी।

''ख़ाक पड़े तेरी सूरत पर!'' बुढ़िया ने असग़र के नंगे शाने (कन्धे) पर सूखे नेचे से बद्धियाँ डालकर कहा। और उसने एक सिसकी लेकर, जलकर सारा पानी बहू पर लौट दिया और खुद रूठकर आम खाने चला गया। माँ बेटे के लिए ढाई घड़ी की मौत आने का अरमान करने लगी।

''बदज़ात! ठहर जा, आने दे अपने चचा को, वह खाल उधेड़वाती हूँ कि बस...'' बुढ़िया ने मैली धज्जी की पट्टी बाँधकर कहा।

''ले, बस अब पलँग पर लेट जा।'' बुढ़िया ने ज़ख़्म को इन्तेहाई ख़तरनाक बनाकर कहा और फिर बहू के न हिलने पर खुद ही बोली–

''ऐ हाँ, ले असग़र बहू को खटोली पर पहुँचा दे।''

''मुझसे तो नहीं उठती यह मोटी भैंस की भैंस।'' असग़र जलकर बोला।

''अरे तेरे तो बाप से उठेगी! सुनता है कि अब...''

और जब वह फिर भी बैठा रहा तो बुढ़िया ख़ुद उठाने लगी।

''अम्माँ मैं आप उठ जाऊँगी।'' बहू ने बुढ़िया की गुदगुदियों से घबराकर कहा।

''नहीं बेटी, मैं...''

और उसने फिर असग़र की तरफ़ आँखें घुमाकर देखा, गोया कह रही है कि ठहर जाओ मियाँ, दूध न बख़्शूँगी।

असग़र भन्नाकर उठा और एक छपाके से बहू को उठाकर चला खटोली की तरफ़। बहू ने मौक़े की मुनासिबत से फ़ौरन फ़ायदा उठाकर उसी जगह दाँत

गाड़ दिये, जहाँ अभी सास का सूखा पंजा पड़ा था। और असग़र ने किचकिचाकर उसे खटोली पर पटक दिया और उसके सुर्ख-सुर्ख होंठ चुटकी से मसल दिये।

बहू नाक छुपा-छुपाकर फतेहमन्दाना तरीक़े से हँसती रही और असग़र अपने नील पड़े हुए कन्धे को सहला-सहलाकर गुर्राता रहा।

सास वज़ू के आख़िर मराहिल तय कर रही थी और आसमान की तरफ़ देख-देखकर कुछ बड़बड़ा रही थी। जाने क्या ? शायद बेहया बहू को कोस रही होगी।

छुईमुई

आरामकुर्सी रेल के डिब्बे से लगा दी गयी और भाभीजान ने कदम उठाया। "इलाही खैर !··· या गुलाम दस्तगीर··· बारह इमामों का सदक़ा। बिस्मिल्लाह-बिस्मिल्लाह··· बेटीजान, सँभल के··· क़दम थाम के··· पाँयचा उठा के··· सहज-सहज।" बी-मुग़लानी नक़ीब की तरह ललकारीं। कुछ मैंने घसीटा कुछ भाई साहब ने ठेला। ताबीज़ों और इमामज़ामिनों का इश्तेहार बनी भाभीजान तने हुए ग़ुब्बारे की तरह हाँफती सीट पर लुढ़क बैठीं।

"पाक-परवरदिगार ! तेरा शुक्र" बी-मुग़लानी के मुँह से और हमारे दिलों से निकला। बगैर हाथ-पैर हिलाये हाँफ जाने की आदत शायद वो साथ लेकर तो पैदा न हुई होंगी और न अन्नाओं, दायाओं की लाड-भरी गोदों में उनका अचार पड़ा। फिर भी औसत दर्जे की ख़ूबसूरत दुबली-पतली लड़की चन्द ही साल में फफोले की तरह नाज़ुक बन गयी। बात ये हुई कि सीधी माँ के कूल्हे से तोड़कर भाईजान के पलँग की ज़ीनत बना दी गयीं और वहाँ एक शगुफ़्ता फूल की तरह पड़े महकने के सिवा उन पर ज़िन्दगी का और कोई बार न पड़ा। बी-मुग़लानी शादी के दिन से उन्हें पालने-पोसने पर मुकर्रर कर दी गयीं। सुबह-सवेरे, यानी जब बड़े लोगों की सुबह होती है, सिलबची में मुँह धुलाकर वहीं मसहरी पर जोड़ा बदलकर चोटी कंघी, सोलह सिंगार करके भरपूर दिल्ली के नाश्ते का ख़्वान सामने चुन दिया जाता, जिसे साफ़ करके मेरी फूले-फूले

कल्लोंवाली भाभी हथेली पर ठुड्डी रखे बैठी मुस्कराया करतीं।

लेकिन ये मुस्कराहटें शादी के दूसरे ही साल फीकी पड़ गयीं और इनका सिलसिला हर वक़्त थूकने और कै करने में गुज़रने लगा। महकते हुए फूलों में लदी माहपारा के बजाय इसी रोग में मुब्तला बीवी को पाकर भाईजान भी बदलने लगे। मगर अम्माँ बेगम और बी-मुग़लानी के यहाँ तो जानो बहार आ गयी। पहले ही महीने से गँदीले पोतड़े इस ज़ोरो-शोर से सिलने लगे, जानो कल ही परसों में ज़च्चगी होनेवाली है। मारे तावीज़ों के जिस्म पर तिल धरने की जगह न रही। आये दिन के टोने-टोटके दम बुलाने लगे। वैसे ही भाभीजान के दुश्मन काहे को चलने-फिरने के शौक़ीन थे, अब तो बस करवट भी लें तो मुग़लानी बी-अल्लाह-बिस्मिल्लाह के जय-जयकारों से घर सर पर उठा लेतीं और बस दिन-भर वो कच्चे घड़े की तरह सैंतकर रखी जातीं। सुबह-शाम पीर-फकीर दम-दुरूद करने और फूँकें मारने आते।

लेकिन बावजूद कि बी-मुग़लानी का पहरा सख़्त था, कच्चा घड़ा वक़्त से पहले ही खुल गया और अरमानों पर पानी फिर गया। डाल फिर खाली रह गयी। बौर झड़ गया। पर जान बची, लाखों पाये। अल्लाह और देगा। घर की दौलत है, अल्लाह नें और दिया। पहरा पहले से चौकन्ना हो गया। मगर फिर हाथ खाली। तीसरी दफ़ा तो मामला ज़रा काबिले-ग़ौर बन गया। मारे दवाओं के भाभीजान का पलेथन निकल गया। रंग एक सिरे से गायब। सिर्फ़ फूली-फूली उबली हुई शकरक़न्द-जैसी रह गयीं। भाभीजान की शाम रात के बारह बजे होने लगी। बी-मुग़लानी और अम्माँ बेगम के तेवर भी ज़रा चढ़ने-उतरने लगे और भाभीजान को मसहरी पर पड़े-पड़े भाईजान की दूसरी शादी के शादियाने सुनायी देने लगे।

और जब अल्लाह-अल्लाह करके फिर वो दिन आया तो पीरों-मुरीदों के अलावा देहली के डाक्टर भी अपने सारे तीर-तुफ़ंग लेकर तैनात हो गये। ख़ुदा के करम से अगला महीना लगा और भाभीजान साबुन के बुलबुले की तरह रूई के फूलों पर रखी जाने लगीं। किसी को क़रीब खड़े होकर छींकने या नाक सिनकने की भी इजाज़त न थी। मुबादा रद्दे-अमल से बुलबुला शक़ न हो जाये।

अब डाक्टरों ने कहा—ख़तरा निकल गया, तो अम्माँ बेगम ने भी सोचा कि जच्चगी अलीगढ़ में ही हो। ज़रा-सा तो सफ़र है। गो भाभीजान दिल्ली छोड़ते

लरज़ती थीं, जहाँ के डाक्टरों ने इनका इतना सफ़र सही-ओ-सालिम कवा दिया था। अब आँखों की सूइयाँ ही तो रह गयी थीं। दूसरे, वो ज़माने के तेवर देख रही थीं। अगर अबके ज़रा वार ख़ाली गया तो भाईजान को उनके सीने पर सौत लाने में कोई बहाना भी आड़े न रहेगा। अब तो वो नाम चलानेवाले की आड़ लेकर सबकुछ कर सकते थे। ख़बर नहीं, बेचारे को इतना अपना नाम ज़िन्दा रखने और उसे चलाने की क्यूँ फिक्र पड़ी थी ? हालाँकि ख़ुद उनका कोई ऊँचा नाम था ही नहीं। दुनिया में मसहरी की ज़ीनत का जो एक अहम फ़र्ज़ है, अगर वो भी न पूरा कर सकीं तो यक़ीनन उन्हें सुख की सेज छोड़नी पड़ेगी। ये चन्द साल नौजवानी और हुस्न के बलबूते पर वो डटी रहीं, पर अब तो ज़रा तख़्त के पाये डगमगाते जा रहे थे और वो उन्हें उलट देने को तैयार था। और फिर इस तख़्त से उतरकर बेचारी के पास दूसरी जगह कहाँ थी। सीना-पिरोना तो उन्होंने न सीखा और न उसमें जी लगे। दो बोल पढ़े थे, सो वो भी भूल-भाल गयी थीं। सच तो यह है कि दुनिया में अगर उनका कोई खिलाने-पिलानेवाला न रहे तो वो सिर्फ़ एक काम अख़्तियार कर सकती हैं। यानी वही ख़िदमत जो वो भाईजान की करती हैं, ख़ल्के-ख़ुदा की करें। लिहाज़ा वो जी-जान से इस बार एक ऐसा हथियार मुहय्या करने पर तुली हुई थीं, जिसके सहारे उनके खाने-पहनने का इन्तजाम तो हो जाता। बाप न सही दादा तो पालेंगे ही।

ज़बर्दस्ती का ठेंगा सिर पर ! अम्माँ बेगम का नादिरशाही हुक्म आया और हम लोग यूँ लदे-फँदे अलीगढ़ चल पड़े। नये तावीज़ों और टोटकों से लैस होकर भाभीजान में भी इतनी हिम्मत हो गयी। "इलाही ख़ैर !" बी-मुग़लानी इंजन की टक्कर से बेख़बरी में धड़ाम से गिरीं और भाभीजान ने लेटे-लेटे दोनों हाथों से घड़ा दबोच लिया।

"हे हे ये गाड़ी है कि बला! चिल्ला इलाही पीरों का सदक़ा... ऐ मुश्किलकुशा..." बी-मुग़लानी भाभीजान का पेट पकड़ के बुदबुद करके दुरूद और कलामे-पाक की आयतें पढ़ने लगीं। ख़ुदा-ख़ुदा करके गाज़ियाबाद आ गया।

तूफान मेल का नाम भी खूब है। दनदनाती चली जाती है। रुकने का नाम ही नहीं लेती। डिब्बा पूरा अपने लिए रिज़र्व था। भीड़-भाड़ का ख़दशा ही न था। मैं खिड़की के सामनेवाली गाड़ी में भरी हुई मख़लूक के भुताले में महो (लीन) और बी-मुग़लानी इंजन की सीटी के ख़ौफ़ से कान बन्द किये बैठी थीं।

भाभीजान को तो दूर ही से भीड़ को देखकर चक्कर आ गया और वो वहीं पटरी पर पसर गयीं। ज्यों ही रेल रेंगी, डिब्बे का दरवाज़ा खुला और एक गँवारी घुसने लगी। कुली ने बहुतेरा घसीटा मगर वो चलती रेल के पायदान पर ढीठ छिपकली की तरह लटक गयी और बी-मुग़लानी की 'हैं-हैं' की परवाह न करके अन्दर रेंग आयी और गुसलखाने के दरवाज़े से पीठ लगाकर हाँफने लगी।

''ऐ है मुई, तौबा है'' बी-मुग़लानी मिनमिनायी, ''ऐ निगोड़ी, क्या पूरे दिन से है ?''

हाँफती हुई बेदम औरत ने अपने पपड़ियाँ जमे होठों को बमुश्किल मुस्कराहट में फैलाया और इस्बात (पुष्टि) में सिर हिलाया।

''ऐ ख़ुदा की सुनो, दीदा तो देखो सरदार का...तौबा है अल्लाह तौबा !'' और वो बारी-बारी अपने गालों पर थप्पड़ मारने लगीं। औरत ने कुछ जवाब न दिया। सिर्फ़ दर्द की शिद्दत से तड़पकर ग़ुसलखाने का दरवाज़ा दोनों हाथों से पकड़ लिया। साँस और बेतरतीब हो गया और पेशानी पर पसीने के क़तरे ठण्डी मिट्टी पर ओस की बूँदों की तरह फूट आये।

''अरे क्या पहलौठी का है ?'' बी-मुग़लानी ने उसके अल्हड़पन से खौफ़ज़दा होकर कहा और इस बार कर्ब का ऐसा हमला पड़ा कि वो जवाब ही न दे सकी। उसके चेहरे की सारी रगें खिंचने लगीं, लम्बे-लम्बे आँसू उसकी उबली हुई आँखों से फूट निकले। बी-मुग़लानी 'हैं-हैं, हुई, हाय' करती रहीं और वो दर्द की लहर को घोंटती रही। मैं बिसूर रही थी और भाभीजान सिसकियाँ ले रही थीं।

''ऐ है, बी कुँआरी क्या मजे से बैठी देख रही हो ! ऐ बेटी, उधर मुँह करके बैठो।'' और कुँआरी ने जल्दी से मुँह उधर कर लिया। फिर ज्यूँ ही दर्द की लहर से तड़पकर उसने आवाज़ निकाली, गर्दन काबू में न रह सकी और बी-मुग़लानी ने सलवातें सुनानी शुरू कीं। ''ऊँह तौबा ! जैसे एक बच्चे को दुनिया में दाख़िल होतें देखकर मटख़ ही तो जायेगा।'' भाभीजान दुपट्टा मुँह पर लपेटे बिसूर रही थीं। बी-मुग़लानी नाक पर बुरक़ा रखे ख़ी-ख़ी थूक रही थीं और रेल के फर्श की जान को रो रही थीं।

एकदम ऐसा मालूम हुआ कि सारी दुनिया सिकुड़कर खड़ी हो गयी। फ़िज़ा घटकर टेढ़ी-मेढ़ी हो गयी। शिद्दते-एहसास से मेरी कनपटियाँ लोहे की सलाखों की तरह अकड़ गयीं और बे-अख़्तियार आँसू निकल पड़े। मैंने सोचा,

औरत अब मरी और अब मरी, कि एकदम से फ़िज़ा का तशन्नुज रुक गया। बी-मुग़लानी की नाक का बुरक़ा फिसल पड़ा और बिल्कुल भाभीजान की सलीमशाही जूतियों के पास लाल-लाल गोश्त की बोटी आन पड़ी। हैरत और मसर्रत की मिली-जुली चीख़ मेरे मुँह से निकली और झुककर उस नन्हीं-सी कायनात को देखने लगी, जिसने अपना लम्बा-चौड़ा दहाना खोलकर हाय-तौबा डाल दी।

बी-मुग़लानी ने मेरी चोटी पकड़कर मुझे कोने में ठूँस दिया और उस औरत पर गालियों और मलामतों का तूमार लेकर टूट पड़ीं। मैंने सीट के कोने से आँसुओं की चिलमन से झाँककर देखा तो वो औरत मरी न थी, बल्कि उसके सूखे हुए होंठ, जिन्हें उसने चबा डाला था, आहिस्ता-आहिस्ता मुस्कराहट में फैल रहे थे। उसने नन्हें-से सायल की बावेला से बेचैन होकर आँखें खोल दीं। आड़ी होकर उसने उसे उठा लिया। कुछ देर को अपने नातजुर्बेकार हाथों से उसे साफ करती रही। फिर उसने ओढ़नी से धज्जी फाड़कर नाल को कसकर बाँध दिया। इसके बाद वो बेकसी से इधर-उधर देखने लगी। मुझे अपनी तरफ़ मुख़ातिब देखकर वो एकदम खिलखिलाकर हँस पड़ी—''कोई छुरी-चक्कू है बीबीजी?''

बी-मुग़लानी गालियाँ देती रह गयीं। भाभीजान ने बिसूरकर मेरा आँचल खींचा, पर मैंने नाख़ून काटने की कैंची उसे पकड़ा दी।

उसका सिन (उम्र) मेरे ही इतना होगा या शायद साल-छः महीने बड़ी हो। वो अपने अल्हड़, नातजुर्बेकार हाथों से एक बच्चे का नाल काट रही थी, जो उसने चन्द मिनट पेशतर जना था। उसे देखकर मुझे वो भेड़-बकरियाँ याद आने लगीं जो बग़ैर दाई और लेडी डाक्टर की मदद से घास चरते चरते पेड़-तले जच्चाखाना रमा लेती हैं और नौज़ायदः (नवजात शिशु) को चाट-चाटकर किस्सा ख़त्म करती हैं।

बुज़ुर्ग लोग कुँवारी लड़कियों को बच्चे की पैदाइश देखने से मना करते हैं और कहते हैं कि ज़ेबुन्निसा ने अपनी बहन के यहाँ बच्चा पैदा होते देख लिया था, तो वो ऐसी हैबतज़दा हुई कि सारी उम्र शादी ही न की। शायद ज़ेबुन्निसा की बहन मेरी भाभीजान-जैसी होंगी, वरना अगर वो इस फ़क़ीरनी के बच्चे पैदा होते देख लेतीं तो मेरी ही हमख़याल हो जातीं, कि सब ढोंग रचाते हैं। बच्चे पैदा करना उतना ही आसान है, जितना भाभीजान के लिए रेल पर सवार होना या उतरना।

और मुझे तो कुछ ऐसी भयानक क़िस्म की शर्म की बात भी न मालूम हुई। इससे कहीं ज़्यादा बेहूदा बातें बी-मुग़लानी और अम्माँ हर वक़्त मुख़तलिफ़ औरतों के बारे में किया करती थीं, जो मेरे कच्चे कानों में जाकर भुने चनों की तरह फूटा करती थीं।

थोड़ी देर तो वो बच्चे को फूहड़पन से दूध पिलाने की कोशिश करती रही। आँसू ख़ुश्क हो चुके थे और वो कभी-कभी हँस रही थी, जैसे उसे कोई गुदगुदा रहा हो। फिर बी-मुग़लानी के डाँटने पर वो सहम गयी और बच्चे को चीथड़ों में लपेटकर अलग सीट के नीचे रख दिया और उठ खड़ी हुई। भाभीजान की चीख़ निकल गयी।

इतने में बी-मुग़लानी भाभीजान को टटोलती-सहलाती रहीं। उसने बाथरूम से पानी लाकर डिब्बे को साफ़ करना शुरू किया। भाभीजान की ज़रीकार सलीमशाही धो-पोंछकर कोने से लगाकर खड़ी कर दीं। फिर उसने पानी और चीथड़ों की मदद से डिब्बे से हमल-जच्चगी के निशानात दूर कर डाले। हम तीनों मुक़द्दस बीबियाँ सीटों पर लदी अहमक़ों की तरह उसे देखती रहीं। इसके बाद वो बच्चे को छाती से लगाकर बाथरूम के दरवाज़े के सहारे हो बैठी, जैसे कोई घर का मामूली काम-काज करके जी बहलाने फुर्सत से बैठ जांये और चने चबाते ऊँघ गयी। खुरजे पर गाड़ी के धचके से वो चौंक पड़ी। गाड़ी रुकते-रुकते उसने डिब्बे का दरवाज़ा खोला और पैर तौलती उतर गयी।

टिकट-चेकर ने पूछा, "क्यों री टिकट?" और उसने मसर्रत से बेताब होकर झोली फैला दी, जैसे वो कहीं से झड़बेरी के बेर चुराकर लायी हो। टिकट-चेकर मुँह फाड़े खड़ा रह गया और वो हँसती, पीछे मुड़-मुड़कर देखती भीड़ में गुम हो गयी।

"खुदा की सँवार इन ख़ानगोइयों की सूरत पर! ये हरामी-हलाली जनती फ़िरती हैं। मुई जादूगरनियाँ!" बी-मुग़लानी बड़बड़ायीं। रेल ने ठोकर ली और चल पड़ी।

भाभीजान की सिसकियाँ एक साफ़ चीख़ में उभर आयीं। "है-है मौला, ख़ैर तो है बेगम दुल्हन!" बी-मुग़लानी उनका दु:खी चेहरा देखकर लरज़ीं।

और वहाँ ख़ैर ग़ायब थी।

और भाभीजान के हवन्नक़ चेहरे पर भाईजान की दूसरी शादी के ताशे-बाजे ख़िज़ाँ बरसाने लगे!

क़िस्मत की ख़ूबी देखिए टूटी कहाँ कमन्द
दो-चार हाथ जब के: लबे-बाम रह गया।

नयी रूह दुनिया में क़दम रखते ही झिझक गयी और मुँह बिसूरकर लौट गयी। मेरी पँचफुल्ला रानी ने जो तिलस्मे-होशरुबा क़िस्म की जच्चगी देखी तो मारे हैबत के हमल गिर गया।

कच्चे धागे

आज गाँधी-जयन्ती है। शहर में कितनी चहल-पहल है। फूलों और तिरंगे झण्डों से आरास्ता-पैरास्ता मोटरें अपनी आगोश में नौदौलतिये सेठों को दबाये फर्राटे भर रही हैं। बर्फ-जैसी सफ़ेद खद्दर में ये आबनूस-पुतले, काले-सफ़ेद का चितकबरा मिलाप आँखों पर कैसी तकलीफदेह चोट करता है और उनके पहलू में बैठी हुई बदज़ौक सेठानियाँ और गुल मचाते हुए बच्चे सोने पर सुहागा का काम कर रहे हैं। दौलत बिना कहे-सुने उन पर टूट पड़ी है। मालूम होता है कपड़े पहने हुए नहीं हैं, बल्कि बहुत-से बेहगम थान किसी ने उलझाकर मोटर में ठूँस दिये हैं। सामाने आराइश रंगो-पाऊडर अलमारियों से कूदकर उन पर आन पड़ा है। नाक बहते, तेल में चिपचिपाते बच्चे वाईट-अवे की अल्ट्रा मॉडर्न फ्रॉकों के साथ झाँझन-कड़े पहने आँखों में मनों काजल उँडेले अजीब मज़हका-ख़ेज़ हयूला बने हुए हैं। हाथों में तिरंगे झण्डे हैं और अमरीकन खिलौने। ऐसा मालूम होता है, किसी सस्ते सरकस का इश्तहार चला जा रहा हो।

आज बापू का जन्मदिन है। आज भारत के सपूत ने भारत के निवासियों को गुलामी से आज़ाद कराने के लिए धरती पर पहला साँस लिया था। मगर परेल औ' लाल बाग की चालों में ये कैसी मुर्दनी छायी हुई है! जैसे आज उनका कोई न पैदा हुआ हो, बल्कि हजारों मौतें हो गयी हों। लाखों उम्मीदें धुआँ बन गयी हों। उनके चेहरों की रौनक कहाँ गायब हो गयी है? क्या ये कभी वापस न आयेगी? उनके कपड़ों में रंग क्यों नहीं, तिलये की चमक क्यों नहीं? उनके हाथों में तिरंगे गुब्बारे क्यों नहीं?

बापू तो जनता के थे, फिर ये चोरबाज़ारियों के ही हत्थे क्यों चढ़ गये ? जैसे पुराने ज़माने के देवताओं को छीन लिया था, ऐसे ही उन्हें भी लोग उड़ा ले गये और शोकेस में सजा दिया। तिजोरियों पर मढ़ दिया। लेन-देन की तराज़ू के पलड़े में बटखरे बनाकर डाल दिया है। उन्हें मिठाई और बिस्किट के डिब्बों पर चिपका दिया है। उनका नाम लेकर चन्दे जमा करते हैं। उनका नाम लेकर हड़तालें तोड़ते हैं। उन्हीं का नाम लेकर कण्ट्रोल बँटवाते हैं और काले बाज़ार को सींचते हैं। उनके बिना कोई धन्धा नहीं चलता। मानो तुरुप का इक्का हाथ आ गया है। हर दाँव पर वही लगा देते हैं। अब शायद उन्हीं के नाम पर, अहिंसा के उसूलों पर तीसरी जंग का ख़ून छिड़का जायेगा।

आज अहिंसावादी उनकी याद में आत्मा को शुद्ध करने के लिए सूत कात रहे हैं। बड़े-बड़े मिनिस्टर, चोटी के अफसर, मिलों के मालिक, सट्टे और चोरबाज़ारों के ब्यौपारी, एक महाज़ पर आ खड़े होकर आत्मा को शुद्ध कर रहे हैं। दो साल के अरसे में कितनी ही आत्माएँ नापाक हो चुकी हैं। उनके लिए इस सूत के ताने-बाने से एक सायबान बुना जायेगा, जिसकी छाँव में वो निश्चिन्त बैठकर फलते-फूलते रहेंगे।

मेरे मामूजान भी अपने ड्राइंग रूम में सोफे पर नीमदराज़ सुबह से तकली नचा रहे हैं। उनके चेहरे पर कैसा मुकद्दस अज़्म छाया हुआ है, जानो पुल-सरात बुन रहे हों, जिस पर चलकर उन्हें स्वर्ग जाना है। न जाने वो इस कच्चे सूत के फन्दे से क्या कुछ फाँस लेने की तिकड़म लगा रहे हैं।

कभी वो ब्रिटिश सरकार के फरज़ंदे-दिलबन्द रह चुके थे। लेकिन च्यूँटी की तरह तूफान की खबर पाकर जल्दी से नमक के सत्याग्रह में कूद पड़े और नमक बनाने लगे। जब वो यों गुमराह हुए तो उनके वालिद साहब ने उन्हें आक़ नहीं किया, बल्कि उनकी दानिशवरी की दाद दी। वो खुद सरकार से वाबस्ता रहे, मगर उनका बेटा बाग़ी हो गया। जभी तो आज वो देसी सरकार की नाक का बाल बने हुए हैं। बीस साल महकमा-ए-तालीम की इस्लाह करने के बाद वो अब 'कम्युनिस्टों को मारो' वाली स्कीम में बड़ी शद्दोमद से हिस्सा लेने के काबिल हो गये हैं।

तकली नचाते जाते हैं और सोच रहे हैं—भंगियों की हड़ताल तालिब-इल्मों की मदद से न टूट सकी। ये वार खाली हो गया। अब तालिब-इल्मों की हड़तालें किसकी मदद से तुड़वायी जायें। ताली बजाने के लिए दो हाथों का होना ज़रूरी

है। सर लड़ाने के लिए दो सरों का होना ज़रूरी है। क्या तालिब-इल्मों के दो टुकड़े नहीं किये जा सकते? मामूजान ज़हर का तोड़ ज़हर ही से करते हैं, इसलिए तालिब-इल्मों की एक सही नुमाइन्दा जमात की पैदावार में मुन्हकिम हैं, जो जी-तोड़कर कौमी गीत गाये, फीस बढ़ाने पर सरकार की बेपनाह मेहरबानी का शुक्रिया अदा करें, और कम्युनिस्टों के बहकावे में आकर सरकार का तख़्ता न उल्टें, फिर हड़तालें बन्द हो जायेंगी। इधर तकली नाच रही है, उधर वज़ीरे-आज़म परदेसियों से नाता जोड़ आये हैं। वहाँ से तोहफा लायेंगे, जिसकी मदद से भूख के साथ-साथ भूखों का भी सफाया हो जायेगा।

उधर मेरे नानाजान उन्हें रश्क़-आमेज़ नज़रों से तक रहे हैं। वो सुबह से बैठे जूझ रहे हैं, पर तकली उनके तकिये से बल निकाले दे रही है। रूई का टुकड़ा पसीने में डूबकर चूहे की शक्ल का हो गया है। तीन तकली बदल चुके हैं, पर हर नयी तकली उन्हें नया नाच नचा रही है। वो उकड़ूँ भी बैठे, पालती भी मारी, दो-जानू हुए, फिर मामूजान की तरह नीम-दराज़ भी हो गये, मगर उनकी तरह निरत भाव न जमा सके। कोई तकली भी मामूजान की तकलीवाला भर्राटा नहीं भर पायी।

वो झुँझलाते हैं, तब मामूजान मुस्कराते हैं। जैसे आँखों-ही-आँखों में कह रहे हों–'क़िबला, रियाज़ की ज़रूरत है रियाज़ की। ये मरतबा यों बिला तपस्या किये हाथ नहीं लग जाया करता। जिहाद के लिए तलवार पकड़ने की आरज़ूमन्द उँगलियाँ भला तकली को पकड़ना क्या जानें। आप तोप-तफंग के आदी ठहरे, ये रूहानी तलवार, यानी तकली घुमाना क्या जानें।'

मेरे नानाजान इनकी आँखों की बातचीत समझने के ऐसे आदी हो चुके हैं कि फौरन उनके घुटने लरजने लगते हैं। वैसे ही उनकी घबराहटें मालेख़ोलिया की हदों को छू रही हैं। जब से सुना है कि हिन्दुस्तान और पाकिस्तान दोनों जगह उनकी तिजारत खण्डत में पड़नेवाली है, बिल्कुल ही हवास फाख़्ता होकर रह गये हैं। उनका एक पैर हिन्दुस्तान में है तो दूसरा पाकिस्तान में। यहाँ अक़लियतों के हक़ूक़ की हिफ़ाज़त का वास्ता देते हैं, तो वहाँ इस्लाम की दुहाई। पर ऐसा मालूम होता है, नानाजान की चीख़ो-पुकार में कोई दम नहीं रहा। दोनों मालिक एक-दूसरे से दूर खिसकते जा रहे हैं और उनके साथ मेरे नानाजान के दोनों पैरों के दरम्यान का फासला खतरनाक हद तक बढ़ता जा रहा है। बीच में से चिर जाने का कारब उनकी रग-रग में रच गया है। दुख और ख़ौफ़ से

पथराई हुई आँखें वो गाँधीजी के उसी मजस्समे की तरफ फेर देते हैं, जो बंगाल के बीचों-बीच नसब है और हर आने-जानेवाले को जताकर नानाजान वहाँ रोज फूल चढ़ाकर दण्डवत करते हैं।

मामूजान पर उन्हें रश्क़ नहीं आता, अब तो जादूगरी का भी शुबहा होने लगा है। वो कैसी दिलेरी से बैठकर अफसरों के बीच में वज़ीरे-आज़म पर छींटेबाज़ी शुरू कर देते हैं। उनके बौखलाने और एकदम फिरने के क़िस्से सुना-सुनाकर क्या मज़े से क़हक़हे लगाते हैं और लगवाते हैं। काँग्रेसी महादेवियों का तो बिल्कुल घर की बड़ी-बूढ़ियों की तरह जिक्र करते हैं।

'तू बिल्कुल गधा है,' एक महादेवी ने एक बार मेरे मामूजान से कहा था और उस वक़्त उन्हें अपनी खुशनसीबी पर फ़ख्र हुआ था और आँखों में मारे अक़ीदत के आँसू उबल आये थे। अब भी बाज़ मौक़ों पर जब वो क़िस्सा सुनाते हैं तो उनकी आँखों में आँसू उबल आते हैं। नानाजान इस रूहानी रिश्ते की मोतबर्रक लताफत पर झूम-झूम उठते हैं, पर दुख से तिलमिला जाते हैं। काश उन्हें भी किसी ने प्यार से गधा या कुत्ता कहा होता तो वो आज कितनी ही ज़हमतों से बच गये होते। मगर एक बार क़ायदे-आज़म के जुलूस का ऊँट बनने के बाद किसी और अस्तबल में तो उनके लिए जगह ही नहीं! और आज बापू की जयन्ती के मौके पर तकली के नख़रे बड़े खल रहे हैं।

वो सूत कातते जा रहे हैं और उसमें मोटी-मोटी गालियाँ पिरोते जा रहे हैं। मगर वो जानते हैं, ये अड़ियल सूत उनसे शर्त बाँधकर मुकाबला कर रहा है। मरोड़ियाँ देते-देते उनकी उँगलियाँ थक चुकी हैं। पोरें सहला रहे हैं, मगर सूत मजाल है कि दो इंच से आगे खिसक जाये। जभी तो वो उसमें मुग़ल-ज़ात की गरमी जोड़ते जाते हैं। ये सूत वो ईद-उल-जुहा के मौक़े पर वज़ीरेआज़म की गर्दन में माला बनाकर हेमायल करना चाहते हैं। बड़ी क़ाविशों से उन्होंने मुसलमान मुहल्लों में लोगों को ऊँच-नीच दिखाकर वज़ीर साहब को मदऊ करने का इन्तज़ाम किया है।

जब कभी तार टूटता है तो उनका दिल चाहता है कि एकदम हज को चले जायें और वहाँ दरे-हुज़ूर पर बैठकर आँखें बन्द करके एक मुस्तक़िल मराक़िब[1] में चले जायें। मगर एकदम उन्हें हिन्दुस्तान और पाकिस्तान में फैले हुए

1 तुरीयावस्था।

कारोबार का ख्याल उसी मराक़िब से चौंका देता है और वो सहमकर चारों तरफ देखने लगते हैं कि कहीं मामूजान का कोई छटा-सातवाँ अहसास उनके दिल की चोट न पकड़ ले, नहीं तो सारे किये-धरे पर पानी फिर जायेगा।

अपने बरामदे में बैठे हुए रोड़ीमलजी की तकली भी कुछ ताल-सुर से नहीं नाच रही है। चकरियाँ लेते-लेते एकदम से तोड़े लेने लगती है और फिर त्योराकर तार भी तोड़ देती है। मगर रोड़ीमलजी हिम्मत नहीं हारते। मुल्क में बड़ी अफरातफरी पड़ी है। जिधर देखो बेईमानी, धोखेबाजी! बापू की तालीम को भूलकर सब लूट-खसोट पर तुले हुए हैं। ऐसे में कोई ईमानदारी का व्यापार करे तो कैसे करे? ईमानदारी चलेगी कितने दिन? खुले बाज़ार में धरा ही क्या है? माल को बाज़ार नहीं मिलता, बाज़ार को गाहक नहीं मिलता। जब माल कोठों में पड़ा सड़ रहा है तो मज़दूरों को मज़दूरी कहाँ से दें? नेता कहते हैं, माल की पैदावार बढ़ाओ, सो बढ़ गयी। अब नेता ये नहीं कहते कि गाहकों की पैदावार कैसे बढ़ायें? काश 'खुद एक उगाओ' का नारा मारने के बजाय 'खरीदार उगाओ' की स्कीम चला सकते! मगर खरीददार का बीज सिवाय अमरीका के कहीं नहीं पैदा होता। अमरीका ने तो क्या मज़े से सारे मुल्कों में डालर बोकर खरीददारों के खलिहान कायम कर दिये हैं।

पुरानी सब बातों की जिम्मेदार आत्मा की गन्दगी ही तो है। चरखा ही तो भारत का एटम बम है। सूत कात-कातकर अंग्रेज़ों का उत्तू कर दिया तो इन छोटी-छोटी बातों की क्या हक़ीक़त है? जब आत्मा शुद्ध हो जायेगी, फिर यही सूत का जाल समुद्र से मछलियों की तरह अनगिनत गाहक पकड़ लायेगा, यही कच्चे धागे उस देव[1] को भी बूँद-बूँद जकड़ डालेंगे जो करवट लेकर चौंक रहा है। सब दुख दूर हो जायेंगे।

ज़नानख़ाने में मुमानी भी बैठी तकली को मथकर अपने जीवन का अमृत निचोड़ने में जुटी हुई हैं। बावजूद कोशिशों के वो खद्दर नहीं बुन सकीं। उनका इतलस और किमख़ाब के आगोश में चलनेवाला जिस्म खद्दर के घस्से न सहार सकता और हमेशा फबद उठता। गरमी, दाने, फुंसियाँ और फिर फोड़े बन जाते। ये दवाई के पहाड़ देशसेविका को मरहम का चिपचिपाता हुआ फाया बना देते! कुछ दिन तक तो मामूजान ने उनके जिस्म के ज़मींदारी ठसुओं को न

---

1. उर्दू में देव को प्रयोग राक्षस के लिए

गरदाना, मगर जब डाक्टरों ने मरीज़ा को सिवाय बारीक मलमल के दवा में डूबे हुए फायों के जमा सतरपोशी ही से मना कर दिया तो वो मजबूरन इन शुद्धियों से बाज़ आ गये । वैसे भी टिंचर और आइडोफार्म के हमले झेलने की हिम्मत नहीं रही थी, इससे वो उन्हें तीसरे दर्जे का नेशनलिस्ट समझते और ऐसे हिकारत से देखते थे जैसे एक पहुँचा हुआ पीर-मुर्शिद किसी नौसिखिए को देखता है ।

मुमानी भी तकली घुमा रही हैं, मगर उनकी उँगलियाँ लरज रही हैं । इन नाज़ुक तारों में उनके जज़बात की हलचल को सहारने की सकत नहीं, क्योंकि मिस राज की उँगलियाँ भी तो काबू में नहीं। मामूजान के घर के सारे साजो-सामान की तरह आज उनकी प्राइवेट सेक्रेटरी भी शुद्ध होने का पुख़्ता इरादा करके मामूजान से तकली चलाना सीख रही है ।

मिस राज की उम्र का बहुतेरा हिस्सा यतीमख़ाने में गुज़रा, जहाँ वो ईसा मसीह के सलीब के सामने ख़ुदा की बरकत की हम्द[1] गाती रही । खुरदुरे बदरंग कपड़े पहनकर और नाकिस[2] खाने खाकर उसने ख़ुदा की इनायात की दाद दी । यतीमख़ाने से निकलकर वो सीधी फ़ौज के दफ्तर पहुँच गयी । जंग के ये चन्द पुरबहाल साल उसकी ज़िन्दगी में रौशन सितारों की तरह हमेशा दरख़्शाँ रहेंगे। वो सैर-सपाटे, वो रक्स और मरदों के जमघटे, सफेद चमड़ीवाले आशिकों के नरग़े, जवान लड़कियों की कमी, जिसने कुँवारियों को भी पापड़ बना दिया था, और वो एक ख़स्ता पापड़ की तरह एक जबड़े से दूसरे जबड़े में मुन्तक़िल होती गयी । अंग्रेज सार्जेण्ट के हाथ से जब ज़्यादा अलाउन्स पानेवाले अमरीकन सार्जेण्ट ने इसे जीत लिया तो वो घण्टों आइने में अपनी चौड़ी नाक में हुस्न तलाश करती रही ।

फिर एकदम जैसे किसी ने उसे झिझोड़कर जगा दिया । जंग खत्म हो गयी । गोरे सोल्जर एक-एककर रुख़सत होने लगे और वो एक लट्टू की तरह उनके गिर्द भन्नाती-सी एक से दूसरी बाँह में मुन्तक़िल होती गयी । यहाँ तक कि उसके बाज़ू ख़ाली फ़िज़ा में फड़फड़ाते रह गये । उसके साथवालियों ने जंग के ज़माने में कितना कुछ जमा कर लिया ! ये सफेद सिपाही बड़े दिल-फेंकऔर साथ-साथ दौलत-फेंक भी होते हैं । जाते वक़्त वो अपनी महबूबाओं को क्या कुछ न दे गये, जिसमें से कुछ कबाड़ख़ानों की नज़र हुआ, कुछ अस्पतालों और

---

1. स्तुति। 2. ख़राब।

यतीमख़ानों में पहुँच गया। जंग खत्म हुई तो मिस राज और उनके ग्रुपवाली लड़कियों की जंग शुरू हुई और उन्हें बहुत जल्द मालूम हो गया कि वो कितनी बदसूरत और बेमसरफ़ हैं। दौराने-जंग में उन्होंने जो कुछ 'हुनर' सीखे वो अमन के ज़माने में काम नहीं दे सकते।

ज़िन्दगी के इस अन्धाधुन्ध चक्कर ने आज इसे तकली पकड़ा दी है। मामूजान एक साबिर,-माहिर नफ़सियात हैं, फिर भी कई बार झुँझलाकर मिस राज की तहलील-नफ़सी कर चुके हैं। वो मुख़तलिफ़ मग़रबी माहेरीने-नफ़सियात के अक़वाले-ज़रीं के जरिये ये साबित कर चुके हैं कि मिस राज के तहत अलशऊर में कोई चुभन है जो तार को बार-बार खटकी लगा देती है।

मुमानी भी खूब जानती हैं कि ये तहत अलशऊर की चुभन क्या बला है? मगर उनकी तहलील-नफ़सी निहायत फूहड़पने की बरज़नी है, जिसका इज़हार करने की ताक़त वो अरसा हुआ, खो चुकी हैं। अगले वक़्तों के लोग खुले बन्दो रण्डी के कोठे पर चढ़ते थे, आज उनके सपूत शऊर और लाशऊर की चिलमन डालकर वही कुछ कर लेते हैं। मगर वो इतना जानती हैं कि मिस राज भी उनसे कम मजबूर नहीं। जीने का ख़्याल छोड़कर सारी उमर मिस राज इसी तरह अधेड़ उम्र के माहेरीने-नफ़सियात की जहनी ठोकरों में रुलती रहेगी। इनके लाशऊर हाथों का खिलौना बनी रहेगी। हर कहक़हे पर तार टूटता है तो झल्लाकर चौंक पड़ती हैं। उनका अफ़ग़ानी नस्ल का खून खौल उठता है। दोनों हाथों से तकली भींचने लगती हैं, जैसे किसी का गला घोंट रही हैं। मगर दूसरे लम्हे अहिंसा के साये में पली हुई शेरनी दुबककर सूत जोड़ लेती है और एक मौहूम सहारे पर आगे चल पड़ती है। वो अपनी सारी बदनसीबी को औलाद न होने पर महमूल करती हैं। अगर आज उनकी गोद में इन छः लड़कियों के बजाय एक घी का लड्डू हुमकता होता, तो मियाँ की मजाल न थी कि उनके सीने पर यों दिमाग़ी सूतें चढ़ाते। मगर लड़के का बीज सदा बेकार गया। ख़ुदा, एक माह का भी होता, वो उसे बेटियों ही की सफ़ में खड़ा करके मातम करतीं। वो एक मर्द के हाथ के मैल पर पली थीं। अब भी एक शरीफ मर्द ही उनका कफ़ील है। फिर जब ये मर्द मरोड़ा दे देता है तो उन्हें चारों तरफ अँधेरा-ही-अँधेरा नज़र आता है। अगर वो ख़ुद एक सहारा बन सकतीं तो फिर बुढ़ापा तीर हो जाता। मगर मामूजान कहते हैं, ये भी इनका ख़ानदानी कसूर

है। अमूमन नवाबों-जागीरदारों के यहाँ औलादे-नरीनः[1] नहीं पैदा होती और इसका भुगतान वो भी भुगत रहे हैं। वरना खुद इनके जिस्म में तो नर बनाने का काफी माद्दा है।

कौन जाने जिस तकली ने स्वराज दिया, क्या वह उन्हें एक बेटा नहीं दे सकती ? एकदम उनके चेहरे के खण्डहर जाग उठते हैं। डरावनी मुस्कराहट एक नयी करवट बदलकर अँगड़ाई लेती है। तकली नाच रही है और वो मुस्करा रही हैं। इस कच्चे धागे को वो इकलौते बेटे की तरह परवान चढ़ते देख रही हैं··· एक सूत ··· फिर दूसरा ··· तीसरा और चौथा। सारे मिलकर एक मजबूत रस्सी बन जायेगी। मिस राज के गले को घोंटती चली जायेगी, जिसने उनका जीवन-अमृत चुरा लिया है।

यों आज बापू की जयन्ती के रोज़ आत्माएँ शुद्ध हो रही हैं। गन्दी और घिनौनी आत्माएँ।

मगर लाल बाग़ और परेल के इलाक़ों में एक भी तकली नाचती नज़र नहीं आती। किसी को आत्मा को पाक करने की फ़िक्र नहीं। इस छीन-झपट, इस मुनाफ़ाखोरी और इश्तेहारबाज़ी के चौराहे पर दूर कामगार मैदान में बम्बई के मेहनतकश 'अमन कान्फ्रेंस' के पहले इजलास के मौके पर ज़िन्दगी के नये प्रोग्राम बना रहे हैं। यहाँ बाशऊर मेहनतकश तबक़े की रहनुमाई में छँटनी की धार से ज़ख्मी मज़दूर, फीसों के बार से कुचले हुए तालिब-इल्म और कम तन्ख्वाह और मँहगाई के मारे कारक और मुअल्लिम तीसरी जंग के खिलाफ अमन का अज़्म लेकर जमा होते हैं। पच्चीस हजार जानें एक-क़ल्ब होकर उम्मीद-भरी नज़रों से आज़ाद मुल्क के रहनुमाओं की तस्वीरों को तक रही हैं। अपने दिलों की आवाज़ अपने साथियों के मुँह से सुन रही हैं।

''तीसरी जंग न होगी··· इन्सान इन्सान से नहीं, इस बार हैवान से लड़ेगा··· काले बाज़ार से जंग करेगा। डॉलर के गुलामों का मुक़ाबला करेगा।''

कौन कहता है, ये निहत्थे हैं ? इनके हाथों में बड़े ख़ौफ़नाक हथियार हैं, जिनके तख़य्युल ही से सल्तनतें लरज़ रही हैं, एटमबम काँप रहे हैं और डॉलर के पुल टूट रहे हैं। ये नज़र न आनेवाले पच्चीस हज़ार फौलादी तारों की ऐसी रस्सी बँट रहे हैं जो सारी फासिस्ट कूवतों का गला घोंट डालेगी।

---

1. नर औलाद।

जभी तो कामगार मैदान के चारों तरफ पुलिस का पहरा है। सी. आई. डी. का चक्कर है। ज़रख़रीद डण्डे मँडला रहे हैं...

नाजायज़ शराब पर पहरा नहीं... काले बाज़ार पर पहरा नहीं... चोर-उचक्कों पर पहरा नहीं... रिश्वतसतानी और अस्मतफरोशी पर पहरा नहीं... दुनिया-भर की ग़लाज़तें फल-फूल रही हैं... मगर अमन चाहनेवालों पर पहरा है... मौत बेलगाम तराने भर रही है और ज़िन्दगी के लबों पर ताला है। सड़ते हुए गुनाह के सिर पर क़ानून की छाँव है, शादाब इन्सानियत के सिर पर शैतानी आग...

आज मैं इस मजमे के दरम्यान में कहाँ खो गयी हूँ? पच्चीस हज़ार दिलों की धड़कनें और मेरे दिल की धड़कनें कुछ इसी तरह हम-आहंग हो चुकी हैं कि ढूँढे से नहीं मिलतीं। पचास हज़ार आँखों में मेरी आँखें कौन-सी हैं? मेरी इनफ़रादियत कहाँ है? मेरा शऊर ला-शऊर, मेरी हयात, मेरी उलझनें, परेशानियाँ और मेरे ज़ाती दुख-दर्द कहाँ हैं?

मगर अपनी वसीअत पर ख़ुद हैरान हूँ। ढूँढने की क्या ज़रूरत है? मेरी इनफ़रादियत कामगार मैदान में खचाखच भरी है। ये पच्चीस हजार दिल और पचास हजार आँखें मेरी ही हैं। ज़रा और ऊपर आँख उठाऊँ तो पच्चीस लाख, पच्चीस करोड़... नहीं, मुझे गिनती मालूम करने की ज़रूरत नहीं... इस तूफ़ान में मैं भी एक क़तरा हूँ... और हर क़तरा तूफ़ान है।

चौथी का जोड़ा

सहदरी के चौके पर आज फिर साफ़-सुथरी जाजम बिछी थी। टूटी-फूटी खपरैल की झिरियों में से धूप के आड़े-तिरछे क़तले पूरे दालान में बिखरे हुए थे। मुहल्ले-टोले की औरतें खामोश और सहमी हुई-सी बैठी हुई थीं; जैसे कोई बड़ी वारदात होनेवाली हो। माँओं ने बच्चे छाती से लगा लिये थे। कभी-कभी कोई मुनहन्नी-सा चरचरम बच्चा रसद की कमी की दुहाई देकर चिल्ला उठता।

"नायँ-नायँ मेरे लाल !" दुबली-पतली माँ उसे अपने घुटने पर लिटाकर यों हिलाती, जैसे धान-मिले चावल सूप में फटक रही हो और बच्चा हुंकारे भरकर ख़ामोश हो जाता।

आज कितनी आस-भरी निगाहें कुबरा की माँ के मुतफ़क्किर चेहरे को तक रही थीं। छोटे अर्ज़ की टूल के दो पाट तो जोड़ लिये गये, मगर अभी सफ़ेद गज़ी का निशान ब्योंतने की किसी को हिम्मत न पड़ती थी। काट-छाँट के मामले में कुबरा की माँ का मरतबा बहुत ऊँचा था। उनके सूखे-सूखे हाथों ने न जाने कितने जहेज़ सँवारे थे, कितने छठी-छूछक तैयार किये थे और कितने ही कफ़न ब्योंते थे। जहाँ कहीं मुहल्ले में कपड़ा कम पड़ जाता और लाख जतन पर भी ब्योंत न बैठती, कुबरा की माँ के पास केस लाया जाता। कुबरा की माँ कपड़े की कान निकालतीं, कलफ़ तोड़तीं, कभी तिकोन बनातीं, कभी चौखुँटा करतीं और दिल-ही-दिल में कैंची चलाकर आँखों से नाप-तोलकर मुस्करा उठतीं।

"आस्तीन और घेर तो निकल आयेगा, गिरेबान के लिए कतरन मेरी बक़्ची से ले लो।" और मुश्किल आसान हो जाती। कपड़ा तराशकर वो कतरनों की पिण्डी बनाकर पकड़ा देतीं।

पर आज तो सफ़ेद गज़ी का टुकड़ा बहुत ही छोटा था और सबको यक़ीन था कि आज तो कुबरा की माँ की नाप-तोल हार जायेगी। तभी तो सब दम साधे उनका मुँह ताक रही थीं। कुबरा की माँ के पुर-इसतक़लाल चेहरे पर फ़िक्र की कोई शक्ल न थी। चार गज़ गज़ी के टुकड़े को वो निगाहों से ब्योंत रही थीं। लाल टूल का अक्स उनके नीलगूँ ज़र्द चेहरे पर शफ़क की तरह फूट रहा था। वो उदास-उदास गहरी झुर्रियाँ अँधेरी घटाओं की तरह एकदम उजागर हो गयीं, जैसे घने जंगल में आग भड़क उठी हो! और उन्होंने मुस्कराकर कैंची उठायी।

मुहल्लेवालों के जमघटे से एक लम्बी इत्मीनान की साँस उभरी। गोद के बच्चे भी ठसक दिये गये। चील-जैसी निगाहोंवाली कुँवारियों ने लपाझप सुई के नाकों में डोरे पिरोये। नयी ब्याही दुल्हनों ने अंगुश्ताने पहन लिये। कुबरा की माँ की कैंची चल पड़ी थी।

सहदरी के आख़िरी कोने में पलँगड़ी पर हमीदा पैर लटकाये, हथेली पर ठोड़ी रखे दूर कुछ सोच रही थी।

दोपहर का खाना निपटाकर इसी तरह बी-अम्माँ सहदरी की चौकी पर जा बैठती हैं और बक़्ची खोलकर रंग-बिरंगे कपड़ों का जाल बिखेर दिया करती

हैं। कूँडी के पास बैठी बरतन माँजती हुई कुबरा कनखियों से उन लाल कपड़ों को देखती तो एक सुर्ख़ छिपकिली-सी उसके ज़र्दी मायल मटियाले रंग में लपक उठती। रूपहली कटोरियों के जाल जब पोले-पोले हाथों से खोलकर अपने ज़ानुओं पर फैलाती तो उसका मुरझाया हुआ चेहरा एक अजीब अरमान-भरी रौशनी से जगमगा उठता। गहरी सन्दूकों-जैसी शिकनों पर कटोरियों का अक्स नन्हीं-नन्हीं मशालों की तरह जगमगाने लगता। हर टाँके पर ज़री का काम हिलता और मशालें कँपकँपा उठतीं।

याद नहीं कब इस शबनमी दुपट्टे के बने-टके तैयार हुए और गाज़ी के भारी कब्र-जैसे सन्दूक की तह में डूब गये। कटोरियों के जाल धुँधला गये। गंगा-जमनी किरनें मान्द पड़ गयीं। तूली के लच्छे उदास हो गये। मगर कुबरा की बारात न आयी। जब एक जोड़ा पुराना हुआ जाता तो उसे चाले का जोड़ा कहकर सेंत दिया जाता और फिर एक नये जोड़े के साथ नयी उम्मीदों का इफ़तताह (शुरुआत) हो जाता। बड़ी छानबीन के बाद नयी दुल्हन छाँटी जाती। सहदरी के चौके पर साफ़-सुथरी जाजम बिछती। मुहल्ले की औरतें हाथ में पानदान और बगलों में बच्चे दबाये झाँझें बजाती आन पहुँचतीं।"

"छोटे कपड़े की गोट तो उतर आयेगी, पर बच्चों का कपड़ा न निकलेगा।"

"लो बुआ लो, और सुनो। क्या निगोड़ी भारी टूल की चूलें पड़ेंगी?" और फिर सबके चेहरे फिक्रमन्द हो जाते। कुबरा की माँ ख़ामोश कीमियागर की तरह आँखों के फीते से तूलो-अर्ज़ नापतीं और बीवियाँ आपस में छोटे कपड़े के मुताल्लिक़ खुसर-पुसर करके क़हक़हे लगातीं। ऐसे में कोई मनचली कोई सुहाग या बन्ना छेड़ देती, कोई और चौर हाथ आगेवाली समधनों को गालियाँ सुनाने लगती, बेहूदा गन्दे मज़ाक और चुहलें शुरू हो जातीं। ऐसे मौक़ों पर कुँवारी बालियों को सहदरी से दूर सिर ढाँककर खपरैल में बैठने का हुक्म दे दिया जाता और जब कोई नया क़हक़हा सहदरी से उभरता तो बेचारियाँ एक ठण्डी साँस भरकर रह जातीं। अल्लाह! ये क़हक़हे उन्हें खुद कब नसीब होंगे? इस चहल-पहल से दूर कुबरा शर्म की मारी मच्छरोंवाली कोठरी में सिर झुकाये बैठी रहती है। इतने में कतर-ब्योंत निहायत नाज़ुक मरहले पर पहुँच जाती। कोई कली उल्टी कट जाती और उसके साथ बीवियों की मत भी कट जाती। कुबरा सहमकर दरवाज़े की आड़ से झाँकती।

यही तो मुश्किल थी, कोई जोड़ा अल्लाह-मारा चैन से न सिलने पाया। जो कली उल्टी कट जाय तो जान लो, नाइन की लगायी हुई बात में ज़रूर कोई अड़ंगा लगेगा। या तो दूल्हा की कोई दाश्त:[1] निकल आयेगी या उसकी माँ ठोस कड़ों का अड़ंगा बाँधेगी। जो गोट में कान आ जाय तो समझ लो या तो महर पर बात टूटेगी या भरत के पायों के पलँग पर झगड़ा होगा। चौथी के जोड़े का शगुन बड़ा नाज़ुक होता है। बी-अम्माँ की सारी मश्शाक़ी और सुघड़ापा धरा रह जाता। न जाने ऐन वक़्त पर क्या हो जाता कि धनिया बराबर तूल पकड़ जाती। बिस्मिल्लाह के ज़ोर से सुघड़ माँ ने जहेज़ जोड़ना शुरू कर दिया था। ज़रा-सी कतर भी बची तो तेलदानी या शीशी का गिलाफ सीकर धनुक गोकरू से सँवारकर रख देतीं। लड़की का क्या है, खीरे ककड़ी की तरह बढ़ती है। जो बारात आ गयी तो यही सलीक़ा काम आयेगा।

और जब से अब्बा गुज़रे, सलीक़े का भी दम फूल गया। हमीदा को एकदम अपने अब्बा याद आ गये। अब्बा कितने दुबले-पतले, लम्बे, जैसे मुहर्रम का अलम! एक बार झुक जाते तो सीधे खड़े होना दुश्वार था। सुबह-ही-सुबह उठकर नीम की मिस्वाक (दातुन) तोड़ लेते और हमीदा को घुटने पर बैठाकर न जाने क्या सोचा करते। फिर सोचते-सोचते नीम की मिस्वाक का कोई फूँसड़ा हलक़ में चला जाता और वे खाँसते ही चले जाते। हमीदा बिगड़कर उनकी गोद से उतर जाती। खाँसी के धक्कों से यूँ हिल-हिल जाना उसे कतई पसन्द नहीं था। उसके नन्हें-से गुस्से पर वे और हँसते और खाँसी सीने में बेतरह उलझती, जैसे गरदन-कटे कबूतर फड़फड़ा रहे हों। फिर बी-अम्माँ आकर उन्हें सहारा देतीं। पीठ पर धपधप हाथ मारतीं।

"तौबा है, ऐसी भी क्या हँसी।"

अच्छू के दबाव से सुर्ख आँखें ऊपर उठाकर अब्बा बेकसी से मुस्कराते। खाँसी तो रुक जाती, मगर देर तक बैठे हाँफा करते।

"कुछ दवा-दारू क्यों नहीं करते? कितनी बार कहा तुमसे।"

"बड़े शफ़ाख़ाने का डाक्टर कहता है, सूइयाँ लगवाओ और रोज़ तीन पाव दूध और आधी छटाँक मक्खन।"

"ऐ ख़ाक पड़े इन डाक्टरों की सूरत पर! भला एक तो खाँसी, ऊपर से

1. रखैल

चिकनाई ! बलग़म न पैदा कर देगी ? हकीम को दिखाओ किसी !''

''दिखाऊँगा ।'' अब्बा हुक्का गुड़गुड़ाते और फिर अच्छू लगता ।

''आग लगे इस मुए हुक्के को ! इसी ने तो ये खाँसी लगायी है । जवान बेटी की तरफ भी देखते हो आँख उठाकर ?''

और अब अब्बा कुबरा की जवानी की तरफ़ रहम-तलब निगाहों से देखते । कुबरा जवान थी । कौन कहता था जवान थी ? वो तो जैसे बिस्मिल्लाह[1] के दिन से ही अपनी जवानी की आमद की सुनावनी सुनकर ठिठककर रह गयी थी । न जाने कैसी जवानी आयी थी, कि न तो उसकी आँखों में किरनें नाचीं न उसके रुख़सारों पर ज़ुल्फें परेशान हुईं, न उसके सीने पर तूफान उठे और न कभी उसने सावन-भादों की घटाओं से मचल-मचलकर प्रीतम या साजन माँगे । वो झुकी-झुकी, सहमी-सहमी जवानी जो न जाने कब दबे पाँव उस पर रेंग आयी, वैसे ही चुपचाप न जाने किधर चल दी । मीठा बरस नमकीन हुआ और फिर कड़वा हो गया ।

अब्बा एक दिन चौखट पर औंधे मुँह गिरे और उन्हें उठाने के लिए किसी हक़ीम या डाक्टर का नुस्ख़ा न आ सका ।

और हमीदा ने मीठी रोटी के लिए ज़िद करनी छोड़ दी ।

और कुबरा के पैग़ाम न जाने किधर रास्ता भूल गये । जानो किसी को मालूम ही नहीं कि इस टाट के परदे के पीछे किसी की जवानी आख़िरी सिसकियाँ ले रही है और एक नयी जवानी साँप के फन की तरह उठ रही है ।

मगर बी-अम्माँ का दस्तूर न टूटा । वो इंसी तरह रोज़-रोज़ दोपहर को सहदरी में रंग-बिरंगे कपडे फैलाकर गुड़ियों का खेल खेला करती हैं ।

कहीं-न-कहीं से जोड़-जमा करके शबरात के महीने में क्रेप का दुपट्टा साढ़े सात रुपये में खरीद ही डाला । बात ही ऐसी थी कि बग़ैर ख़रीदे गुजारा न था । मँझले मामू का तार आया कि उनका बड़ा लड़का राहत पुलिस की ट्रेनिंग के सिलसिले में आ रहा है । बी-अम्माँ को तो बस जैसे एकदम घबराहट का दौरा पड़ गया । जानो चौखट पर बारात आन खड़ी हुई और उन्होंने अभी दुल्हन की माँग की अफ़शाँ भी नहीं कतरी । हौल से तो उनके छक्के छूट गये । झट अपनी

---

1. विद्यारम्भ की रस्म ।

मुँहबोली बहन, बिन्दू की माँ, को बुला भेजा कि 'बहन, मेरा मरी का मुँह देखो जो इसी घड़ी न आओ ।'

और फिर दोनों में खुसर-फुसर हुई । बीच में एक नज़र दोनों कुबरा पर भी डाल लेतीं, जो दालान में बैठी चावल फटक रही थी । वो इस कानाफूसी की ज़बान को अच्छी तरह समझती थी ।

उसी वक़्त बी-अम्माँ ने कानों से चार माशा की लौंगें उतारकर मुँहबोली बहन के हवाले कीं कि जैसे-तैसे करके शाम तक तोला-भर गोकरू, छः माशा सलमा-सितारा और पाव गज़ नेफे के लिए टूल ला दें । बाहर की तरफवाला कमरा झाड़-पोंछकर तैयार किया । थोड़ा-सा चूना मँगाकर कुबरा ने अपने हाथों से कमरा पोत डाला । कमरा तो चिट्टा हो गया, मगर उसकी हथेलियों की खाल उड़ गयी । और जब वो शाम को मसाला पीसने बैठी तो चक्कर खाकर दोहरी हो गयी । सारी रात करवटें बदलते गुज़री । एक तो हथेलियों की वजह से, दूसरे सुबह की गाड़ी से राहत आ रहे थे ।

''अल्लाह ! मेरे अल्लाह मियाँ, अबके तो मेरी आपा का नसीबा खुल जाये । मेरे अल्लाह, मैं सौ रकात नफ़िल[1] तेरी दरगाह में पढ़ूँगी ।'' हमीदा ने फ़जिर की नमाज़ पढ़कर दुआ माँगी ।

सुबह जब राहत भाई आये तो कुबरा पहले से ही मच्छरोंवाली कोठरी में जा छुपी थी । जब सेवइयों और पराँठों का नाश्ता करके बैठक में चले गये तो धीरे-धीरे नयी दुल्हन की तरह पैर रखती कुबरा कोठरी से निकली और जूठे बर्तन उठा लिये ।

''लाओ मैं धो दूँ बी-आपा ।'' हमीदा ने शरारत से कहा ।

''नहीं ।'' वो शर्म से झुक गयी ।

हमीदा छेड़ती रही, बी-अम्माँ मुस्कराती रहीं और क्रेप के दुपट्टे में लप्पा टाँकती रहीं ।

जिस रास्ते कान की लौंग गयी थी, उसी रास्ते फूल, पत्ता और चाँदी की पाज़ेब भी चल दी । और फिर हाथों की दो-दो चूड़ियाँ भी, जो मँझले मामू ने रँडापा उतारने पर दी थीं । रूखी-सूखी खुद खाकर आये-दिन राहत के लिए पराँठे तले जाते, कोफ्ते, भुना पुलाव महकते । खुद सूखा निवाला पानी से उतारकर वो होनेवाले दामाद को गोश्त के लच्छे खिलातीं ।

---

1. एक प्रकार की नमाज़ ।

"जमाना बड़ा खराब है बेटी !" वो हमीदा को मुँह फुलाये देखकर कहा करतीं और वो सोचा करती–हम भूखे रहकर दामाद को खिला रहे हैं। बी-आपा सुबह-सवेरे उठकर जादुई मशीन की तरह जुट जाती हैं। निहार मुँह पानी का घूँट पीकर राहत के लिए पराँठे तलती हैं। दूध औटाती हैं, ताकि मोटी-सी बालाई पड़े। उसका बस नहीं था कि वो अपनी चर्बी निकालकर उन पराँठों में भर दे। और क्यों न भरे, आख़िर को वह एक दिन उसी का हो जायेगा। जो कुछ कमायेगा, उसी की हथेली पर रख देगा। फल देनेवाले पौधे को कौन नहीं सींचता ? फिर जब एक दिन फूल खिलेंगे और फूलों से लदी हुई डाली झुकेगी तो ये ताना देनेवालियों के मुँह पर कैसा जूता पड़ेगा ! और उस ख़याल ही से मेरी बी-आपा के चेहरे पर सुहाग खेल उठता। कानों में शहनाइयाँ बजने लगतीं और वो राहत भाई के कमरे को पलकों से झाड़तीं। उसके कपड़ों को प्यार से तह करतीं, जैसे वे कुछ उनसे कहते हों। वो उनके बदबूदार, चूहों-जैसे सड़े हुए मोजे धोतीं, बिसान्दी बनियान और नाक से लिपटे हुए रूमाल साफ़ करतीं। उसके तेल में चिपचिपाते हुए तकिए के ग़िलाफ़ पर 'स्वीट ड्रीम' काढ़तीं। पर मामला चारों कोने चौकस नहीं बैठ रहा था। राहत सुबह अण्डे-पराँठे डटकर जाता और शाम को आकर कोफ़्ते खाकर सो जाता। और बी-अम्माँ की मुँहबोली बहन हाकिमाना अन्दाज़ में खुसर-फुसर करतीं।

"बड़ा शर्मीला है बेचारा !" बी-अम्माँ तौलिये पेश करतीं।

"हाँ ये तो ठीक है, पर भई कुछ तो पता चले रंग-ढंग से, कुछ आँखों से।"

"अए नउज़, खुदा न करे मेरी लौंडिया आँखें लड़ाये, उसका आँचल भी नहीं देखा है किसी ने।" बी-अम्माँ फख़्र से कहतीं।

"ए, तो परदा तुड़वाने को कौन कहे है !" बी-आपा के पके मुहाँसों को देखकर उन्हें बी-अम्माँ की दूरंदेशी की दाद देनी पड़ती।

"ऐ बहन, तुम तो सच में बहुत भोली हो। ये मैं कब कहूँ हूँ ? ये छोटी निगोड़ी कौन-सी बक़रीद को काम आयेगी ?" वो मेरी तरफ़ देखकर हँसतीं "अरी ओ नकचढ़ी ! बहनों से कोई बातचीत, कोई हँसी-मज़ाक ! ऊँह, अरी चल दिवानी !"

"ऐ, तो मैं क्या करूँ खाला ?"

"राहत मियाँ से बातचीत क्यों नहीं करती ?"

"भइया हमें तो शर्म आती है।"

''ए है, वो तुझे फाड़ ही तो खायेगा न ?'' बी-अम्माँ चिढ़ाकर बोलतीं ।

''नहीं तो, मगर ...'' मैं लाजवाब हो गयी ।

और फिर मिसकौट हुई । बड़ी सोच-विचार के बाद खली के कबाब बनाये गये । आज बी-आपा भी कई बार मुस्करा पड़ीं । चुपके से बोलीं, ''देख हँसना नहीं, नहीं तो सारा खेल बिगड़ जायेगा ।''

''नहीं हँसूँगी ।'' मैंने वादा किया ।

''खाना खा लीजिए ।'' मैंने चौकी पर खाने की सेनी रखते हुए कहा । फिर जो पाटी के नीचे रखे हुए लोटे से हाथ धोते वक़्त मेरी तरफ सिर से पाँव तक देखा तो मैं भागी वहाँ से । मेरा दिल धक-धक करने लगा । अल्लाह, तोबा ! क्या खूनी आँखें हैं !

''जा निगोड़ी, मरी, अरी देख तो सही, वो कैसा मुँह बनाते हैं । ऐ है, सारा मज़ा किरकिरा हो जायेगा ।''

आपा-बी ने एक बार मेरी तरफ देखा । उनकी आँखों में इल्तिजा थी, लुटी हुई बारातों का गुबार था और चौथी के पुराने जोड़ों की मन्द उदासी । मैं सिर झुकाये फिर खम्भे से लगकर खड़ी हो गयी ।

राहत ख़ामोश खाते रहे । मेरी तरफ़ न देखा । खली के कबाब खाते देखकर मुझे चाहिए था कि मज़ाक़ उड़ाऊँ, क़हक़हे लगाऊँ कि 'वाह जी वाह, दूल्हा भाई ! खली के कबाब खा रहे हो !' मगर जानो किसी ने मेरा नरखरा दबोच लिया हो ।

बी-अम्माँ ने मुझे जलकर वापस बुला लिया और मुँह-ही-मुँह में मुझे कोसने लगीं । अब मैं उनसे क्या कहती, कि वो तो मज़े से खा रहा है कमबख़्त !

''राहत भाई ! कोफ्ते पसन्द आये ?'' बी-अम्माँ के सिखाने पर मैंने पूछा ।

जवाब नदारद ।

''बताइए न ?''

''अरी ठीक से जाकर पूछ !'' बी-अम्माँ ने टहोका दिया ।

''आपने लाकर दिये और हमने खाये । मज़ेदार ही होंगे ।''

''अरे वाह रे जंगली !'' बी-अम्माँ से न रहा गया ।

''तुम्हें पता भी न चला, क्या मज़े से खली के कबाब खा गये !''

''खली के ? अरे तो रोज़ काहे के होते हैं ? मैं तो आदी हो चला हूँ खली और भूसा खाने का।''

बी-अम्माँ का मुँह उतर गया। बी-अम्माँ की झुकी हुई पलकें ऊपर न उठ सकीं। दूसरे रोज़ बी-आपा ने रोज़ाना से दुगनी सिलाई की और फिर जब शाम को मैं खाना लेकर गयी तो बोले—

''कहिए, आज क्या लायी हैं ? आज तो लकड़ी के बुरादे की बारी है।''

''क्या हमारे यहाँ का खाना आपको पसन्द नहीं आता ?'' मैंने जलकर कहा।

''ये बात नहीं, कुछ अजीब-सा मालूम होता है। कभी खली के कबाब तो कभी भूसे की तरकारी।''

मेरे तन-बदन में आग लग गयी। हम सूखी रोटी खाकर इसे हाथी की खुराक दें। घी-टपकते पराँठे ठुँसायें। मेरी बी-आपा को जुशांदा नसीब नहीं और इसे दूध मलाई निगलवायें। मैं भन्नाकर चली आयी।

बी-अम्माँ की मुँहबोली बहन का नुस्खा काम आ गया और राहत ने दिन का ज़्यादा हिस्सा घर ही में गुज़ारना शुरू कर दिया। बी-आपा तो चूल्हे में झुकी रहतीं, बी-अम्माँ चौथी के जोड़े सिया करतीं और राहत की ग़लीज़ आँखें तीर बनकर मेरे दिल में चुभा करतीं। बात-बेबात छेड़ना, खाना खिलाते वक़्त कभी पानी तो कभी नमक के बहाने। और साथ-साथ जुमलेबाज़ी ! मैं खिसियाकर बी-आपा के पास जा बैठती। जी चाहता, किसी दिन साफ कह दूँ कि किसकी बकरी और कौन डाले दाना-घास ! ऐ बी, मुझसे तुम्हारा ये बैल न नाथा जायेगा। मगर बी-आपा के उलझे हुए बालों पर चूल्हे की उड़ती हुई राख ··· नहीं ··· मेरा कलेजा धक् से हो गया। मैंने उनके सफ़ेद बाल लट के नीचे छुपा दिये। नास जाये इस कमबख़्त नज़ले का, बेचारी के बाल पकने शुरू हो गये।

राहत ने फिर किसी बहाने से मुझे पुकारा।

''ऊँह !'' मैं जल गयी। पर बी-आपा ने कटी हुई मुर्ग़ी की तरह जो पलटकर देखा तो मुझे जाना ही पड़ा।

''आप हमसे ख़फ़ा हो गयीं ?'' राहत ने पानी का कटोरा लेकर मेरी कलाई पकड़ ली। मेरा दम निकल गया और भागी तो हाथ झटककर।

''क्या कह रहे थे ?'' बी-आपा ने शर्मो-हया से घुटी आवाज़ में कहा। मैं चुपचाप उनका मुँह ताकने लगी।

''कह रहे थे, किसने पकाया है खाना ? वाह-वाह, जी चाहता है खाता ही चला जाऊँ। पकानेवाली के हाथ खा जाऊँ। ···ओह नहीं··· खा नहीं जाऊँ, बल्कि चूम लूँ।'' मैंने जल्दी-जल्दी कहना शुरू किया और बी-आपा का खुरदरा, हल्दी-धनिया की बसाँद में सड़ा हुआ हाथ अपने हाथ से लगा लिया। मेरे आँसू निकल आये। 'ये हाथ !' मैंने सोचा, जो सुबह से शाम तक मसाला पीसते हैं, पानी भरते हैं, प्याज काटते हैं, बिस्तर बिछाते हैं, जूते साफ करते हैं ! ये बेकस गुलाम सुबह से शाम तक जुटे ही रहते हैं। इनकी बेगार कब ख़त्म होगी ? क्या इनका कोई खरीदार न आयेगा ? क्या इन्हें कभी कोई प्यार से न चूमेगा ? क्या इनमें कभी मेहँदी न रचेगी ? क्या इनमें कभी सुहाग का इतर न बसेगा ? जी चाहा, ज़ोर से चीख़ पड़ूँ।

''और क्या कह रहे थे ?'' बी-आपा के हाथ तो इतने खुरदुरे थे पर आवाज़ इतनी रसीली और मीठी थी कि अगर राहत के कान होते तो···मगर राहत के न कान थे न नाक, बस दोज़ख़-जैसा पेट था !

''और कह रहे थे, अपनी बी-आपा से कहना कि इतना काम न किया करें और जोशान्दा पिया करें।''

''चल झूठी !''

''अरे वाह, झूठे होंगे आपके वो···''

''अरे चुप मुरदार !'' उन्होंने मेरा मुँह बन्द कर दिया।

'देख तो स्वेटर बुन गया है, उन्हें दे आ। पर देख, तुझे मेरी क़सम, मेरा नाम न लीजो।''

'नहीं बी-आपा ! उन्हें न दो वो स्वेटर। तुम्हारी इन मुट्ठी-भर हड्डियों को स्वेटर की कितनी ज़रूरत है ?'··· मैंने कहना चाहा पर न कह सकी।

''आपा-बी, तुम खुद क्या पहनोगी ?''

''अरे मुझे क्या ज़रूरत है, चूल्हे के पास तो वैसे ही झुलसन रहती है।''

स्वेटर देखकर राहत ने अपनी एक आई-ब्रो शरारत से ऊपर तानकर कहा—

''क्या ये स्वेटर आपने बुना है ?''

''नहीं तो ।''

''तो भई हम नहीं पहनेंगे ।''

मेरा जी चाहा कि उसका मुँह नोच लूँ । कमीने मिट्टी के लोंदे ! ये स्वेटर उन हाथों ने बुना है जो जीते-जागते गुलाम हैं । इसके एक-एक फन्दे में किसी नसीबों-जली के अरमानों की गरदनें फँसी हुई हैं । ये उन हाथों का बुना हुआ है जो नन्हें पगोड़े झुलाने के लिए बनाये गये हैं । उनको थाम लो गधे कहीं के और ये दो पतवार बड़े-से-बड़े तूफान के थपेड़ों से तुम्हारी ज़िन्दगी की नाव को बचाकर पार लगा देंगे । ये सितार की गत न बजा सकेंगे । मणीपुरी और भरतनाट्यम की मुद्रा न दिखा सकेंगे, इन्हें प्यानों पर रक्स करना नहीं सिखाया गया, इन्हें फूलों से खेलना नहीं नसीब हुआ, मगर ये हाथ तुम्हारे जिस्म पर चरबी चढ़ाने के लिए सुबह से शाम तक सिलाई करते हैं, साबुन और सोडे में डुबकियाँ लगाते हैं, चूल्हे की आँच सहते हैं । तुम्हारी ग़लाज़तें धोते हैं । इनमें कभी चूड़ियाँ नहीं खनकती हैं । इन्हें कभी किसी ने प्यार से नहीं थामा ।

मगर मैं चुप रही । बी-अम्माँ कहती हैं, मेरा दिमाग़ तो मेरी नयी-नयी सहेलियों ने ख़राब कर दिया है । वो मुझे कैसी नयी-नयी बातें बताया करती हैं । कैसी डरावनी मौत की बातें, भूख और काल की बातें । धड़कते हुए दिल के एकदम चुप हो जाने की बातें ।

''ये स्वेटर तो आप ही पहन लीजिए । देखिए न आपका कुरता कितना बारीक है !''

जंगली बिल्ली की तरह मैंने उसका मुँह, नाक, गिरेबान नोच डाले और अपनी पलँगड़ी पर जा गिरी । बी-आपा ने आख़िरी रोटी डालकर जल्दी-जल्दी तसले में हाथ धोये और आँचल से पोंछती मेरे पास आ बैठीं ।

''वो बोले ?'' उनसे न रहा गया तो धड़कते हुए दिल से पूछा ।

''बी-आपा, ये राहत भाई बड़े खराब आदमी हैं ।'' मैंने सोचा मैं आज सबकुछ बता दूँगी ।

''क्यों ?'' वो मुस्करायी ।

''मुझे अच्छे नहीं लगते ··· देखिए मेरी सारी चूड़ियाँ चूर हो गयीं !'' मैंने काँपते हुए कहा ।

''बड़े शरीर हैं ।'' उन्होंने रोमाण्टिक आवाज़ में शरमाकर कहा ।

''बी-आपा ··· सुनो बी-आपा ! ये राहत अच्छे आदमी नहीं ।'' मैंने

सुलगकर कहा।

"आज मैं बी-अम्माँ से कह दूँगी।"

"क्या हुआ ?" बी-अम्माँ ने जानमाज़ बिछाते हुए कहा।

"देखिए मेरी चूड़ियाँ बी-अम्माँ !"

"राहत ने तोड़ डालीं ?" बी-अम्माँ मसर्रत से चहककर बोलीं।

"हाँ !"

"खूब किया ! तू उसे सताती भी तो बहुत है। ऐ है, तो दम काहे को निकल गया ! बड़ी मोम की बनी हुई हो कि हाथ लगाया और पिघल गयीं !" फिर. चुमकारकर बोली, "ख़ैर, तू भी चौथी में बदला ले लीजियो, कसर निकाल लियो कि याद ही करें मियाँ जी !" ये कहकर उन्होंने नियत बाँध ली। मुँहबोली बहन से फिर कान्फ्रेंस हुई और मामले को उम्मीद-अफ़्ज़ा रास्ते पर गामज़न देखकर अज़हद खुशनूदी से मुस्कराया गया।

"ऐ है, तू तो बड़ी ही ठस है। ऐ हम तो अपने बहनोइयों का ख़ुदा की कसम नाक में दम कर दिया करते थे !"

और वो मुझे बहनोइयों से छेड़-छाड़ के हथकण्डे बताने लगीं कि किस तरह उन्होंने सिर्फ़ छेड़-छाड़ के तीरंदाज़ नुस्खे से उन दो ममेरी बहनों की शादी करायी, जिनकी नाव पार लगने के सारे मौके हाथ से निकल चुके थे। एक तो उनमें से हकीमजी थे। जहाँ बेचारे को लड़कियाँ-बालियाँ छेड़तीं, शरमाने लगते और शरमाते-शरमाते एख़्तेलाज के दौरे पड़ने लगते। और एक दिन मामू साहब से कह दिया कि मुझे ग़ुलामी में ले लीजिए। दूसरे वायसराय के दफ्तर में क्लर्क थे। जहाँ सुना कि बाहर आये हैं, लड़कियाँ छेड़ना शुरू कर देती थीं। कभी गिलौरियों में मिर्चें भरकर भेज दें, कभी सेवँइयों में नमक डालकर खिला दिया।

"ऐ लो, वो तो रोज़ आने लगे। आँधी आये, पानी आये, क्या मजाल जो वो न आयें। आख़िर एक दिन कहलवा ही दिया। अपने एक जान-पहचानवाले से कहा कि उनके यहाँ शादी करा दो। पूछा कि भई किससे ? तो कहा, 'किसी से भी करा दो।' और खुदा झूठ न बुलाये तो बड़ी बहन की सूरत थी कि देखो तो जैसे बैंचा चला आता है। छोटी तो बस सुब्हान अल्लाह ! एक आँख पूरब तो दूसरी पच्छम। पन्द्रह तोले सोना दिया बाप ने और बड़े साहब के दफ्तर में नौकरी अलग दिलवायी।"

"हाँ भई, जिसके पास पन्द्रह तोले सोना हो और बड़े साहब के दफ्तर की नौकरी, उसे लड़का मिलते क्या देर लगती है?" बी-अम्माँ ने ठण्डी साँस भरकर कहा।

"ये बात नहीं है बहन। आजकल के लड़कों का दिल बस थाली का बैंगन होता है। जिधर झुका दो, उधर ही लुढ़क जायेगा।"

मगर राहत तो बैंगन नहीं, अच्छा-ख़ासा पहाड़ है। झुकाव देने पर कहीं मैं ही न फँस जाऊँ, मैंने सोचा। फिर मैंने आपा की तरफ देखा। वो ख़ामोश दहलीज़ पर बैठी, आटा गूँथ रही थीं और सबकुछ सुनती जा रही थीं। उनका बस चलता तो ज़मीन की छाती फाड़कर अपने कुँवारेपन की लानत समेत इसमें समा जातीं।

क्या मेरी आपा मर्द की भूखी है? नहीं, भूख के अहसास से वो पहले ही सहम चुकी हैं। मर्द का तसव्वुर इनके मन में एक उमंग बनकर नहीं उभरा, बल्कि रोटी-कपड़े का सवाल बनकर उभरा है। वो एक बेवा की छाती का बोझ हैं। इस बोझ को ढकेलना ही होगा।

मगर इशारों-कनायों के बावजूद राहत मियाँ न तो खुद मुँह से फूटे और न उनके घर ही से पैग़ाम आया। थक-हारकर बी-अम्माँ ने पैरों के तोड़े गिरवी रखकर पीर मुश्किलकुशा की नियाज़ दिला डाली। दोपहर-भर मुहल्ले-टोले की लड़कियाँ सहन में ऊधम मचाती रहीं। बी-आपा शरमाती-लजाती मच्छरोंवाली कोठरी में अपने ख़ून की आख़िरी बूँदें चुसाने को जा बैठीं। बी-अम्माँ कमजोरी में अपनी चौकी पर बैठी चौथी के जोड़े में आखिरी टाँके लगाती रहीं। आज उनके चेहरे पर मंज़िलों के निशान थे। आज मुश्किलकुशाई होगी। बस आँखों की सूइयाँ रह गयी हैं, वो भी निकल जायेंगी। आज उनकी झुर्रियों में फिर मुश्किल थरथरा रही थी। बी-आपा की सहेलियाँ उनको छेड़ रही थीं और वो ख़ून की बची-खुची बूँदों को ताव में ला रही थीं। आज कई रोज़ से उनका बुखार नहीं उतरा था। थके-हारे दिये की तरह उनका चेहरा एक बार टिमटिमाता और फिर बुझ जाता। इशारे से उन्होंने मुझे अपने पास बुलाया। अपना आँचल हटाकर नियाज़ के मलीदे की तश्तरी मुझे थमा दी।

"इस पर मौलवी साहब ने दम किया है," उनकी बुखार से दहकती हुई गरम-गरम साँसें मेरे कान में लगीं।

तश्तरी लेकर मैं सोचने लगी—मौलवी साहब ने दम किया है। ये मुक़द्दस मलीदा अब राहत के पेट में झोंका जायेगा। वो तन्दूर जो छः महीने से हमारे ख़ून के छींटों से गरम रखा गया; ये दम किया हुआ मलीदा मुराद बर लायेगा। मेरे कानों में शादियाने बजने लगे। मैं भागी-भागी कोठे से बारात देखने जा रही हूँ। दूल्हे के मुँह पर लम्बा-सा सेहरा पड़ा है, जो घोड़े की अयालों को चूम रहा है···

चौथी का शहानी जोड़ा पहने, फूलों से लदी, शर्म से निढाल, आहिस्ता-आहिस्ता क़दम तोलती हुई बी-आपा चली आ रही हैं··· चौथी का ज़रतार जोड़ा झिलमिल कर रहा है। बी-अम्माँ का चेहरा फूल की तरह खिला हुआ है··· बी-आपा की हया से बोझिल निगाहें एक बार ऊपर उठती हैं। शुकराने का एक आँसू ढलककर अफ़्शाँ के ज़र्रों में क़ुमक़ुमे की तरह उलझ जाता है।

''ये सब तेरी ही मेहनत का फल है।'' बी-आपा की ख़ामोशी कह रही है···

हमीदा का गला भर आया···

''जाओ न मेरी बहनो !'' बी-आपा ने उसे जगा दिया और चौंककर ओढ़नी के आँचल से आँसू पोंछती ड्योढी की तरफ़ बढ़ी।

''ये··· ये मलीदा,'' उसने उछलते हुए दिल को काबू में रखते हुए कहा··· उसके पैर लरज रहे थे, जैसे वो साँप की बाँबी में घुस आयी हो। फिर पहाड़ खिसका··· और मुँह खोल दिया। वो एक क़दम पीछे हट गयी। मगर दूर कहीं बारात की शहनाइयों ने चीख लगायी, जैसे कोई दिन का गला घोंट रहा हो। काँपते हाथों से मुक़द्दस मलीदे का निवाला बनाकर उसने राहत के मुँह की तरफ बढ़ा दिया।

एक झटके से उसका हाथ पहाड़ की खोह में डूबता चला गया··· नीचे तअफ़्फ़ुन और तारीकी से अथाह ग़ार की गहराइयों में··· और एक बड़ी-सी चट्टान ने उसकी चीख को घोंटा।

नियाज़ के मलीदे की रकाबी हाथ से छूटकर लालटेन के ऊपर गिरी और लालटेन ने ज़मीन पर गिरकर दो-चार सिसकियाँ भरीं और गुल हो गयी। बाहर

आँगन में मुहल्ले की बहू-बेटियाँ मुश्किलकुशा[1] की शान में गीत गा रही थीं।

सुबह की गाड़ी से राहत मेहमाननवाज़ी का शुक्रिया अदा करता हुआ चला गया। उसकी शादी की तारीख़ तय हो चुकी थी और उसे जल्दी थी।

उसके बाद इस घर में कभी अण्डे तले न गये, पराँठे न सिंके और स्वेटर न बुने। दिक़, जो एक अरसे से बी-आपा की ताक में भागी पीछे-पीछे आ रही थी, एक ही जस्त में उन्हें दबोच बैठी। और उन्होंने अपना नामुराद वजूद चुपचाप उसकी आगोश में सौंप दिया।

और फिर उसी सहदरी में साफ़-सुथरी जाजम बिछायी गयी। मुहल्ले की बहू-बेटियाँ जुड़ीं। कफ़न का सफ़ेद-सफ़ेद लट्ठा मौत के आँचल की तरह बी-अम्माँ के सामने फैल गया। तहम्मुल के बोझ से उनका चेहरा लरज रहा था। बायीं आई-ब्रो फड़क रही थी। गालों की सुनसान झुर्रियाँ भायँ-भायँ कर रही थीं, जैसे उनमें लाखों अज़दहे फुंकार रहे हों।

लट्ठे की कान निकालकर उन्होंने चौपरत किया और उनके दिल में अनगिनत कैंचियाँ चल गयीं। आज उनके चेहरे पर भयानक सुकून और हरा-भरा इत्मीनान था, जैसे उन्हें पक्का यक़ीन हो कि दूसरे जोड़ों की तरह चौथी का ये जोड़ा सेंता न जाये।

एकदम सहदरी में बैठी लड़कियाँ बालियाँ मैनाओं की तरह चहकने लगीं। हमीदा माँजी को दूर झटककर उनके साथ जा मिली। लाल टूल पर सफ़ेद गज़ी का निशान! इसकी सुर्ख़ी में न जाने कितनी मासूम दुल्हनों का सुहाग रचा है और सफ़ेदी में कितनी नामुराद कुँवारियों के कफ़न की सफ़ेदी डूबकर उभरी है। और फिर सब एकदम खामोश हो गये। बी-अम्माँ ने आख़िरी टाँका भरके डोरा तोड़ लिया। दो मोटे-मोटे आँसू उनके रुई-जैसे नरम गालों पर धीरे-धीरे रेंगने लगे। उनके चेहरे की शिकनों में से रोशनी की किरनें फूट निकलीं और वो मुस्करा दीं, जैसे आज उन्हें इत्मीनान हो गया कि उनकी कुबरा का सुआ जोड़ा बनकर तैयार हो गया हो और कोई दम में शहनाइयाँ बज उठेंगी।

---

1. हज़रत अली।

सबके चेहरे फक थे। घर में खाना भी न पका था। आज छठा रोज़ था। बच्चे स्कूल छोड़े घरों में बैठे अपनी और सारे घरवालों की ज़िन्दगी बवाल किये दे रहे थे। वही मार-कटाई, धौल-धप्पा, वही ऊधम और कलाबाज़ियाँ, जैसे 15 अगस्त आया ही न हो। कम्बख़्तों को यह भी ख़याल नहीं कि अंग्रेज चले गये और चलते-चलते ऐसा गहरा घाव मार गये जो बरसों रिसेगा। हिन्दुस्तान पर अमल ज़र्राही ही कुछ ऐसे लुंजे हाथों और घट्टल नश्तरों से हुआ है कि हज़ारों शिरयानें कट गयी हैं। ख़ून की नदियाँ बह रही हैं। किसी में इतनी सकत नहीं कि टाँके लगा सके।

कोई और मामूली दिन होंता तो कम्बख़्तों से कहा जाता, बाहर काला मुँह करके गरद मचाओ, लेकिन चन्द रोज़ से शहर की फ़िज़ा ऐसी गलीज़ हो रही थी कि शहर के सारे मुसलमान एक तरह से नज़रबन्द बैठे थे। घरों में ताले पड़े थे और बाहर पुलिस का पहरा था। लिहाजा कलेजे के टुकड़ों को सीने पर कोदो दलने के लिए छोड़ दिया गया। वैसे सिविल लाइन्स में अमन ही था, जैसा कि आम तौर पर रहता है। यह गन्दगी तो वहीं ज़्यादा उछलती है जहाँ चहबच्चे होते हैं, जहाँ ग़ुरबत होती है। वहीं जहालत के घूरे पर नाम निहाद मज़हब के ढेर बज जाते हैं और ये ढेर कुरेदकर बदले जा चुके थे। ऊपर से पंजाब से आनेवालों की दिन-ब-दिन बढ़ती हुई तादाद अक़्लियत के दिल में दहशत बैठा रही थी। गलाज़त के ढेर तेज़ी से कुरेदे जा रहे थे और उफ़नत रेंगती-रेंगती साफ़-सुथरी सड़कों पर पहुँच चुकी थी। दो जगह तो खुल्लम-खुल्ला मुज़ाहिरे भी हुए, लेकिन मारवाड़ की रियासतों के हिन्दू-मुसलमान की इस क़दर मिलती-जुलती मआशरत है कि उन्हें नाम, सूरत या लिबास से भी बाहरवाले मुश्किल से पहचान सकते हैं। बाहरवाले अक़्लियत के लोग जो आसानी से पहचाने जा सकते थे, वो तो पहले ही पन्द्रह अगस्त की बू पाकर पाकिस्तान की हदूद में खिसक गये थे। रहे रियासत के क़दीम बाशिन्दे, तो न ही उनमें इतनी समझ और न ही उनकी इतनी हैसियत कि पाकिस्तान और हिन्दुस्तान का दक़ीक़ मसला उन्हें कोई बैठकर समझाता। जिन्हें समझना था वह समझ चुके थे और महफ़ूज़ हो चुके थे। बाकी जो यह सुनकर गये थे कि चार सेर का गेहूँ

और चार आने की हाथ-भर लम्बी नान पाव (रोटी) मिलती है, वह लौट रहे थे। क्योंकि वहाँ जाकर उन्हें यह भी पता चला कि चार सेर का गेहूँ खरीदने के लिए एक रुपये की भी ज़रूरत होती है और हाथ-भर लम्बी नान पाव (रोटी) के लिए पूरी चवन्नी देनी पड़ती है। और यह रुपया-अठन्नियाँ न ही किसी दुकान पर मिलें न खेतों में उगें। उन्हें हासिल करना इतना ही मुश्किल है जितना ज़िन्दा रहने की तमन्ना।

लिहाज़ा जब खुल्लम-खुल्ला इलाक़ों से अक़्लियत को निकालने की राय हुई तो बड़ी मुश्किल आन पड़ी। ठाकुरों ने साफ कह दिया कि साहब रिआया ऐसी गुथी-मिली रहती है कि मुसलमानों को बीनकर निकालने के लिए बाक़ायदा स्टाफ की ज़रूरत है, जो कि बेकार ज़ायद खर्च है। वैसे अगर आप कोई टुकड़े ज़मीन के शरणार्थियों के लिए खरीदना चाहें तो वह खाली कराये जा सकते हैं। जानवर तो रहते ही हैं, जब कहिए जंगल खाली करा दिया जाये।

अब रह गये चन्द गिने-चुने खानदान, जो या तो महाराजा के चेले-चाँटों में से थे और जिनके जाने का सवाल न था या वह जो जाने को तुले बैठे थे। बस बिस्तर बाँधे रखे थे। हमारा ख़ानदान भी इसी फ़ेहरिस्त में आता था। जब तक बड़े भाई अजमेर से न आये थे, कुछ ऐसी जल्दी न थी, मगर उन्होंने तो आकर बौखला ही दिया। फिर भी किसी ने ज़्यादा अहमियत न दी। वहाँ तो शायद किसी के कान पर जूँ न रेंगती और बरसों असबाब न बँध चुकता, जो, अल्लाह भला करे छब्बा मियाँ का, वह पैंतरा न चलते! बड़े भाई तो जाने ही वाले थे। कह-कह कर हार गये थे। मियाँ छब्बा ने क्या किया कि एकदम स्कूल की दीवार पर 'पाकिस्तान ज़िन्दाबाद' लिखने का फ़ैसला कर लिया। रूपचन्दजी के बच्चों ने इसकी मुख़ालिफ़त की। फौरन बिगाड़कर 'अखण्ड हिन्दुस्तान' लिख दिया। नतीजा यह कि चल गया जूता और एक-दूसरे ही को सफहा-ए-हस्ती से मिटाने की सई फ़रमायी गयी। बात बढ़ गयी। हत्ता कि पुलिस बुलायी गयी और जो चन्द गिनती के मुसलमान बच्चे थे, उन्हें लारी में भरकर घरों को भिजवा दिया गया।

अब सुनिए कि ज्यों ही बच्चे घर में आये, हमेशा हैजा-ताऊन के सुपुर्द करनेवाली माँएँ ममता से बेकरार होकर दौड़ीं और उन्हें कलेजे से लगा लिया गया। कोई दिन होता कि रूपचन्दजी के बच्चों से छब्बा लड़कर आता तो दुल्हिन भाभी जूतियों से उसकी वह मरम्मत करतीं कि तौबा भली और उठाकर

उन्हें रूपचन्दजी के पास भेज दिया जाता कि पिलाइए उसे अरण्डी का तेल और कुनैन मिक्स्चर क्योंकि रूपचन्दजी हमारे खानदानी डाक्टर ही नहीं, बल्कि अब्बा के पुराने दोस्त थे। डाक्टर साहब की दोस्ती अब्बा से, उनके बेटों की भाइयों से, बहुओं की हमारी भावजों से और नयी पौध की नयी पौध से; आपस में दाँत-काटी रोटी थी। दोनों खानदानों की मौजूदा तीन पीढ़ियाँ एक-दूसरे से ऐसी घुली-मिली थीं कि शुबहा भी न था कि हिन्दुस्तान की तक़सीम के बाद उस मुहब्बत में फूट पड़ जायेगी।

हालाँकि दोनों ख़ानदानों में मुस्लिम लीगी, काँग्रेसी और महासभाई मौजूद थे। मज़हबी और सियासी साज़िशें भी जम-जमकर होती थीं, मगर ऐसे ही, जैसे फुटबाल या क्रिकेट-मैच होते हैं। इधर अब्बा काँग्रेसी थे तो उधर डाक्टर साहब और बड़े भाई लीगी थे। ज्ञानचन्द महासभाई और मँझले भाई कम्युनिस्ट, तो उधर गुलाबचन्द सोशिलस्ट। इसी हिसाब से मर्दों की बीवियाँ और बच्चे भी उसी पार्टी के थे। आमतौर पर जब मुचीटा होता तो काँग्रेस का पल्ला भारी पड़ता। कम्युनिस्ट और सोशिलस्ट भी गालियाँ खाते, मगर फिर काँग्रेसियों में ही घुस पड़ते। रह जाते महासभाई और लीगी, ये दोनों हमेशा साथ देते। गोया कि एक-दूसरे के दुश्मन होते, फिर भी दोनों मिलकर काँग्रेस पर जुम्ला कसते।

लेकिन इधर कुछ साल से मुस्लिम लीग का ज़ोर बढ़ता गया और महासभा का भी। काँग्रेस का तो बिल्कुल पटरा हो गया। बड़े भाई की सिपहसालारी में घर की सारी नयी पौध, सिवाये दो-एक ग़ैर-जानिबदार किस्म के काँग्रेसियों को छोड़कर, नेशनल गार्ड की तरह डट गयी।

उधर ज्ञानचन्द की सरदारी में सेवक संघ छोटा-सा दल डट गया, मगर दोस्ती और मुहब्बत में फ़ितूर न आया।

''अपने लल्लू की शादी तो मुन्नी ही से करूँगा।'' महासभाई ज्ञानचन्द मुन्नी के लीगी बाप से कहते, ''सोने की पाज़ेब लाऊँगा।''

''यार, मुलम्मे की न ठोंक देना!'' बड़े भाई ज्ञानचन्द साहूकारी पर हमला करते।

इधर नेशनल गार्ड दीवारों पर 'पाकिस्तान ज़िन्दाबाद' लिख देते और सेवक संघ का दल उसे बिगाड़कर 'अखण्ड हिन्दुस्तान' लिख देता। यह उस वक़्त का ज़िक्र है जब पाकिस्तान का लेन-देन एक हँसने-हँसाने का मशग़ला था।

अब्बा और रूपचन्द यह सबकुछ सुनते और मुस्कराते हुए सारे एशिया को एक बनाने के मंसूबे बाँधने लगते।

अम्माँ और चाची, सियासत से दूर धनिये, हल्दी और बेटियों के जहेज़ की बातें किया करतीं और बहुएँ एक-दूसरे के फैशन चुराने की ताक में लगी रहतीं। नमक-मिर्च के साथ-साथ डाक्टर साहब के यहाँ से दवाइयाँ भी मँगवायी जातीं रोज़। किसी को छींक आयी और दौड़ा डाक्टर साहब के पास या जहाँ कोई बीमार हुआ और अम्माँ ने दाल-भरी रोटी या दही-बड़े बनवाने शुरू किये और डाक्टर साहब से कहलवा दिया कि खाना हो तो आ जाइए। डाक्टर साहब अपने पोतों का हाथ पकड़े आन पहुँचे। चलते वक़्त बीवी कहती—

''खाना न खाना, सुना!''

''हूँ, तो फिर फीस कैसे वसूल करूँगा। देखो जी, लाला और चुन्नी को भेज देना।''

''हाय राम! तुम्हें तो लाज भी नहीं आती।'' चाची बड़बड़ातीं। मज़ा तो तब आता जब कभी अम्माँ की तबीयत खराब होती। अम्माँ तो बस काँप जातीं। वे कहतीं—

''ना भई, मैं इस मस्खरे से इलाज नहीं करवाती।'' मगर फिर घर के डाक्टर को छोड़कर कौन शहर से बुलाने जाता। लिहाज़ा सुनते ही डाक्टर साहब दौड़े आते।

''अकेली-अकेली पुलाव ज़र्दे उड़ाओगी तो बीमार पड़ोगी ही।'' वह जलाते।

''जैसे तुम खाओ हो वैसे ही औरों को समझते हो!'' अम्माँ पर्दे के पीछे से भन्नातीं।

''अरे यह बीमारी का तो बहाना है। भाई, तुम वैसे ही कहलवा दिया करो, मैं आ जाया करूँगा। यह ढोंग काहे को रचाती हो।'' वह आँखों में शरारत जमा करके मुस्कराते और अम्माँ जलकर हाथ खींच लेतीं। अब्बा मुस्कराकर रह जाते।

एक मरीज़ को देखने आते तो सारे घर के मर्ज़ उठ खड़े होते। कोई अपना पेट लिये चला आ रहा है तो किसी की फुंसी छिल गयी। किसी का कान पक रहा है तो किसी की नाक सूजी हुई है।

''क्या मुसीबत है डिप्टी साहब! एक-आध को ज़हर दे दूँगा! क्या मुझे

सलोतरी समझा है कि दुनिया-भर के जानवर टूट पड़े !'' वह मरीज़ों को देखते जाते और बड़बड़ाते जाते।

और ज़हाँ कोई नये बच्चे की आमद की इत्तला होती, वह जुम्ला सामाने-तख़लीक[1] को गालियाँ देने लगते।

''हूँ, मुफ़्त का डाक्टर है ! पैदा किये जाओ कमबख़्त के सीने पर कोदो दलने के लिए !''

मगर ज्यों ही दर्द शुरू होता वह अपने बरामदे से हमारे बरामदे के चक्कर काटने लगते। चीख-चिंघाड़ से सबको बौखला देते। मुहल्ले-टोलेवालों का आना दुश्वार। बननेवाले बाप के आते-जाते तड़ा-तड़ चपतें और जुर्रते-अहमकाना पर फटकारें !

पर ज्यों ही बच्चे की पहली आवाज़ उनके कानों में पहुँचती, वह बरामदे से दरवाज़े पर और दरवाज़े से कमरे के अन्दर आ जाते और उनके साथ-साथ अब्बा भी बावले होकर आ जाते। औरतें कोसतीं, पर्दे में हो जातीं। जच्चा की नब्ज़ देखकर वह उसकी पीठ ठोंकते—'वाह मेरी शेरनी !' और बच्चे का नाल काटकर नहलाना शुरू कर देते। वालिद साहब घबरा-घबराकर फूहड़ नर्स का काम अंजाम देते, फिर अम्माँ चिल्लाना शुरू कर देतीं—

''लो ग़ज़ब खुदा का, ये मर्दुए हैं कि जच्चाख़ाने में पिले पड़ते हैं !'' और मामले की नज़ाकत को महसूस करके दोनों डाँट खाते हुए बच्चों की तरह भागते बाहर।

फिर जब अब्बा के ऊपर फालिज का हमला हुआ तो रूपचन्दजी हास्पिटल से रिटायर्ड हो चुके थे और उनकी सारी प्रैक्टिस उनके और हमारे घर तक ही महदूद रह गयी थी। इलाज तो और भी कई डाक्टर कर रहे थे, मगर नर्स के और माँ के साथ डाक्टर साहब ही जागते। जिस वक़्त से वह अब्बा को दफनाकर आये, ख़ानदानी मुहब्बत के अलावा उन्हें ज़िम्मेदारी का भी एहसास हो गया। बच्चों की फीस माफ़ कराने स्कूल दौड़े जाते, लड़कियों-बालियों के जहेज़ के लिए ज्ञानचन्द का नातिक़ा[2] बन्द रखते। घर का कोई ख़ास काम बग़ैर डाक्टर साहब की राय के न होता। पच्छिमी बाज़ू को तुड़वाकर जब दो कमरे

---

1. समस्त सृजन तत्त्व। 2. बोलती।

बढ़ाने का सवाल उठा तो डाक्टर साहब ही की राय से दबा दिया गया।

''इससे तो ऊपर दो कमरे बढ़वा लो।'' उन्होंने राय दी। उस पर अमल हुआ। मज्जन, एफ. ए. में साइस लेने को तैयार न था, डाक्टर साहब जूता लेकर पिल पड़े। मामला तय हो गया। फ़रीदा, मियाँ से लड़कर घर आन बैठी। डाक्टर साहब के पास उसका मियाँ पहुँचा और दूसरे दिन उसकी मँझली बहू। शीला जब ब्याहकर आयी तो दाई का झगड़ा भी खत्म हो गया। बेचारी अस्पताल से भागी आयी। फीस तो क्या चीज़ है, ऊपर से छठे दिन कुर्ता, टोपी लेकर आती।

पर आज जब छब्बा लड़कर आये तो उनकी ऐसी आवभगत हुई, जैसे मर्दे-ग़ाज़ी मैदान मारकर आया है। सबने ही उसकी बहादुरी की तफ़सील पूछी और बहुत-सी ज़बानों के आगे सिर्फ़ अम्माँ की ज़बान गंग रही। आज से नहीं, पन्द्रह अगस्त से जब डाक्टर साहब के घर पर तिरंगा झण्डा और अपने घर पर लीग का झण्डा लगा था—उसी दिन से उनकी ज़बान को चुप लग गयी। उन दो झण्डों के दरम्यान मीलों लम्बी-चौड़ी खलीज हायल हो गयी, जबकि भयानक गहराई को वह अपनी ग़मगीन आँखों से देख-देखकर लरजा करतीं। फिर शरणार्थियों का ग़लबा हुआ तो बड़ी बहू के मैकेवाले भावलपुर से माल लुटाकर और बड़ी मुश्किल से जान बचाकर आये तो बस! फिर रावलपिण्डी से जब निर्मला के ससुरालवाले आये तो उस खलीज में अज़दहे फुंकारें मारने लगे। जब छोटी भाभी ने अपने बच्चे का पेट दिखाने को भेजा तो शीला भाभी ने जल्दी से नौकर को भगा दिया। किसी ने भी इस मामले पर बहस-मुबाहसा नहीं किया। सारे घर के मर्ज़ एकदम रुक गये। बड़ी भाभी तो अपने हिस्टीरिया के दौरे भूलकर असबाब बाँधने लगीं।

''मेरे ट्रंक को हाथ न लगाना!'' अम्माँ की ज़बान आख़िर को खुली और सब हक्का-बक्का रह गये।

''क्या आप नहीं जायेंगी?'' बड़े भैया तुर्शी से बोले।

''नउज मुई, मैं सिन्धिनों में मरने जाऊँ! अल्लामारियाँ बुर्के-पाजामे फड़काती फिरे हैं!''

''तो सँझले के पास ढाका चली जाइए।''

''ऐ, वह ढाका काहे को जायेंगी। कहीं के मुण्डीकाटे बंगाली तो चावल हाथों से लसेड़-लसेड़कर खावे हैं!'' सँझले की सास मुमानी-बी ने ताना दिया।

''तो रावलपिण्डी चलो, फ़रीदा के यहाँ।'' खाला बोलीं।

''तोबा मेरी, अल्लाह पाक पंजाबियों के हाथों किसी की मिट्टी पलीद न कराये। दोज़खियों की तो ज़बान बोले हैं।'' आज तो मेरी कमसुख़न अम्माँ फटाफट बोल चलीं।

''ऐ बुआ, तुम्हारी तो वही मसल हो गयी कि ऊँचे कि नीचे भैरिये के पेड़ तले बेटी तेरा घर न जानूँ। ऐ बी, यह कट्टो-गिलहरी की तरह ग़मज़ामस्तियाँ, कि बादशाह ने बुलाया। लो भई, झम-झम करता हाथी भेजा कि चक-चक, यह तो काला-काला कि घोड़ा भेजा चक-चक, यह तो लातें साड़े कि…''

बावजूद कि फ़िज़ा मुकद्दर[1]-सी थी, फिर भी क़हक़हा पड़ गया। मेरी अम्माँ का मुँह और फूल गया।

''क्या बच्चों की-सी बातें हो रही हैं?'' नेशनल गार्ड के सरदारे-आला बोले, ''जिनका सिर न पैर! क्या इरादा है? यहाँ रहकर कट मरें?''

''तुम लोग जाओ; अब मैं कहाँ जाऊँगी, मेरा आख़िरी वक़्त।''

''तो आखिरी वक़्त में काफ़िरों से गत बनवाओगी?''

खाला-बी पोटलियाँ गिनती जाती हैं। पोटलियों में सोने-चाँदी के जेवर से लेकर हड्डियों का मंजन, सूखी मेथी और मुल्तानी मिट्टी तक थी। उन चीज़ों को वह ऐसे कलेजे से लगाकर ले जा रही थीं गोया पाकिस्तान का स्टर्लिंग बैलेंस कम हो जायेगा। तीन दफ़ा बड़े भाई ने जलकर उनकी पुराने रूअड़ की पोटलियाँ फेंकीं। पर वह ऐसी चिंघाड़ीं गोया यह दौलत न गयी तो पाकिस्तान ग़रीब रह जायेगा। और मजबूरन बच्चों के मूत में डूबी हुई गदेलों की रूई के पुलिन्दे बाँधने पड़े। बर्तन बोरों में भरे गये। पलँगों के पाये-पट्टियाँ खोलकर झांगों में बाँधी गयीं और देखते-ही-देखते जमा-जमाया घर टेढ़ी-मेढ़ी गठरियों और बग़्चों में तब्दील हो गया।

अब तो सामान के पैर लग गये हैं और कुलाँचें भरता फिरता है। ज़रा सुस्ताने को बैठा है और फिर उठकर नाचने लगेगा।

पर अम्माँ का ट्रंक ज्यों-का-त्यों रखा रहा।

''आपका इरादा यहाँ मरने का है तो कौन रोक सकता है।'' भाई साहब ने आख़िर में कहा।

और मेरी मासूम-सूरत की भोली-सी अम्माँ भटकी आँखों से गँदले

1. अवसादपूर्ण।

आसमान को तकती रहीं, जैसे वह खुद अपने-आप से पूछती हों—कौन मार डालेगा ? और कब ?

''अम्माँ तो सठिया गयी हैं, इस उमर में अक्ल ठिकाने नहीं।'' मँझले भाई कान में खुसफुसाये।

''क्या मालूम उन्हें कि काफ़िरों ने मासूमों पर तो और ज़ुल्म ढाये हैं। अपना वतन होगा तो जानो-माल का तो इत्मीनान रहेगा।''

अगर मेरी कमसुख़न अम्माँ की ज़बान तेज़ होती तो वह जरूर कहतीं—'अपना वतन है किस चिड़िया का नाम ? लोगो! बताओ वह है कहाँ अपना वतन ? जिस मिट्टी में जन्म लिया, जिसमें लोट-पोटकर बढ़े-पले, वही अपना वतन न हुआ तो फिर जहाँ चार दिन को जाकर बस जाओ वह कैसे अपना वतन हो जायेगा ? और फिर कौन जाने वहाँ से भी कोई निकाल दे। कहे, जाओ नया वतन बसाओ। अब यहाँ चराग़े-सहरी[1] बनी बैठी हूँ। एक नन्हाँ-सा झोंका आया और वतन का झगड़ा खत्म। यह वतन उजाड़ने और बसाने का खेल कुछ दिलचस्प भी तो नहीं। एक दिन था जब मुग़ल अपना वतन छोड़कर नया वतन बसाने आये थे, आज फिर चलो वतन बसाने। वतन न हुआ, पैर की जूती हो गयी! ज़रा तंग पड़ी, उतार फेंकी, दूसरी पहन ली!'

मगर वह खामोश रहीं। उनका चेहरा पहले से ज़्यादा थका हुआ मालूम पड़ा। जैसे वह सदियों से वतन की खोज में ख़ाक छानने के बाद थककर आन बैठी हों और इस तलाश में खुद को भी खो चुकी हों।

सिर आये, पैर गये। मगर अम्माँ अपनी जगह पर ऐसे जमी रहीं जैसे बड़ के पेड़ की जड़ आँधी-तूफान में खड़ी रहती है।

पर जब बेटे-बेटियाँ, बहुएँ-दामाद, पोते-पोतियाँ, नवासे-नवासियाँ पूरा-का-पूरा काफ़िला बड़े फाटक से निकलकर पुलिस की निगरानी में लारियों में सवार होने लगा तो उनके कलेजे के टुकड़े उड़ने लगे। बेचैन नज़रों से उन्होंने खलज के उस पार बेकसी से देखा। सड़क-बीच का घर इतना दूर लगा, जैसे दूर कोई सरगर्दां बादल! रूपचन्दजी का बरामदा सुनसान पड़ा था। दो-एक बार बच्चे बाहर निकले, मगर हाथ पकड़कर वापस घसीट लिये गये। पर अम्माँ की आँसू-भरी आँखों ने उन आँखों को देख लिया जो दूर-दराज़ों की झिरियों और

---

1. प्रभात का बुझता हुआ दीप।

चक्कों के पीछे नमनाक हो रही थीं। जब लारियाँ धूल उठाकर काफ़िले को ले सिधारीं तो बायीं तरफ़ की एक मुर्दा हिस[1] ने साँस ली। दरवाज़ा खुला और बोझिल कदमों से रूपचन्दजी चोरों की तरह सामने के खाली ढूँढार घर को ताकते निकले और थोड़ी देर तक गुबार के बगूले में बिछुड़ी हुई सूरतों को ढूँढ़ते रहे। फिर उनकी नाकाम निगाहें मुज़रिमाना अन्दाज़ में उजड़े दयार में भटकती हुई वापस ज़मीन में धँस गयीं।

जब सारी उमर की पूँजी को ख़ुदा के रहमो-करम के हवाले करके अम्माँ सहन में आकर खड़ी हुईं तो उनका बूढ़ा दिल नन्हें बच्चे की तरह सहमकर कुम्हला गया। जैसे चारों तरफ से भूत आकर उन्हें दबोच लेंगे। चकराकर उन्होंने खम्भे का सहारा लिया। सामने नज़र उठी तो कलेजा उछलकर मुँह को आया। यही तो वह कमरा था जिसे दूल्हा की प्यार-भरी गोद में लाँघकर आयी थी। यहीं तो कमसिन, खौफ़ज़दा आँखोंवाली भोली-सी दुल्हिन के चाँद-से चेहरे पर घूँघट उठा। ज़िन्दगी-भर की गुलामी लिख दी थी। वह सामने, बाज़ू के कमरे में पहलौठी की बेटी पैदा हुई थी ··· और बड़ी बेटी की याद एकदम से हूक बनकर कलेजे में कौंध गयी। वह कोने में उसका नाल गड़ा था। एक नहीं, दस नाल गड़े थे और दस रूहों ने यहीं पहली साँस ली थी। दस गोश्त व पोस्त की मूरतों ने, दस इन्सानों ने इसी मुक़द्दस कमरे में जनम लिया था। इस मुक़द्दस कोख से जिसे आज वे छोड़कर चले गये थे। जैसे वह पुरानी कुचली थी, जिसे वे काँटों में उलझाकर सब सटा-सट निकले चले गये। अमन और सुकून की तलाश में रुपये के चार सेर गेहूँ के पीछे। और उन नन्हीं-नन्हीं हस्तियों की प्यारी आँखों से कमरा अब तक गूँज रहा था। लपककर वह कमरे में गोद फैलाकर दौड़ गयीं, पर उनकी गोद खाली थी। वह गोद, जिसे सुहागिनें तक़द्दुस (पवित्रता) से छूकर हाथ कोख को लगाती थीं, आज खाली थी। कमरा पड़ा भायँ-भायँ कर रहा था। दहशतज़दा होकर वह लोट-पोट गिरीं, मगर छूटे हुए क़दम न लौटा सकीं। वह दूसरे कमरे में लड़खड़ा गये। यहीं तो ज़िन्दगी के साथी ने पचास बरस के निबाह के बाद मुँह मोड़ा था। यहीं दरवाज़े के सामने कफ़नाई लाश रखी थी। सारा कुनबा घेरे खड़ा था। ख़ुशनसीब थे वह तो अपने प्यारों की गोद में सिधारे, पर ज़िन्दगी की साथी को छोड़ गये। वह

---

1 एहसास।

आज बेक़फ़नाई हुई लाश की तरह लावारिस पड़ी रह गयी। पैरों ने जवाब दे दिया और वहीं बैठ गयी, जहाँ मैयत के सिरहाने दस बरस उन कँपकपाते हाथों ने चिराग़ जलाया था। पर आज चिराग़ में तेल न था और बत्ती थी कि खत्म हो चुकी थी।

उधर सामने रूपचन्द अपने बरामदे में टहल रहे थे और ज़ोर-ज़ोर से गालियाँ दे रहे थे—अपने बीवी-बच्चों को, नौकरों को, सरकार को और सामने फैली हुई बेज़ुबान सड़क को, ईंट-पत्थरों को, चाकू-छुरियों को, हत्ता कि पूरी कायनात उनकी गालियों की बम्बारी के आगे सहमी-दुबकी बैठी थी। ख़ासतौर पर उस खाली घर को जो सड़क के उस पार खड़ा उनको मुँह चिढ़ा रहा था। उन्होंने जैसे खुद अपने हाथों से उसकी ईंट-से-ईंट टकरा दी हो। वे कोई चीज़ अपने दिमाग़ में से झटक देना चाहते थे। सारी क़ूव्वतों की मदद से नोंचकर फेंक देना चाहते थे। मगर नाकामी से झुँझला उठते थे, कीना (बुग़्ज़)की जड़ों की तरह जो चीज़ उनके वजूद में जम चुकी थी, वे उसे पूरी ताक़त से खींच रहे थे। साथ-साथ जैसे उनका गोश्त खिचता चला आता हो। वह कराहकर छोड़ देते थे। फिर एकदम उनकी गालियाँ बन्द हो गयीं, टहल थम गयी और वे मोटर में बैठकर चल दिये।

रात को जब गली के नुक्कड़ पर सन्नाटा छा गया तो पिछले दरवाज़े से रूपचन्द की बहू दो परोसी हुई थालियाँ ऊपर-नीचे धरे चोरों की तरह दाख़िल हुई। दोनों बूढ़ी औरतें खामोश एक-दूसरे के आमने-सामने बैठ गयीं। ज़बानें बन्द रहीं पर आँखें कुछ कह-सुन रही थीं। दोनों थालियों का खाना ज्यों-का-त्यों रखा था। औरतें जब किसी की ग़ीबत (निन्दा) करती हैं तो उनकी ज़बानें कतरनी की तरह चल निकलती हैं। पर जहाँ जज़बात ने हमला किया और मुँह में ताले पड़ गये।

रात-भर न जाने कितनी देर, परेशानियाँ अकेला पाकर शबखून (छापा) मारती हैं। न जाने रास्ते ही में तो सब न खत्म हो जायेंगे। आजकल तो इक्का-दुक्का नहीं, पूरी-पूरी रेलें कट रही हैं। पचास बरस ख़ून से सींचकर खेती तैयार की और आज वह देश-निकाला लेकर नयी ज़मीन की तलाश में गिरते-पड़ते चल पड़ी थीं। कौन जाने नयी ज़मीन उन पौधों को रास आये न आये। कुम्हला तो न जायेंगे ये ग़रीबुल वतन पौधे ? छोटी बहू तो अल्लाह रखे, अनगिना महीना है, न जाने किस जंगल में जच्चाख़ाना बने। घर-बार,

नौकरी-व्यापार सबकुछ छोड़कर चल पड़े हैं। नये वतन में चील-कौवों ने कुछ छोड़ा भी होगा या मुँह तकते ही लौट आयेंगे। जो लौटकर आयेंगे तो फिर से जड़े पकड़ने का भी मौका मिलेगा या नहीं ? कौन जाने यह बूढ़ा ठूँठ बहार के लौट आने तक ज़िन्दा भी रहेगा या नहीं ?

घण्टों सड़न बावलियों की तरह दीवार-पाखों से लिपट-लिपटकर न जाने क्या बकती रहीं, फिर शल होकर पड़ गयीं। नींद कहाँ ? सारी रात बूढ़ा जिस्म जवान बेटियों की कटी-फटी लाशें, नौ-उम्र बहुओं के बरहना (नग्न) जुलूस और पोतों-नवासों की चीथड़े उड़ते देख-देखकर थर्राता रहा। न जाने कब ग़फ़लत ने हमला कर दिया कि एकदम ऐसा मालूम हुआ कि दरवाज़े पर दुनिया-भर का ग़ज़ब ढह पड़ा। जान प्यारी न सही, पर तेल का दिया भी बुझते वक़्त काँप तो उठता ही है। और फिर सीधी-सादी मौत ही क्या बेरहम होती है, जो ऊपर से वह इन्सान का भूत बनकर आये। सुना है बुढ़ियों तक को बाल पकड़कर सड़कों पर घसीटते हैं। यहाँ तक कि खाल छिलकर हड्डियाँ झलक आती हैं और वही दुनिया के अज़ाब नाज़िल होते हैं, जिनके ख़याल से दोज़ख़ के फ़रिश्ते भी ज़र्द पड़ जायें।

दस्तक की घम-गरज बढ़ती जा रही थी। मल्कुल्मौत को जल्दी पड़ी थी न ! और फिर आपसे-आप सारी चटखनियाँ खुल गयीं। बत्तियाँ जल उठीं। जैसे दूर कुएँ की तह से किसी की आवाज़ आयी। शायद बड़ा लड़का पुकार रहा था··· नहीं, ये तो छोटे और मँझले की आवाज़ थी। दूसरी दुनिया के मादूम[1] से कोने से।

तो मिल गया सबको वतन ? इतनी जल्दी ? सँझला ! उसके पीछे छोटा। साफ तो खड़े थे। गोदों में बच्चों को उठाये बहुएँ। फिर एकदम-से सारा घर जी उठा, सारी रूहें जाग उठीं और दुखियारी माँ के गिर्द जमा हो गयीं। छोटे-बड़े हाथ प्यार से छूने लगे। एकदम से खुश्क होठों में नन्हीं-नन्हीं कोंपलें फूट निकलीं। बफ़ूरे-मसर्रत[2] से सारे हवास तितर-बितर होकर तारीकी में भँवर डालते डूब गये।

जब आँख खुली तो नब्ज़ पर जानी-पहचानी उँगलियाँ रेंग रही थीं। रूपचन्दजी पर्दे के पीछे से कह उठे–

---

1. गुम, खोया हुआ। 2. अत्यधिक खुशी।

''अरे भाभी, मुझे वैसे ही बुला लिया करो, चला आऊँगा। यह ढोंग काहे को रचती हो।''

''और भाभी, आज तो फीस दिलवा दो। देखो तुम्हारे नालायक लड़कों को लोनी जंक्शन से पकड़कर लाया हूँ। भागे जाते थे बदमाश कहीं के। पुलिस सुपरिन्टेण्डेण्ट का भी एतबार नहीं करते थे।''

फिर बूढ़े होंठ में कोंपलें फूट निकलीं। वह उठकर बैठ गयीं। थोड़ी देर ख़ामोशी रही, फिर दो गर्म-गर्म मोती लुढ़ककर रूपचन्दजी के झुर्रियोंदार हाथों पर गिर पड़े।

मुग़ल बच्चा

फतेहपुर-सीकरी के सुनसान खँडहरों में गोरी दादी का मकान पुराने सूखे जख्म की तरह खटकता था। ककैय्या ईंट का दो-मंजिला घुटा-घुटा-सा मकान एक मार खाये रूठे हुए बच्चे की तरह लगता था। देखकर ऐसा मालूम होता था कि वक़्त का ज़लज़ला उसकी ढिठाई से हार कर आगे बढ़ गया और शाही शानो-शौकत पर टूट पड़ा।

गोरी दादी सफेद झक चाँदनी बिछे तख्त पर सफ़ेद बेदाग कपड़ों में एक संगमरमर का मकबरा मालूम होती थीं। सफ़ेद ढेरों बाल, बेख़ून की सफ़ेद धोयी हुई मलमल जैसी खाल, हलकी-भूरी आँखें जिन पर सफ़ेदी रेंग आयी थी, पहली नज़र में सफ़ेद लगती थीं। उन्हें देखकर आँखें चकाचौंध हो जाती थीं जैसे पिसी हुई चाँदी की धूल उनके आस-पास छायी हुई हो।

न जाने कब से जिये जा रही थीं। लोग उनकी उमर सौ से ऊपर बताते थे। खुली-खुली गुमसुम बेनूर आँखों से वो इतने साल क्या देखती रही थीं, क्या सोचती रही थीं, कैसे ज़ीती रही थीं। बारह-तेरह बरस की उमर में वो मेरी अम्माँ के चचा-दादा से ब्याही तो गयी थीं मगर दूल्हा ने दुल्हन का घूँघट भी न उठाया था। क्वाँरेपन की एक सदी उन्होंने इन्हीं खँडहरों में बितायी थी। जितनी गोरी बी सफ़ेद थीं, उतने ही उनके दूल्हा स्याह-भट्ट थे, इतने काले कि उनके आगे चिराग बुझे! गोरी बी बुझ कर भी धुआँ देती रहीं।

सरे-शाम खाना खाकर झोलियों में सूखा मेवा भरकर हम बच्चे लिहाफ़ों में दुबककर बैठ जाते और पुरानी ज़िन्दगी के पत्ते उल्टे जाने लगते। बार-बार सुन कर भी जी न भरता, अदबदा कर गोरी बी और काले मियाँ की कहानी दुहरायी जाती। बेचारे की अकल पर पत्थर पड़ गये थे कि इतनी गोरी-गोरी दुल्हन का घूँघट भी न उठाया।

अम्माँ साल के साल पूरा लाव-लश्कर लेकर मैके पर धावा बोल देतीं। बच्चों की ईद हो जाती। फतेहपुर सीकरी के पुरअसरार[1] शाही खँडहरों में आँखमिचौली खेलते-खेलते जब शाम पड़ जाती तो खोई-खोई सुरमई फ़िज़ा से डर लगने लगता। हर कोने से साये लपकते। दिल धक-धक करने लगता।

''काले मियाँ आ गये!'' हम एक-दूसरे को डराते, गिरते-पड़ते भागते और ककैय्या ईंट के दो-मंजिल मकान की गोद में दुबक जाते। काले मियाँ हर अँधेरे कोने में छिपे महसूस होते। बहुत-से बच्चे मरने के बाद हज़रत सलीम चिश्ती की दरगाह पर माथा रगड़ा तब गोरी बी का मुँह देखना नसीब हुआ। माँ-बाप की आँखों की ठंडक गोरी बी बड़ी ज़िद्दी थीं। बात-बात पर अखाटी-खटवाती लेकर पड़ जातीं। भूख-हड़ताल कर देतीं। घर में खाना पकता, कोई मुँह न जुठालता। ज्यों-का-त्यों उठवा कर मसजिद में भिजवा दिया जाता। गोरी बी न खातीं तो अम्माँ-बाबा कैसे निवाला तोड़ते?

बात इतनी सी थी कि जब मँगनी हुई तो लोगों ने मज़ाक में छींटे कसे।

''गोरी दुल्हन, काला दुल्हा!''

मगर मुग़ल बच्चे मज़ाक के आदी नहीं होते। सोलह-सतरह बरस के काले मियाँ अन्दर-ही-अन्दर घुटते रहे। जल कर मुरण्डा होते रहे।

''दुल्हन मैली हो जायेगी। खबरदार यह काले-काले हाथ न लगाना!''

''बड़े नाजों की पली है। तुम्हारी तो परछायीं भी पड़ी तो काली हो जायेगी।''

''बड़ी बद-दिमाग़ है। सारी उमर जूतियाँ उठवायेगी।''

अंग्रेज़ों ने जब मुग़लशाही का फ़ातिहा पढ़ा तो सबसे बुरी मुग़ल बच्चों पर बीती क्योंकि वे ही ज़्यादा ओहदे सँभाले बैठे थे। ऊँचे ओहदे और जागीरें छिन जाने के

---

1. रहस्यमय

बाद लाख के घर देखते-देखते खाक हो गये। बड़ी-बड़ी ढ़ँढ़ार हवेलियों में मुग़ल बच्चे भी पुराने सामान की तरह जा पड़े, भौंचक्के-से रह गये जैसे किसी ने पैरों-तले से तख़्ता खींच लिया।

तभी मुग़ल बच्चे अपने शानो-ख़ुद्दारी की तार-तार चादर में सिमटकर अपने अन्दर-ही-अन्दर घुसते चले गये। मुग़ल बच्चे अपनी दिमाग़ी धुरी से थोड़ा खिसके हुए होते हैं। खरे मुग़ल की यही पहचान है कि उसके दिमाग़ के दो-चार पेंच ढ़ीले या ज़रूरत से ज़्यादा तंग होते हैं। आसमान से धरती की तरफ लुढ़के तो दिमाग़ी तवाज़ुन डगमगा गया। ज़िन्दगी की क़दरें गडमड हो गयीं। दिमाग़ से ज्यादा जज़्बात से काम लेने लगे।

अंग्रेज़ की चाकरी लानत और मेहनत-मजदूरी शान के खिलाफ। जो कुछ धन-दौलत बची, उसे बेच-बेचकर खाते रहे। हमारे अब्बा के चचा रुपये-पैसे की जगह चाची के जहेज़[1] के पलँग के पायों से चाँदी का पत्तर उखाड ले जाते थे। जेवरों और बर्तनों के बाद गोटे-टके कपड़े नोच-नोचकर खाये। पानदान की कुलियाँ सिलबट्टे से कुचल कर टुकड़ा-टुकड़ा बेचीं और खायीं। घर के मरद दिन भर पलँग की अदवायन तोड़ते, शाम को पुरानी-धुली अचकन पहनीं और शतरंज-पचीसी खेलने निकल गये। घर की बीवियाँ छुप-छुपकर सिलायी कर लेतीं। चार पैसों से घर का चूल्हा जल जाता या मुहल्ले के बच्चों को कुरान पढ़ा देतीं तो कुछ नज़राना मिल जाता।

काले मियाँ ने दोस्तों की छेड़खानी को जी का घाव बना लिया। जैसे मौत की घड़ी नहीं टलती वैसे माँ-बाप की तय की हुई शादी न टली। काले मियाँ सिर झुका कर दूल्हा बन गये। किसी सरफिरी ने ऐन मुँहदिखायी के वक़्त और छेड़ दिया।

"ख़बरदार, जो दुल्हन को हाथ लगाया, काली हो जायेगी।"

मुग़ल बच्चा चोट खाये नाग की तरह पलटा। बहन का आँचल सिर से नोचा और बाहर चला गया। जब दूल्हा अन्दर औरतों में आता है तो उसकी बहन उसके सर पर अपना आँचल डालकर लाती है।

हँसी में खँसी हो गयी। एक मातम बरपा हो गया। मरदानखाने में इस

---

1 दहेज

ट्रैजडी की ख़बर हँसी से उड़ा दी गयी। बग़ैर मुँहदिखायी की रस्म के बिदाई एक क़यामत थी।

''ख़ुदा की क़सम मैं उसके घमण्ड को चकनाचूर कर दूँगा। किसी ऐसे-वैसे से नहीं, मुग़ल-बच्चे से वास्ता पड़ा है।'' काले मियाँ फुँफकारे।

काले मियाँ शहतीर की तरह पूरी मसहरी पर फैले पड़े थे, दुल्हन एक कोने में गठड़ी बनी काँप रही थी। बारह बरस की बच्ची की बिसात ही क्या!

''घूँघट उठाओ!'' काले मियाँ डकराये।

दुल्हन और गुड़ी-मुड़ी हो गयी।

''हम कहते हैं, घूँघट उठाओ।'' कोहनी के बल उठकर बोले।

सहेलियों ने तो कहा था, दूल्हा हाथ जोड़ेगा, पैर पड़ेगा। और खबरदार जो घूँघट को हाथ लगाने दिया। दुल्हन जितना भी अपने बचाव के लिए हाथ-पैर मारे, उतनी ही ज़्यादा पाक समझी जाती है।

''देखो जी, तुम नवाबजादी होगी अपने घर की। हमारे तो पैर की जूती हो। घूँघट उठाओ, हम तुम्हारे बाप के नौकर नहीं।,

दुल्हन को जैसे लकवा मार गया।

काले मियाँ चीते की तरह लपक कर उठे। जूतियाँ उठाकर बगल में दाबीं और खिड़की में से पायीं-बाग में कूद गये। सुबह की गाड़ी से वो जोधपुर दनदना गये।

घर में सोता पड़ा था। एक एक्काबी जो दुल्हन के साथ आयी थी, जाग रही थी। कान दुल्हन की चीखों की तरफ लगे थे। जब दुल्हन के कमरे से चूँ की आवाज भी न आयी तो उनके पैरों का दम निकलने लगा।

'हय! हय! कैसी बेहया लड़की है। लड़की जितनी भी ज़्यांदा मासूम और क्वाँरी होगी उतना ही ज़्यादा दुंद मचायेगी। क्या काले मियाँ में कुछ खोट है?' जी में सोचने लगी। दिल चाहा कुएँ में कूद कर क़िस्सा खतम करे।

चुपके से कमरे में झाँका तो जी सन्न रह गयी। दुल्हन जैसी की तैसी धरी थी और दूल्हा गायब! बड़े उल्टे-सीधे किस्म के हंगामें हुए। तलवारें खिचीं। बड़ी मुश्किल से दुल्हन ने जो उस पर बीती थी, कह सुनायी। इस पर तरह-तरह की खुसर-पुसर होती रही। खानदान में दो पार्टियाँ बन गयीं। एक काले मियाँ की,

दूसरी गोरी बी की।

'आखिर वो उसका शौहर है, उसका देवता है। उसका हुक्म न मानना गुनाह है।' एक पार्टी इस बात पर जमी हुई थी।

'कहीं किसी दुल्हन ने खुद घूँघट उठाया है ?' दूसरी पार्टी का कहना था।

काले मियाँ को जोधपुर से बुलवाकर दुल्हन का घूँघट उठवाने की सारी कोशिशें नाकाम रहीं। वे वहाँ घुड़सवारों में भरती हो गये। और बीबी को रोटी-कपड़ा भेजते रहे जो गोरी बीवी की माँ समधिन के मुँह पर मार आतीं।

गोरी बी कली से फूल बन गयीं। हर अठवाड़े हाथ-पैर में मेहंदी रचाती रहीं। बँधे-टँके दुपट्टे ओढ़ती रहीं और जीती रहीं।

फिर ख़ुदा का करना ऐसा हुआ कि बाबा की मरण घड़ी आन पहुँची। काले मियाँ को ख़बर गयी तो न जाने किस मूड में थे, भागे आये। बाबा मौत का हाथ झटककर उठ बैठे। काले मियाँ को हाज़िरी का हुक्म दिया। दुल्हन के आदाबे-रूनुमाई[1] पर मिसकौट हुई।

काले मियाँ ने सिर झुका दिया। मगर शर्त वो ही रही कि चाहे जो हो जाये मगर घूँघट तो दुल्हन को अपने हाथों ही उठाना पड़ेगा।

''अब्बा हुजूर, मैं कसम खा चुका हूँ। मेरी गर्दन उड़ा दीजिए मगर कसम नहीं तोड़ सकता।''

मुग़ल-बच्चों की तलवारें जंगिया चुकी थीं। आपस की मुकद्दमेबाजियों ने सिर का कस-बल निकाल दिया था मगर अहमक़ाना ज़िद्दें रह गयी थीं। बस उन्हीं को कलेजे से लगाये बैठे थे। किसी ने काले मियाँ से न पूछा कि तुमने ऐसी बेवकूफी की क़सम खायी ही क्यों कि अच्छी-भली जिन्दगी एक अज़ाब बन गयी।

ख़ैर साहब, गोरी बी फिर से दुल्हन बनायी गयीं। ककैय्या ईंटवाला मकान फिर फूलों और इतर की खुशबू से महक उठा।

अम्माँ ने समझाया, तुमसे उसका विवाह हुआ है बेटीजान, घूँघट उठाने में कोई ऐब नहीं। उसकी ज़िद पूरी कर दो। मुग़ल- बच्चे की आन रह जायेगी। तुम्हारी दुनिया सँवर जायेगी गोदी में फूल बरसेंगे। अल्लाह रसूल का हुक्म पूरा होगा।

1. घूँघट उठाने का शिष्टाचार

गोरी बी सिर झुकाये सुनती रहीं। कच्ची कली सात साल में कयामत ढा देनेवाली दोशीज़ा[1] बन चुकी थी। हुस्न और जवानी का एक तूफान था जो तन-मन से फूटा निकलता था।

औरत काले मियाँ की सबसे बड़ी कमज़ोरी थी। उनके सबके सब सोच-बिचार इसी एक नुक़्ते पर मरकूज़[2] थे। मगर उनकी क़सम एक कारोंदार लोहे के गोले की तरह उनके कण्ठ में फँसी हुई थी। उनकी हवस के सात सालों ने आँखमिचौली खेली थी। उन्होंने बीसियों घूँघट नोच डाले। रण्डीबाज़ी, लौंडेबाज़ी, बटेरबाज़ी, कबूतरबाज़ी मतलब कोई बाज़ी न छोड़ी। मगर गोरी बी के घूँघट की चोट दिल में पंजे गाड़े रही जो सात साल सहलाने के बाद घाव बन चुकी थी। इस बार उन्हें यक़ीन था कि उनकी क़सम पूरी होगी। गोरी बी ऐसी अक़ल की कोरी नहीं कि जीने का यह आखिरी मौक़ा भी गँवा दे। दो उँगलियों से हल्का- फुल्का आँचल ही तो सरकाना है। कोई पहाड़ तो नहीं ढोना।

"घूँघट उठाओ," काले मियाँ ने नर्मी से कहना चाहा, मगर मुग़लवी दबदबा फ़ातेह[3] रहा।

गोरी बेगम गरूर से तमतमायी सन्नाटे में बैठी रहीं।

"आख़िरी बार हुक्म देता हूँ। घूँघट उठा दो, वरना इसी तरह पड़ी सड़ जाओगी। अब जो गया, फिर न आऊँगा।"

मारे गुस्से के गोरी बी लाल भभूका हो गयीं। काश उनके सुलगते हुए चेहरे से एक शोला लपकता और वो मनहूस घूँघट जलकर ख़ाक हो जाता!

बीच कमरे में खड़े काले मियाँ कौड़ियाले साँप की तरह झूमते रहे। फिर जूते बगल में दबाये पायींबाग में उतर गये।

ज़माना बीत गया। अब तो पायींबाग कहाँ? उधर पिछवाड़े लकड़ियों की टाल लग गयी। बस दो जामुन के पेड़ रह गये थे और एक क़द्दावर बरगद। बेले-चमेली की झाड़ियाँ, गुलाबों के झुण्ड, शहतूत और अनार के दरख़्त पेड़ कब के लुट-पिट चुके।

जब तक माँ जिन्दा रहीं, गोरी बी को सम्भाले रहीं। उनके बाद वह ड्यूटी

---

1. नवयौवना 2. केन्द्रित 3. विजयी

गोरी बी ने खुद सम्भाल ली। हर जुमेरात को मेहंदी पीसकर पाबन्दी से लगातीं, दुपट्टा रंग चुन कर गोटा टाँकतीं और जब तक ससुराल जिन्दा रही, हर त्योहार पर सलाम करने जाती रहीं।

अब की तो काले मियाँ ग़ायब ही हो गये। बरसों उनका सुराग न मिला। माँ-बाप रो-रोकर अन्धे हो गये। वो न जाने किन जंगलों की ख़ाक छानते फिरे। कभी दरगाहों में उनका पता मिलता, कभी किसी मन्दिर की सीढ़ियों पर पड़े पाये जाते।

गोरी बी के सुनहले बालों में चाँदी फूल गयीं। मौत की झाड़ू काम करती रही। आसपास की ज़मीनें और मकान कौडियों के मोल बिकते गये, कुछ पर नये लोग ज़बरदस्ती बस गये। कुंजड़े-कसाई आन बसे। पुराने महल ढह कर नयी दुनिया की नींव पड़ने लगी। परचून की दूकान, डिस्पेंसरी, एक मरगिल्ला-सा जनरल स्टोर भी उग आया, जहाँ अल्यूमीनियम की पतीलियाँ और लिपटन की चाय की पुड़ियों के हार लटकने लगे।

एक अधमुई मुट्ठी की दौलत रिस-रिसकर बिखर रही थी. कुछ जानदार उँगलियाँ समेटने में लगी थीं। जो कल तक पलंग की अदवाइन पर बैठते थे, झुक-झुककर सलाम करते थे, आज साथ उठना-बैठना भी अपनी शान के ख़िलाफ़ समझने लगे।

गोरी बी का जेवर आहिस्ता-आहिस्ता लालाजी की तिजोरी में पहुँच गया। दीवारें ढह रही थीं। छज्जे झूल रहे थे। बचे-खुचे मुग़ल-बच्चे अफीम का अण्टा निगलकर पतंगों के पेच लड़ा रहे थे। तीतर-बटेर सधा रहे थे और कबूतरों की दुमों के पर गिन कर हलकान हो रहे थे। लफ़्ज़ 'मिर्ज़ा' जो कभी शान और दब-दबे की निशानी समझा जाता था, मज़ाक बन रहा था। गोरी बी कोल्हू के अन्धे बैल की तरह जिन्दगी के छकड़े में जुती धुरी पर घूमे जा रही थीं। उनकी नीली आँखों में सूनेपन ने डेरा डाल दिया था।

उनके लिए तरह-तरह की कहानियाँ मशहूर थीं कि उन पर जिन्नों का बादशाह आशिक था। ज्यूँही काले मियाँ उनके घूँघट को हाथ लगाते, चट तलवार सूतकर खड़ा हो जाता। हर जुमेरात को आधी रात की नमाज के बाद वज़ीफ़ा पढ़तीं तब सारा आँगन कौड़ियाले साँपों से भर जाता। फिर सुनहरी मुकुटवाला नागराज अजगर पर सवार होकर आता है। गोरी बी के पाट की धुन पर सिर धुनता है। पौ फटते ही सब सिधार जाते हैं।

जब हम किस्से सुनते तो कलेजे उछलकर हलक में फँस जाते और रात को साँपों की फुँकारें सुनकर उठते और चीखें मारने लगते।

गोरी बी ने सारी उम्र कैसे-कैसे नाग खेलाये होंगे, कैसे अकेली नामुराद ज़िन्दगी का बोझ ढोया होगा ? उनके रसीले होठों को कभी किसी ने नहीं चूमा। उन्होंने अपने जिस्म की पुकार को क्या जवाब दिया होगा ?

अच्छा होता, यह कहानी यहीं खतम हो जाती।

क़िस्मत मुस्करा रही थी।

पूरे चालीस बरस बाद काले मियाँ अचानक आप ही आ धमके। उन्हें किस्म-किस्म की लाइलाज बीमारियाँ लग चुकी थीं। पोर्-पोर सड़ रही थी। रोम-रोम रिस रहा था। बदबू के मारे नाक सड़ी जाती थी। मगर आँखों में हसरतें जाग रही थी, जिनके सहारे जान सीने में अटकी हुई थी।

''गोरी बी से कहो मुश्किल आसान कर जायें।''

एक कम साठ बरस की दुल्हन ने रूठे हुए दूल्हा को मनाने की तैयारियाँ शुरू कर दीं। मेहंदी घोलकर हाथ-पैरों में रचायी। पानी गरम कर के पिंडा पाक किया, सुहाग का चिकटा हुआ तेल सफेद लटों में बसाया। सन्दूक खोल कर भर-भर टपकता-झड़ता शादी का जोड़ा निकाल कर पहना और इधर काले मियाँ दम तोड़ते रहे।

जब गोरी बी शरमाती-लजाती धीरे-धीरे क़दम उठाती उनके सिरहाने पहुँचीं तो झिलँगे पलँग पर चीकट तकिये और गूदड़ बिस्तर पर पड़े हुए काले मियाँ की मुर्दा हड्डियों में ज़िन्दगी की लहर दौड़ गयी। मल्कुलमौत[1] से जूझते हुए काले मियाँ ने हुक्म दिया :

''गोरी बी, घूँघट उठाओ!''

गोरी बी के हाथ उठे, मगर घूँघट तक पहुँचने के पहले गिर गये।

काले मियाँ दम तोड़ चुके थे।

वो बड़े सुकून से उकडूँ बैठ गयीं। सुहाग की चूड़ियाँ ठंडी कीं और रँडापे का सफ़ेद आँचल माथे पर खींच लिया।

---

1. यमदूत

लिहाफ़

जब मैं जाड़ों में लिहाफ़ ओढ़ती हूँ तो पास की दीवार पर उसकी परछाईं हाथी की तरह झूमती हुई मालूम होती है। और एकदम से मेरा दिमाग़ बीती हुई दुनिया के पर्दों में दौड़ने-भागने लगता है। न जाने क्या कुछ याद आने लगता है।

माफ़ कीजियेगा, मैं आपको ख़ुद अपने लिहाफ़ का रूमानअंगेज़ ज़िक्र बताने नहीं जा रही हूँ, न लिहाफ़ से किसी क़िस्म का रूमान जोड़ा ही जा सकता है। मेरे ख़याल में कम्बल कम आरामदेह सही, मगर उसकी परछाईं इतनी भयानक नहीं होती जितनी—जब लिहाफ़ की परछाईं दीवार पर डगमगा रही हो। यह जब का ज़िक्र है, जब मैं छोटी-सी थी और दिन-भर भाइयों और उनके दोस्तों के साथ मार-कुटाई में गुज़ार दिया करती थी। कभी-कभी मुझे ख़याल आता कि मैं कमबख़्त इतनी लड़ाका क्यों थी? उस उम्र में जबकि मेरी और बहनें आशिक़ जमा कर रही थीं, मैं अपने-पराये हर लड़के और लड़की से जूतम-पैजार में मशगूल थी।

यही वजह थी कि अम्माँ जब आगरा जाने लगीं तो हफ़्ता-भर के लिए मुझे अपनी एक मुँहबोली बहन के पास छोड़ गयीं। उनके यहाँ, अम्माँ खूब जानती थीं कि चूहे का बच्चा भी नहीं और मैं किसी से भी लड़-भिड़ न सकूँगी। सज़ा तो ख़ूब थी मेरी! हाँ, तो अम्माँ मुझे बेगम जान के पास छोड़ गयीं। वही बेगम जान जिनका लिहाफ़ अब तक मेरे ज़हन में गर्म लोहे के दाग़ की तरह महफ़ूज़ है। ये वो बेगम जान थीं जिनके गरीब माँ-बाप ने नवाब साहब को इसलिए दामाद बना लिया कि गो वह पकी उम्र के थे मगर निहायत नेक। कभी कोई रण्डी या बाज़ारी औरत उनके यहाँ नज़र न आयी। ख़ुद हाजी थे और बहुतों को हज करा चुके थे।

मगर उन्हें एक निहायत अजीबो-ग़रीब शौक था। लोगों को कबूतर पालने का जुनून होता है, बटेरें लड़ाते हैं, मुर्ग़बाज़ी करते हैं—इस क़िस्म के वाहियात खेलों से नवाब साहब को नफ़रत थी। उनके यहाँ तो बस तालिब इल्म रहते थे। नौजवान, गोरे-गोरे, पतली कमरों के लड़के, जिनका ख़र्च वे खुद बर्दाश्त करते थे।

मगर बेग़म ज़ान से शादी करके तो वे उन्हें कुल साज़ो-सामान के साथ ही घर में रखकर भूल गये। और वह बेचारी दुबली-पतली नाज़ुक-सी बेगम तन्हाई के ग़म में घुलने लगीं। न जाने उनकी ज़िन्दगी कहाँ से शुरू होती है? वहाँ से जब वह पैदा होने की ग़लती कर चुकी थीं, या वहाँ से जब वह एक नवाब की बेगम बनकर आयीं और छपरखट पर ज़िन्दगी गुजारने लगीं, या जब से नवाब साहब के यहाँ लड़कों का ज़ोर बँधा। उनके लिए मुरग़्गन हलवे और लज़ीज़ खाने जाने लगे और बेगम जान दीवानख़ाने की दरारों में से उनकी लचकती कमरोंवाले लड़कों की चुस्त पिण्डलियाँ और मोअत्तर बारीक शबनम के कुर्ते देख-देखकर अंगारों पर लोटने लगीं।

या जब से वह मन्नतों-मुरादों से हार गयीं, चिल्ले बँधे और टोटके और रातों की वज़ीफ़ाख़्वानी भी चित हो गयी। कहीं पत्थर में जोंक लगती है! नवाब साहब अपनी जगह से टस-से-मस न हुए। फिर बेगम जान का दिल टूट गया और वह इल्म की तरफ़ मोतवज्जा हुईं। लेकिन यहाँ भी उन्हें कुछ न मिला। इश्क़िया नावेल और जज़्बाती अशआर पढ़कर और भी पस्ती छा गयी। रात की नींद भी हाथ से गयी और बेगम जान जी-जान छोड़कर बिल्कुल ही यासो-हसरत की पोट बन गयीं।

चूल्हे में डाला था ऐसा कपड़ा-लत्ता। कपड़ा पहना जाता है किसी पर रोब गाँठने के लिए। अब न तो नवाब साहब को फ़ुर्सत कि शबनमी कुर्तों को छोड़कर ज़रा इधर तवज्जा करें और न वे उन्हें कहीं आने-जाने देते। जब से बेगम जान ब्याहकर आयी थीं, रिश्तेदार आकर महीनों रहते और चले जाते, मगर वह बेचारी क़ैद की क़ैद रहतीं।

उन रिश्तेदारों को देखकर और भी उनका ख़ून जलता था कि सबके-सब मज़े से माल उड़ाने, उम्दा घी निगलने, जाड़े का साज़ो-सामान बनवाने आन मरते और वह बावजूद नयी रूई के लिहाफ़ के, पड़ी सर्दी में अकड़ा करतीं। हर करवट पर लिहाफ़ नयी-नयी सूरतें बनाकर दीवार पर साया डालता। मगर कोई भी साया ऐसा न था जो उन्हें ज़िन्दा रखने के लिए काफ़ी हो। मगर क्यों जिये फिर कोई? ज़िन्दगी! बेगम जान की ज़िन्दगी जो थी! जीना बदा था नसीबों में, वह फिर जीने लगीं और ख़ूब जीं।

रब्बो ने उन्हें नीचे गिरते-गिरते सँभाल लिया। चटपट देखते-देखते उनका सूखा जिस्म भरना शुरू हुआ। गाल चमक उठे और हुस्न फूट निकला।

एक अजीबो-ग़रीब तेल की मालिश से बेगम जान में ज़िन्दगी की झलक आयी। माफ़ कीजियेगा, उस तेल का नुस्ख़ा आपको बेहतरीन-से-बेहतरीन रिसाले में भी न मिलेगा।

जब मैंने बेगम जान को देखा तो वह चालीस-बयालीस की होंगी। ओफ्फोह! किस शान से वह मसनद पर नीमदराज़ थीं और रब्बो उनकी पीठ से लगी बैठी कमर दबा रही थी। एक ऊदे रंग का दुशाला उनके पैरों पर पड़ा था और वह महारानी की तरह शानदार मालूम हो रही थीं। मुझे उनकी शक्ल बेइन्तहा पसन्द थी। मेरा जी चाहता था, घण्टों बिल्कुल पास से उनकी सूरत देखा करूँ। उनकी रंगत बिल्कुल सफ़ेद थी। नाम को सुर्ख़ी का ज़िक्र नहीं। और बाल स्याह और तेल में डूबे रहते थे। मैंने आज तक उनकी माँग ही बिगड़ी न देखी। क्या मजाल जो एक बाल इधर-उधर हो जाये। उनकी आँखें काली थीं और अबरू पर के ज़ायद बाल अलहदा कर देने से कमानें-सी खिंची होती थीं। आँखें ज़रा तनी हुई रहती थीं। भारी-भारी फूले हुए पपोटे, मोटी-मोटी पलकें। सबसे ज़ियादः जो उनके चेहरे पर हैरतअंगेज़ जाज़िबे-नज़र चीज़ थी, वह उनके होंठ थे। अमूमन वह सुर्ख़ी से रँगे रहते थे। ऊपर के होंठ पर हल्की-हल्की मूँछें-सी थीं और कनपटियों पर लम्बे-लम्बे बाल। कभी-कभी उनका चेहरा देखते-देखते अजीब-सा लगने लगता था—कम उम्र लड़कों-जैसा।

उनके जिस्म की जिल्द भी सफ़ेद और चिकनी थी। मालूम होता था किसी ने कसकर टाँके लगा दिये हों। अमूमन वह अपनी पिण्डलियाँ खुजाने के लिए किसोलतीं तो मैं चुपके-चुपके उनकी चमक देखा करती। उनका क़द बहुत लम्बा था और फिर गोश्त होने की वजह से वह बहुत ही लम्बी-चौड़ी मालूम होती थीं। लेकिन बहुत मुतनासिब और ढला हुआ जिस्म था। बड़े-बड़े चिकने और सफ़ेद हाथ और सुडौल कमर··· तो रब्बो उनकी पीठ खुजाया करती थी। यानी घण्टों उनकी पीठ खुजाती—पीठ खुजाना भी ज़िन्दगी की ज़रूरियात में से था, बल्कि शायद ज़रूरियाते-ज़िन्दगी से भी ज़्यादा।

रब्बो को घर का और कोई काम न था। बस वह सारे वक़्त उनके छपरखट पर चढ़ी कभी पैर, कभी सिर और कभी जिस्म के और दूसरे हिस्से को दबाया करती थी। कभी तो मेरा दिल बोल उठता था, जब देखो रब्बो कुछ-न-कुछ

दबा रही है या मालिश कर रही है। कोई दूसरा होता तो न जाने क्या होता ? मैं अपना कहती हूँ, कोई इतना करे तो मेरा जिस्म तो सड़-गल के ख़त्म हो जाय।

और फिर यह रोज़-रोज़ की मालिश काफ़ी नहीं थी। जिस रोज़ बेगम जान नहातीं, या अल्लाह ! बस दो घण्टा पहले से तेल और ख़ुशबूदार उबटनों की मालिश शुरू हो जाती। और इतनी होती कि मेरा तो तख़य्युल से ही दिल लोट जाता। कमरे के दरवाज़े बन्द करके अँगीठियाँ सुलगतीं और चलता मालिश का दौर। अमूमन सिर्फ़ रब्बो ही रहती। बाक़ी की नौकरानियाँ बड़बड़ातीं दरवाज़े पर से ही, ज़रूरियात की चीज़ें देती जातीं।

बात यह थी कि बेगम जान को खुजली का मर्ज़ था। बिचारी को ऐसी खुजली होती थी कि हज़ारों तेल और उबटने मले जाते थे, मगर खुजली थी कि क़ायम। डाक्टर-हकीम कहते, 'कुछ भी नहीं, जिस्म साफ़ चट पड़ा है। हाँ, कोई जिल्द के अन्दर बीमारी हो तो खैर।' 'नहीं भी, ये डाक्टर तो मुये हैं पागल ! कोई आपके दुश्मनों को मर्ज़ है ? अल्लाह रखे, ख़ून में गर्मी है !' रब्बो मुस्कराकर कहती, महीन-महीन नज़रों से बेगम जान को घूरती ! ओह यह रब्बो ! जितनी यह बेगम जान गोरी थीं उतनी ही यह काली। जितनी बेगम जान सफ़ेद थीं, उतनी ही यह सुर्ख। बस जैसे तपाया हुआ लोहा। हल्के-हल्के चेचक के दाग़। गठा हुआ ठोस जिस्म। फुर्तीले छोटे-छोटे हाथ। कसी हुई छोटी-सी तोंद। बड़े-बड़े फूले हुए होंठ, जो हमेशा नमी में डूबे रहते और जिस्म में से अजीब घबरानेवाली बू के शरारे निकलते रहते थे। और ये नन्हें-नन्हें फूले हुए हाथ किस क़दर फुर्तीले थे ! अभी कमर पर, तो वह लीजिए फिसलकर गये कूल्हों पर ! वहाँ से रपटे रानों पर और फिर दौड़े टखनों की तरफ़ ! मैं तो जब कभी बेगम जान के पास बैठती, यही देखती कि अब उसके हाथ कहाँ हैं और क्या कर रहे हैं ?

गर्मी-जाड़े बेगम जान हैदराबादी जाली कारगे के कुर्ते पहनतीं। गहरे रंग के पाजामे और सफ़ेद झाग-से कुर्ते। और पंखा भी चलता हो, फिर भी वह हल्की दुलाई ज़रूर जिस्म पर ढके रहती थीं। उन्हें जाड़ा बहुत पसन्द था। जाड़े में मुझे उनके यहाँ अच्छा मालूम होता। वह हिलती-डुलती बहुत कम थीं। क़ालीन पर लेटी हैं, पीठ खुज रही है, ख़ुश्क मेवे चबा रही हैं और बस ! रब्बो से दूसरी सारी नौकरानियाँ खार खाती थीं। चुड़ैल बेगम जान के साथ खाती, साथ उठती-बैठती और माशा अल्लाह ! साथ ही सोती थी ! रब्बो और

बेगम जान आम जलसों और मजमूओं की दिलचस्प गुफ़्तगू का मौज़ूँ थीं। जहाँ उन दोनों का ज़िक्र आया और क़हक़हे उठे। लोग न जाने क्या-क्या चुटकुले ग़रीब पर उड़ाते, मगर वह दुनिया में किसी से मिलती ही न थी। वहाँ तो बस वह थीं और उनकी खुजली!

मैंने कहा कि उस वक़्त मैं काफ़ी छोटी थी और बेगम जान पर फ़िदा। वह भी मुझे बहुत ही प्यार करती थीं। इत्तेफाक से अम्माँ आगरे गयीं। उन्हें मालूम था कि अकेले घर में भाइयों से मार-कुटाई होगी, मारी-मारी फिरूँगी, इसलिए वह हफ्ता-भर के लिए बेगम जान के पास छोड़ गयीं। मैं भी ख़ुश और बेगम जान भी ख़ुश। आख़िर को अम्माँ की भाभी बनी हुई थीं।

सवाल यह उठा कि मैं सोऊँ कहाँ? क़ुदरती तौर पर बेगम जान के कमरे में। लिहाज़ा मेरे लिए भी उनके छपरखट से लगाकर छोटी-सी पलँगड़ी डाल दी गयी। दस-ग्यारह बजे तक तो बातें करते रहे। मैं और बेगम जान चांस खेलते रहे और फिर मैं सोने के लिए अपने पलँग पर चली गयी। और जब मैं सोयी तो रब्बो वैसी ही बैठी उनकी पीठ खुजा रही थी। 'भंगन कहीं की!' मैंने सोचा। रात को मेरी एकदम से आँख खुली तो मुझे अजीब तरह का डर लगने लगा। कमरे में घुप अँधेरा। और उस अँधेरे में बेगम जान का लिहाफ़ ऐसे हिल रहा था, जैसे उसमें हाथी बन्द हो!

"बेगम जान!"

मैंने डरी हुई आवाज़ निकाली। हाथी हिलना बन्द हो गया। लिहाफ़ नीचे दब गया।

"क्या है? सो जाओ।"

बेगम जान ने कहीं से आवाज़ दी।

"डर लग रहा है।"

मैंने चूहे की-सी आवाज़ से कहा।

"सो जाओ। डर की क्या बात है? आयतलकुर्सी[1] पढ़ लो।"

"अच्छा।"

मैंने जल्दी-जल्दी आयतलकुर्सी पढ़ी। मगर 'यालमू मा बीन' पर हर दफ़ा आकर अटक गयी। हालाँकि मुझे इस वक़्त पूरी आयत याद है।

---

1. शैतान को भगाने की दुआ।

"तुम्हारे पास आ जाऊँ बेगम जान ?"

"नहीं बेटी, सो रहो ।" ज़रा सख़्ती से कहा ।

और फिर दो आदमियों के घुसुर-फुसुर करने की आवाज़ सुनायी देने लगी । हाय रे ! यह दूसरा कौन ? मैं और भी डरी ।

"बेगम जान, चोर-वोर तो नहीं ?"

"सो जाओ बेटा, कैसा चोर ?"

रब्बो की आवाज़ आयी । मैं जल्दी से लिहाफ़ में मुँह डालकर सो गयी ।

सुबह मेरे ज़हन में रात के ख़ौफ़नाक नज़्ज़ारे का ख़याल भी न रहा । मैं हमेशा की वहमी हूँ । रात को डरना, उठ-उठकर भागना और बड़बड़ाना तो बचपन में रोज़ ही होता था । सब तो कहते थे, मुझ पर भूतों का साया हो गया है । लिहाज़ा मुझे ख़याल भी न रहा । सुबह को लिहाफ़ बिल्कुल मासूम नज़र आ रहा था । मगर दूसरी रात मेरी आँख खुली तो रब्बो और बेगम जान में कुछ झगड़ा बड़ी ख़ामोशी से छपरखट पर ही तय हो रहा था । और मेरी ख़ाक समझ में न आया कि क्या फ़ैसला हुआ ? रब्बो हिचकियाँ लेकर रोयी, फिर बिल्ली की तरह सपड़-सपड़ रकाबी चाटने-जैसी आवाज़ें आने लगीं, ऊँह ! मैं तो घबराकर सो गयी ।

आज रब्बो अपने बेटे से मिलने गयी हुई थी । वह बड़ा झगड़ालू था । बहुत कुछ बेगम जान ने किया—उसे दुकान करायी, गाँव में लगाया, मगर वह किसी तरह मानता ही नहीं था । नवाब साहब के यहाँ कुछ दिन रहा, ख़ूब जोड़े-बागे भी बने, पर न जाने क्यों ऐसा भागा कि रब्बो से मिलने भी न आता । लिहाज़ा रब्बो ही अपने किसी रिश्तेदार के यहाँ उससे मिलने गयी थी । बेगम जान न जाने देतीं, मगर रब्बो भी मजबूर हो गयी ।

सारा दिन बेगम जान परेशान रहीं । उनका जोड़-जोड़ टूटता रहा । किसी का छूना भी उन्हें न भाता था । उन्होंने खाना भी न खाया और सारा दिन उदास पड़ी रहीं ।

"मैं खुजा दूँ बेगम जान ?"

मैंने बड़े शौक़ से ताश के पत्ते बाँटते हुए कहा । बेगम जान मुझे गौर से देखने लगीं ।

"मैं खुजा दूँ? सच कहती हूँ!"

मैंने ताश रख दिये।

मैं थोड़ी देर तक खुजाती रही और बेगम जान चुपकी लेटी रहीं।

दूसरे दिन रब्बो को आना था, मगर वह आज भी ग़ायब थी। बेगम जान का मिज़ाज चिड़चिड़ा होता गया। चाय पी-पीकर उन्होंने सिर में दर्द कर लिया।

मैं फिर खुजाने लगी उनकी पीठ—चिकनी मेज़ की तख्ती-जैसी पीठ। मैं हौले-हौले खुजाती रही। उनका काम करके कैसी खुशी होती थी!

"ज़रा ज़ोर से खुजाओ। बन्द खोल दो।" बेगम जान बोलीं, "इधर···ऐ है, ज़रा शाने से नीचे···हाँ···वाह भइ वाह! हा! हा!" वह सुरूर में ठण्डी-ठण्डी साँसें लेकर इत्मीनान ज़ाहिर करने लगीं।

"और इधर···" हालाँकि बेगम जान का हाथ खूब जा सकता था, मगर वह मुझसे ही खुजवा रही थीं और मुझे उल्टा फ़ख्र हो रहा था। "यहाँ···ओई! तुम तो गुदगुदी करती हो···वाह!" वह हँसीं। मैं बातें भी कर रही थी और खुजा भी रही थी।

"तुम्हें कल बाज़ार भेजूँगी। क्या लोगी? वही सोती-जागती गुड़िया?"

"नहीं बेगम जान, मैं तो गुड़िया नहीं लेती। क्या बच्चा हूँ अब मैं?"

"बच्चा नहीं तो क्या बूढ़ी हो गयी?" वह हँसीं "गुड़िया नहीं तो बनवा लेना कपड़े, पहनाना ख़ुद। मैं दूँगी तुम्हें बहुत-से कपड़े। सुना?" उन्होंने करवट ली।

"अच्छा।" मैंने जवाब दिया।

"इधर···" उन्होंने मेरा हाथ पकड़कर जहाँ खुजली हो रही थी, रख दिया। जहाँ उन्हें खुजली मालूम होती, वहाँ मेरा हाथ रख देतीं। और मैं बेख़याली में, बबुए के ध्यान में डूबी मशीन की तरह खुजाती रही और वह मुतवातिर बातें करती रहीं।

"सुनो तो···तुम्हारी फ्राकें कम हो गयी हैं। कल दर्ज़ी को दे दूँगी, कि नयी सीं लाये। तुम्हारी अम्माँ कपड़ा दे गयी हैं।"

"वह लाल कपड़े की नहीं बनवाऊँगी। चमारों-जैसा है!" मैं बकवास कर रही थी और हाथ न जाने कहाँ-से-कहाँ पहुँचा। बातों-बातों में मुझे मालूम भी न हुआ। बेगम जान तो चुप लेटी थीं। "अरे!" मैंने जल्दी से हाथ खींच लिया।

"ओई लड़की ! देखकर नहीं खुजाती ! मेरी पसलियाँ नोचे डालती है !"

बेगम जान शरारत से मुस्करायीं और मैं झेंप गयी।

"इधर आकर मेरे पास लेट जा।"

"उन्होंने मुझे बाज़ू पर सिर रखकर लिटा लिया।

"अय है, कितनी सूख रही है। पसलियाँ निकल रही हैं।" उन्होंने मेरी पसलियाँ गिनना शुरू कीं।

"ऊँ !" मैं भुनभुनायी।

"ओइ ! तो क्या मैं खा जाऊँगी ? कैसा तंग स्वेटर बना है ! गरम बनियान भी नहीं पहना तुमने !"

मैं कुलबुलाने लगी।

"कितनी पसलियाँ होती हैं ?" उन्होंने बात बदली।

"एक तरफ़ नौ और दूसरी तरफ़ दस।"

मैंने स्कूल में याद की हुई हाइजिन की मदद ली। वह भी ऊटपटाँग।

"हटाओ तो हाथ··· हाँ, एक··· दो··· तीन·····"

मेरा दिल चाहा किसी तरह भागूँ··· और उन्होंने ज़ोर से भींचा।

"ऊँ !" मैं मचल गयी।

बेगम जान ज़ोर-ज़ोर से हँसने लगीं।

अब भी जब कभी मैं उनका उस वक़्त का चेहरा याद करती हूँ तो दिल घबराने लगता है। उनकी आँखों के पपोटे और वज़नी हो गये। ऊपर के होंठ पर सियाही घिरी हुई थी। बावजूद सर्दी के, पसीने की नन्हीं-नन्हीं बूँदें होंठों और नाक पर चमक रही थीं। उनके हाथ ठण्डे थे, मगर नरम-नरम—जैसे उन पर की खाल उतर गयी हो। उन्होंने शाल उतार दी थी और कारगे के महीन कुर्ते में उनका जिस्म आटे की लोई की तरह चमक रहा था। भारी जड़ाऊ सोने के बटन गरेबान के एक तरफ झूल रहे थे। शाम हो गयी थी और कमरे में अँधेरा घुप हो रहा था। मुझे एक नामालूम डर से दहशत-सी होने लगी। बेगम जान की गहरी-गहरी आँखें ! मैं रोने लगी दिल में। वह मुझे एक मिट्टी के खिलौने की तरह भींच रही थीं। उनके गरम-गरम जिस्म से मेरा दिल बौलाने लगा। मगर उन पर तो जैसे कोई भुतना सवार था और मेरे दिमाग़ का यह हाल कि न चीख़ा जाये और न रो सकूँ।

थोड़ी देर के बाद वह पस्त होकर निढाल लेट गयीं। उनका चेहरा फीका

और बदरौनक़ हो गया और लम्बी-लम्बी साँसें लेने लगीं । मैं समझी कि अब मरीं यह । और वहाँ से उठकर सरपट भागी बाहर ।

शुक्र है कि रब्बो रात को आ गयी और मैं डरी हुई जल्दी से लिहाफ़ ओढ़ सो गयी । मगर नींद कहाँ ? चुप घण्टों पड़ी रही ।

अम्माँ किसी तरह आ ही नहीं रही थीं । बेगम जान से मुझे ऐसा डर लगता था कि मैं सारा दिन मामाओं के पास बैठी रहती । मगर उनके कमरे में कदम रखते दम निकलता था । और कहती किससे, और कहती ही क्या, कि बेगम जान से डर लगता है ? तो यह बेगम जान मेरे ऊपर जान छिड़कती थीं ···

आज रब्बो में और बेगम जान में फिर अनबन हो गयी । मेरी क़िस्मत की खराबी कहिए या कुछ और, मुझे उन दोनों की अनबन से डर लगा । क्योंकि फ़ौरन ही बेगम जान को ख़याल आया कि मैं बाहर सर्दी में घूम रही हूँ और मरूँगी निमोनिया में !

''लड़की क्या मेरा सिर मुँडवायेगी ? जो कुछ हो-हवा गया और आफ़त आयेगी ।''

उन्होंने मुझे पास बिठा लिया । वह ख़ुद मुँह-हाथ सिलप्ची में धो रही थीं । चाय तिपाई पर रखी थी ।

''चाय तो बनाओ । एक प्याली मुझे भी देना ।'' वह तौलिया से मुँह ख़ुश्क करके बोलीं, ''मैं ज़रा कपड़े बदल लूँ ।''

वह कपड़े बदलती रहीं और मैं चाय पीती रही । बेगम जान नाइन से पीठ मलवाते वक़्त अगर मुझे किसी काम से बुलातीं तो मैं गर्दन मोड़े-मोड़े जाती और वापस भाग आती । अब जो उन्होंने कपड़े बदले तो मेरा दिल उलटने लगा । मुँह मोड़े मैं चाय पीती रही ।

''हाय अम्माँ !'' मेरे दिल ने बेकसी से पुकारा, ''आख़िर ऐसा मैं भाइयों से क्या लड़ती हूँ जो तुम मेरी मुसीबत ···''

अम्माँ को हमेशा से मेरा लड़कों के साथ खेलना नापसन्द है । कहो भला लड़के क्या शेर-चीते हैं जो निगल जायेंगे उनकी लाडली को ? और लड़के भी कौन, खुद भाई और दो-चार सड़े-सड़ाये ज़रा-ज़रा-से उनके दोस्त ! मगर नहीं, वह तो औरत ज़ात को सात तालों में रखने की कायल और यहाँ बेगम जान

की वह दहशत, कि दुनिया-भर के गुण्डों से नहीं। बस चलता तो उस वक़्त सड़क पर भाग जाती, पर वहाँ न टिकती। मगर लाचार थी। मजबूरन कलेजे पर पत्थर रखे बैठी रही।

कपड़े बदल, सोलह सिंगार हुए, और गरम-गरम ख़ुशबुओं के अतर ने और भी उन्हें अंगारा बना दिया। और वह चलीं मुझ पर लाड उतारने।

''घर जाऊँगी।''

मैंने उनकी हर राय के जवाब में कहा और रोने लगी।

''मेरे पास तो आओ, मैं तुम्हें बाज़ार ले चलूँगी, सुनो तो।''

मगर मैं खली की तरह फैल गयी। सारे खिलौने, मिठाइयाँ एक तरफ़ और घर जाने की रट एक तरफ़।

''वहाँ भैया मारेंगे चुड़ैल!'' उन्होंने प्यार से मुझे थप्पड़ लगाया।

'पड़े मारें भैया,' मैंने दिल में सोचा और रूठी, अकड़ी बैठी रही।

''कच्ची अमियाँ खट्टी होती हैं बेगम जान!''

जली-कटी रब्बो ने राय दी।

और फिर उसके बाद बेगम जान को दौरा पड़ गया। सोने का हार, जो वह थोड़ी देर पहले मुझे पहना रही थीं, टुकड़े-टुकड़े हो गया। महीन जाली का दुपट्टा तार-तार। और वह माँग, जो मैंने कभी बिगड़ी न देखी थी, झाड़-झंखाड़ हो गयी।

''ओह! ओह! ओह! ओह!'' वह झटके ले-लेकर चिल्लाने लगीं। मैं रपटी बाहर।

बड़े जतनों से बेगम जान को होश आया। जब मैं सोने के लिए कमरे में दबे पैर जाकर झाँकी तो रब्बो उनकी कमर से लगी जिस्म दबा रही थी।

''जूती उतार दो।'' उसने उनकी पसलियाँ खुजाते हुए कहा और मैं चुहिया की तरह लिहाफ़ में दुबक गयी।

सर सर फट खच!

बेगम जान का लिहाफ़ अँधेरे में फिर हाथी की तरह झूम रहा था।

''अल्लाह! आँ!'' मैंने मरी हुई आवाज़ निकाली। लिहाफ़ में हाथी फुदका और बैठ गया। मैं भी चुप हो गयी। हाथी ने फिर लोट मचाई। मेरा रोआँ-रोआँ

काँपा। आज मैंने दिल में ठान लिया कि ज़रूर हिम्मत करके सिरहाने का लगा हुआ बल्ब जला दूँ। हाथी फिर फड़फड़ा रहा था और जैसे उकड़ूँ बैठने की कोशिश कर रहा था। चपड़-चपड़ कुछ खाने की आवाज़ें आ रही थीं—जैसे कोई मज़ेदार चटनी चख रहा हो। अब मैं समझी! यह बेगम जान ने आज कुछ नहीं खाया। और रब्बो मुई तो है सदा की चट्टू! ज़रूर यह तर माल उड़ा रही है। मैंने नथुने फुलाकर सूँ-सूँ हवा को सूँघा। मगर सिवाय अतर, सन्दल और हिना की गरम-गरम ख़ुशबू के और कुछ न महसूस हुआ।

लिहाफ़ फिर उमँडना शुरू हुआ। मैंने बहुतेरा चाहा कि चुपकी पड़ी रहूँ, मगर उस लिहाफ़ ने तो ऐसी अजीब-अजीब शक्लें बनानी शुरू कीं कि मैं लरज गयी। मालूम होता था, ग़ों-ग़ों करके कोई बड़ा-सा मेंढक फूल रहा है और अब उछलकर मेरे ऊपर आया!

"आ···न···अम्माँ!" मैं हिम्मत करके गुनगुनायी, मगर वहाँ कुछ सुनवाई न हुई और लिहाफ़ मेरे दिमाग़ में घुसकर फूलना शुरू हुआ। मैंने डरते-डरते पलँग के दूसरी तरफ पैर उतारे और टटोलकर बिजली का बटन दबाया। हाथी ने लिहाफ़ के नीचे एक क़लाबाज़ी लगायी और पिचक गया। क़लाबाज़ी लगाने में लिहाफ़ का कोना फुट-भर उठा—

अल्लाह! मैं गड़ाप से अपने बिछौने में!!!

ज़रूरत

मेरा दिल हथौड़े की चोटों की तरह धड़क रहा था। फूलों और अम्बर की मदहोशकुन ख़ुशबू दिलो-दिमाग़ को बुरी तरह झिंझोड़ रही थी। लड़कियाँ-बालियाँ दूल्हा को अजला-ए-अरूसी की तरफ़ ला रही थीं। कुँवारियाँ चहक रही थीं, ब्याहियाँ ज़ेरे-लब मुस्करा रही थीं।

और मैं आनेवाली घड़ियों के इन्तज़ार में थरथर काँप रही थी। सुहागरात हर दोशीज़ा के ख़्वाबों की ताबीर होती है। मेरे हाथ बर्फ़ की डलियों की तरह सर्द हो रहे थे। पेशानी पर पसीना फूट रहा था।

दरवाज़ा खुला और लड़कियों के क़हक़हों के साथ ही वह एक झटके से

अन्दर दाख़िल हुए और चटखनी चढ़ा दी। मैंने ज़ोर से आँखें भीच लीं।

'बीबी, दूल्हा को दीदे फाड़कर मत घूरियो, यूँ लाज-शरम तो औरत का ज़ेवर है।' दादी-बी ने कान में फूँका था। दूल्हा घूँघट उठाये, थोड़ी ऊँची करे, मिन्नत-समाजत करे, अपनी जान की कसमें दे, तब ज़रा-सी आँखें खोलना, फिर झट से बन्द कर लेना। दीदा-हवाई लड़कियों से मर्द कन्नी काट जावे हैं। लजाई-शरमाई दुल्हन जँचती है। मर्द का दिल मुहब्बत से छलक उठता है।

मुझे उस वक़्त कुछ भी याद न था। यह भी नहीं कि प्रीवियस में मेरी फर्स्ट डिवीज़न आयी थी। फाइनल बी. ए. के इम्तहान में चार माह रह गये थे। मैं बहुत रोयी-पीटी कि बी. ए. तो कर लेने दीजिए। मगर कौन सुनता।

''अरे वह सर्विस पर जा रहा है। बार-बार छुट्टियाँ नहीं मिला करतीं। और फिर ऐसा लड़का नसीबोंवालों को मिलता है। लोग तो जले मर रहे हैं। लखपती बेटियाँ थाल में सजाकर देने को तैयार हैं।''

और फिर मुझसे छोटी दो बहनें छाती पर धरी थीं। भाई शादियाँ करके अलग हो चुके थे। अब्बा जान की पेंशन हुए चार साल गुज़र चुके थे। यह तो मेरे अच्छे नसीब थे जो मुझे अब दूल्हा मिल गया। न जाने किस जनम का लेना-देना काम आया।

रशीद को मैंने परदे की आड़ से देखा था और मेरा कलेजा धक्-से रह गया था। मैंने तो कभी ख़्वाबों में भी नहीं सोचा था कि इतना हसीनदराज़ क़द गोरा मुझे क़बूल करेगा। मेरी रंगत बस गन्दमी है, मगर रशीद तो बिल्कुल अंग्रेज धरे हैं। खड़ा नक़्श, घुँघराले बाल, सुरमगीं आँखें। मैं तो उनके सामने काली-कलूटी लगूँगी। दुल्हन को दूल्हा से ज़्यादा ख़ूबसूरत होना चाहिए।

स्कूलों-कालेजों में सभी कुछ सिखाया जाता है, मगर कोर्स में सुहागरात के बारे में खाक-धूल भी नहीं मालूम। मुझे मुश्किल से उन्नीसवाँ साल लगा होगा। फिल्मी हीरो पसन्द थे, पर किसी की दीवानी कभी न बन सकी। बुज़ुर्गों ने लड़कों से मोहतात रहना सिखा ही दिया था। मैं थी भी पढ़ाकू। लड़कियाँ छेड़तीं, गन्दी बातें घुसुर-फुसुर करतीं तो मैं कतराकर निकल जाती। अता-पता तो था, मगर हक़ीकत नहीं मालूम थी। मुमानी-बी ने कभी कान में फूँका तो था निकाह के बाद।

''वह तुम्हारा शौहर है, तुम्हारा मालिक खुदा-ए-मजाज़ी है। बेटी उसका हुक्म सिर-आँखों पर। इसी में औरत ज़ात की भलाई है।''

मगर मैंने ख़्वाब में भी न सोचा था कि मेरी भलाई यूँ आँधी-तूफ़ान की तरह मुझ पर टूट पड़ेगी। मेरे दूल्हा ने कमरे में आते ही अलमारी का रुख़ किया, कुछ बोतल और गिलास की खनखनाहट सुनायी दी। पता नहीं कब बैठे-बैठे मेरी आँख लग गयी।

मेरे मुँह से दबी हुई चीख़ निकल गयी। बाहर खड़ी हुई लड़कियों के गलों में घुँघरू बजने लगे। मैंने उस वक़्त तक किसी ग़ैर मर्द की उँगली तक न छुई थी। कभी किसी की तरफ़ तवज्जह गयी भी तो फ़ौरन सहमकर वापस खींच ली। ग़ैर मर्द का तसव्वुर भी गुनाहे-अज़ीम है। शरीफ लड़कियाँ इस गुनाह से बचती हैं। अल्लाह तआला हर इन्सान की क़िस्मत का साथी पैदायशी ही चुन लेता है। मगर कभी भी यह समझ में न आया कि इस चुनाव में कौन-सी अर्थमेटिक इस्तेमाल में आती है। राजों-महाराजों और अक्सर मर्दों के हिस्से में अनगिनत औरतें लिख देता है और रण्डियों के हिस्से में बेशुमार मर्दों का भुगतान।

इस बँटवारे में बड़ा ही घपला है। बुज़ुर्ग कहते हैं, क़िस्मत का लिखा हर जानदार को भोगना पड़ता है। ऐसी ऊटपटाँग क़िस्मत कौन लिखता है? एक तूफ़ान था, जो अचानक फूट पड़ा। दूल्हा मियाँ सरपट घोड़ा दौड़ाते आये और गोता मारकर निकल गये। और एक कद: (सख़्त चोट से) मरी चुहिया को कोने में सिमटा छोड़कर लम्बे-लम्बे खर्राटे लेने लगे। बड़ी देर तो यही लगा, जैसे कोई निहायत डरावना ख़्वाब था। सहेलियाँ, रिश्ते की बहनें, यहाँ तक कि बड़ी-बूढ़ियाँ भी मेरी दुरगत देखकर खिलखिला उठीं। बकरी को देखकर शेर की मर्दानगी का अन्दाज़ा हो जाता है। रोब बैठ जाता है। औरत तो मुजस्सिम क़ुरबानी होती है। उसका मज़हब है देना और जवाब में कुछ न माँगना। करोड़ों बकरियाँ दिन-रात काटी जाती हैं, सींख-कबाब, क़ोरमा-बिरयानी मुहैया करती हैं। कभी किसी नेकबख़्त बकरी ने 'में' की? और मैंने भी 'में' को ज़ेहन की कोठरी में क़ैद करके ताला मार दिया।

मैं अपने शौहर के मुक़ाबले में बहुत कम रूठी। जहेज़ भी मामूली ही मिला था। लोग मेरी क़िस्मत पर रश्क करते थे। यूँ अचानक मेरी क़िस्मत जाग उठी। मैं तो यही सोचा करती थी, बी. ए. के बाद बी. एड. करूँगी। कोई प्रोफ़ेसर लेक्चरर ज़रूर मिल जायेगा। मैं भी नौकरी करूँगी। अच्छी गुज़र हो जायेगी। मगर अब मेरी साथ वालियाँ मेरी खुशक़िस्मती पर रश्क करतीं तो मुझे भी क़िस्मत पर नाज़ होने लगता।

मेरे शौहर की छुट्टियाँ खत्म हो गयीं तो हम कोटा चले गये। अफ़सरों की कोठियाँ दूर-दूर थीं। फिर भी शुरू में नौ-ब्याहे जोड़े की दावतों में मिलना-जुलना हुआ। न जाने क्यों, सब ही को रशीद की शादी से बहुत खुशी थी। बीवियाँ कहतीं, ''भई, बड़ा अच्छा हुआ।''

मगर उनकी आँखों में मुझे न जाने क्या नज़र आता कि उलझन-सी होने लगती। रशीद मरदाना हुस्न के बेमिसाल नमूने थे। लोग अपनी बेटियों की तरफ़ से डरते होंगे। सबके सामने तो रशीद बड़े आशिक़ शौहर बन जाते। वही घिसे-पिटे जुमले दुहराते कि मुझसे डरते हैं, मुझ पर मरते हैं, रूठ गयी तो जान दे देंगे··· मर्दों के मज़ाक आमतौर पर इसी मौज़ूँ पर होते हैं। बीवियों की इन्हीं बातों से साख बनती है। ज़ाहिर-गो में जूते मारते हों, अमल में बड़े ही फ़रमाबरदार शौहर ख़ुद को ज़ाहिर करते हैं। कमबख़्त ढोंग रचाते होंगे, क्योंकि रशीद का रवैया मेरे साथ बिल्कुल मुख़्तलिफ़ था। हमारे दरमियान कोई बातचीत का मौज़ूँ ही नहीं था। बस कुत्ते की ख़ैरियत पूछ ली, ड्रिंक के बारे में या नौकरों के बारे में कुछ पूछ-गछ कर ली। अगर थकान से नींद न आ जाती तो बात आगे भी बढ़ जाती, मगर रशीद को शिकायत थी कि मैं निहायत ठण्डी हूँ। उन्हें भी बुझा देती हूँ।

कोई ऐसी सहेली भी न थी, जिससे कुछ पता चलता। सब ही ब्याही हुई थीं या कमसिन बच्चियाँ। और ब्याही औरतें मेरी ही तरह ख़ुशनसीब थीं।

रशीद घर का खर्च अपने ही हाथों में रखते थे। ज़्यादातर तो चेक से अदा करते थे। मेरे हाथ में रुपया न होता, तब भी कोई फ़र्क़ नहीं पड़ता था। कम्पनी के स्टोर से सबकुछ ले सकती थी। महीने पर बिल रशीद के पास आ जाता था। इस ख़ुशनसीबी के बावजूद मेरा वक़्त काटे नहीं कटता था। अक्सर सोचती थी, रशीद को मुझे लाने की क्या ज़रूरत थी? क्लब में उन्हें सब ही कुछ फ्री मिल जाता है। फिर मैं क्यों हूँ?

बजाय स्टोर को आर्डर की परची देने के मैं खुद ही स्टोर चली गयी। रोक नहीं थी, पर दिल ही नहीं चाहता था कि अपने लिए भी कुछ खरीदूँ। सिंगार से क्या फ़ायदा, जब मियाँ पलटकर देखता ही नहीं। रात को खाने पर भी नहीं आते। मैंने बैरा से कहा तो वह बोला—उनके पास कोई आया है। वह लेबोटरी में खाना खा रहे हैं। जी चाहा, पूछूँ कोई आया है कि आयी है?

नौकरों के मुँह लगना अच्छा नहीं, कुछ बदतमीज़-से नौकर हैं। पीठ-पीछे

कुछ घुसर-फुसर करते हैं। मैं ऐसी जल जाती हूँ जैसे मेरी ही बदी कर रहे हैं। मैं तो उनकी आँखों को पढ़ना भी नहीं जानती थी। मुझ पर तरस खा रहे हैं। नाराज़ और शाकी हैं, या मज़ाक उड़ा रहे हैं। मेरे मैके में तो कम-उमर छोकरे काम करते थे—जवान मर्द अन्दर नहीं आते थे। रशीद ने मुझे अपने दोस्तों से नहीं मिलाया। दो-चार दावतों के बाद बस क़ैद तनहाई थी और मैं।

स्टोर से सामान खरीदकर मैंने कह दिया कि कोठी भिजवा दें। कुछ शैम्पू और यूडीक्लोन वग़ैरह मैंने थैले में डाल लिया। सामान की लिस्ट पर दस्तख़त करके निकली तो किसी साहब से टक्कर होते-होते बची। थैली मेरे हाथ से छूट गयी और एक बोतल टूट गयी। "अरे··· तुम!" सामने अकबर बादशाह खड़े थे।

मेरा दिल एकदम से उछला और डूबने लगा।

हम औरतों के दिल भी भानमती का पिटारा होते हैं। कुछ चीज़ें हम चुराकर उन्हें इस पिटारे में छुपा देते हैं और अनजान हो जाते हैं। खुद अपने आपसे उनके वजूद का इक़रार नहीं करते। फिर बुढ़ापा आ जाता है तो ज़ेहन सभी-कुछ भूलने लगता है। यादें मर जाती हैं। अकबर हुसैन ने कॉलेज के ड्रामे में अकबर बादशाह का रोल किया था। हम लड़कियाँ इन्हें पीठ-पीछे अकबर बादशाह कहा करते थे। उन्होंने जल्दी-जल्दी बिखरा हुआ सामान समेटा। शैम्पू की शीशी टूट जाने पर बहुत शर्मिन्दा हुए, मगर बदहवासी में बकते चले गये—

"तुम एकदम कहाँ ग़ायब हो गयीं? कुछ पता ही नहीं चला।"

शादी वतन में हुई थी, क्योंकि रशीद का ख़ानदान भी आगरा का था और उसके बाद लखनऊ जाने का मौका ही नहीं मिला।

"चलो एक कप कॉफी हो जाये।" अकबर ने मेरा बाज़ू थामकर जवाब सुनने से पहले मुझे रेस्तराँ में घसीट लिया। रेस्तराँ सुनसान पड़ा था। हम एक नीम-तारीक गोशे में बैठ गये।

"मैंने तहय्या कर लिया था कि अबकी मिलूँगी तो चुप नहीं रहूँगी।"

"ख़ुदा क़सम, हम हिन्दोस्तानी नौजवान मुँहबन्द डिब्बों में पलते हैं। बचपन ही से लड़की से ख़बरदार कर दिया जाता है। नहीं, लड़कियों में मत घुसो, किसी की बहू-बेटी को न ताको, शरीफ़ लड़के लड़कियों से बात नहीं करते, कि शरीफ लड़कियाँ चप्पल से मुँह तोड़ देती हैं। मुस्कराकर जवाब दें,

वह रण्डियाँ होती हैं। हिन्दोस्तान में बस शरीफ़ लड़कियाँ होती हैं या रण्डियाँ। इसीलिए तो लड़के या तो आवाज़ें कसते हैं या जान बचाकर भागते हैं औरत के साये से। फिर एक दिन एक बिल्कुल अनजान लड़की सोलह सिंगार करके पकड़ा दी जाती है और हुक्म मिलता है—इसे अपने बच्चों की माँ बनाओ! लाहौल विला कूवत! अच्छा ख़ैर, यह तो बताओ बी.ए. के बाद बी. एड. किया या एम. ए.?''

''बी. ए. ही नहीं किया।'' मैंने कॉफी में चम्मच चलाते हुए कहा।

''बी. ए. ··· यानी बी. ए. नहीं किया? ··· मगर ··· क्यों?''

''शादी हो गयी।''

''शादी! ऐसी फर्स्ट डिविज़नर ने तालीम अधूरी छोड़ दी? किसी गुलफ़ाम पर दिल आ गया होगा।''

मैं चुप, कॉफी के घूँट ज़हर मारकर पीती रही। फिर घड़ी देखकर मैं उठ खड़ी हुई।

''कॉफी तो पी लो।''

''नहीं।''

''गुलफ़ाम का हुक्म नहीं?''

''नहीं।''

अकबर का चेहरा मस्ख़ (भोंडा) हो गया।

''ख़ुदा हाफ़िज़ अकबर बादशाह।'' मैंने उठते हुए कहा।

''ख़ुदा हाफ़िज़ ··· अनारकली!''

''आपका बस चले तो दीवार में ज़िन्दा चुनवा देते आलीजाह!'' न जाने क्यों मैंने छेड़ा।

''जिस दीवार के पीछे तुम्हें ज़िन्दा चुनवा दिया है, वहाँ से क़यामत तक न निकल पाओगी।''

अकबर की आँखों में बिजलियाँ कौंध रही थीं। मैं तो समझी थी यह घनी पलकों की ओट में छुपी स्याह नाग-जैसी फुंकारतो आँखों से पीछा छूट गया है। उन्हें भूली यादों के अँधेरे में दफ़्न कर दिया है। अब मैं किसी और की मिल्कियत हूँ। मेरा ख़ुदा ये आँखें नहीं, कोई और है। जिसके साथ मुक़द्दस अल्फ़ाज़ का बन्धन बँधा, मेहर की रक़म के एवज में जीने का हक़ दे चुकी हूँ, मैं किसी और की हूँ। मगर मेरे पैर मेरे बस में न थे। मैं पत्थर की लाट की तरह वहीं गड़कर

रह गयी थी, जैसे वाक़ई अकबर ने मुझे अपने वजूद की दीवार में चुन दिया हो। वहाँ से निकलने के लिए मैं बेचैन नहीं, सुकून से पेंग ले रही हूँ।

मोटर में बैठने के बाद भी मेरी आँखें सूखी ही रहीं। अजीब दिल की हालत थी। दिल ख़ुशी से नाच रहा था। कॉलेज में हज़ार तालों में बन्द करने के बावजूद बेतार बर्क़ी (बिना तार की बिजली) मेरी चाह अकबर के दिल में रेंग गयी थी और मैंने भी उसकी याद का मक़बरा अपने ज़ेहन में तामीर कर लिया था।

जिन मुल्कों में लड़कों-लड़कियों को मिलने-जुलने की आज़ादी है, वहाँ ये मोजज़े नहीं होते। पुराने ज़माने में तो शहज़ादा शहज़ादी की जूती या ओढ़नी का पल्लू देखकर ही सौ जान से आशिक़ हो जाता था। कॉलेज में दूर से देखने और कभी-कभी पास से गुज़रने की भी ज़रूरत न थी।

जब वापस लौटी तो खाना भी नहीं खाया। भरा-भरा जी लिये बैठी थी। नौकर ने लंच याद दिलाया तो उठी।

''साहब को खिचड़ी भेजी? रात को कुछ तबीयत भारी थी।''

''जी, साहब तो दफ्तर से वापस आ गये। और खाना लेबोटरी में लगाने को बोला है।''

''खाना डायनिंग रूम में लगाओ।''

''जी···वह···उनके साथ कोई आया है···वह।'' मैं चुप हो गयी। बावर्ची कुछ छुपा रहा था। इशारों-कनायों से समझाने से मेरी समझ में बहुत कम ही आता है। किसी के मियाँ के पास कोई आता है तो किसी को फ़िक्र नहीं होती। आती कोई तो बेशक बात ख़तरे की होती। अब तो विलायत और अमरीका से ऐसी किताबें आने लगीं है कि बच्चा-बच्चा सबकुछ जानता है। हम कमबख़्तों के ज़माने में तो बस लड़कों-लड़कियों में कुछ गड़बड़ का हादसा होता था। घर उजड़ते थे। इज़्ज़तें लुटती थीं। लेकिन कोई आता है तो क्या फ़िक्र की बात है?

मैंने टेलीफोन उठाया कि स्टोर को शैम्पू के लिए कह दूँ। पता चला, रशीद लेबोटरी में किसी के साथ गुफ़्तगू कर रहे हैं। उधर कोई गरज रहा था।

''जी नहीं···वह यहाँ नहीं, मैं आप से कह रहा हूँ न! मेरी तबीयत खराब है, आज छुट्टी ले ली है। जी, मुझे कोई पता नहीं···''।

मैंने जल्दी से टेलीफोन रख दिया। कोई तेज़ी से मोटर साइकल पर कोठी के फाटक से निकल गया। रशीद तेज़ी से कमरे में आये। मुझे टेलीफोन के पास

कुछ चोर-सा बैठा देखकर उनका रंग सफ़ेद पड़ गया। फिर एकदम लाल होकर बोले—''टेलीफोन तुमने उठाया था?''

''जी!''

''क्यों? मुखबिरी करने का इरादा है?''

''जी ··· जी नहीं तो।'' मैं हकलायी।

''तो फिर?''

''आपको खाने के लिए कहना था।''

''तुम्हें मेरे खाने की फ़िक्र करने की ज़रूरत नहीं।''

''मगर ··· ''

''तुम खा लो—मुझे करने दो ··· तुमने मेरी ज़िन्दगी ख़ाक में मिला रखी है!''

''मगर मेरा कसूर ··· ''

''और ऊपर से पूछती हो, तुम्हारा क़सूर? ··· कभी आइने में अपनी मनहूस सूरत देखी है? क्या बीवी को मियाँ से ज्यादा ख़ूबसूरत नहीं होना चाहिए!''

''जी ··· मगर आपके घरवाले मुझे देख गये थे।''

''घरवाले मेरे जानी दुश्मन, उन्होंने हमेशा नफ़रत ही दी ··· मुझसे जलते हैं। हसद के मारे मरे जाते हैं। मेरी शक्ल-सूरत दादा जान पर गयी है। जानती हो दादा जान की चार बीवियों के अलावा लौंडियाँ बाँदिया और दो दाशताएँ थीं। लखनऊ की मशहूर रण्डी मुन्नाजान और मेरठ की तारा बाई कहती थीं—निकाह में ले लो, वरना ज़हर ख़ा लूँगी।''

न जाने क्यों मैं डाँट-फटकार भूलकर कहानी से मसहूर (जादू की हुई) हो गयी!

''फिर?''

''फिर क्या? दादा जान ने फटकार दिया। अरे कोई ज़माने-भर की जुठाली औरत को बेगम बनाता है!''

''रण्डियों से कई लोगों ने निकाह कर लिये।'' मैं बोली। ज़िन्दगी में रशीद ने मुझे इतने मुकामले नहीं बोले थे।

''वह कोई अल्ला के बेटे होंगे। दादा जान अहमक़ नहीं थे। रण्डी को घर की बेगम बना दिया तो आगे सारे दरवाज़े बन्द!''

''जी? मैं समझी नहीं। आगे कौन-से दरवाज़े?''

''अरे जो रण्डी बड़े-बड़े कौड़ियाले नाग खेला चुकी हो और तौबा कर ले तो

बड़ी चौकस हो जाती है। फिर अपनी जान पर सौत क्यों लाने देगी। मक्कार होती हैं ये औरतें।''

मैं अहमक़ों की तरह गर्दन हिलाती रही।

''और जो मैं तुम पर सौत ले आऊँ तो ... ''

मैं काँप उठी! ... ''सौत!'' मैंने लरजती आवाज़ में कहा।

''हाँ, मैं एक और शादी कर रहा हूँ।''

मैं गुमसुम बैठी रही।

''क्या दूसरी शादी का हक़ नहीं मुझे? तुममें बात ही क्या है? क्या मुझे तुमसे अच्छी लड़की नहीं मिल सकती थी? लोग कहते हैं, बिल्कुल अंग्रेज मालूम होता हूँ। औरतें मेरे क़दमों में बिछी जाती हैं। मगर तुम्हारे मिज़ाज ही नहीं मिलते। हाथ लगाते ही तख़्ता बन जाती हो।''

आँसू बेअख़्तियार मेरी आँखों से उबल पड़े। मैंने आँखें खोलकर बस यही सुना, यह फ़ेले बद है। शरीफ औरतों को अल्लाह की तरफ़ ध्यान लगाना चाहिए। जब हमारी चचीजान पर सौत आयी तो वह दिन-रात वज़ीफ़े पढ़ती थीं। चिल्ले बाँधती थीं। जोगियों से मियाँ को रिझाने के लिए भस्म मँगाती थीं। तोबा-तोबा कुफ़्र है! मगर ठकुरानी की सलाह से करवा चौथ के उपास भी रखे। और बड़ा फ़ायदा हुआ। चचा ने सौत को मार के निकाल दिया और चची से मूँग की दाल के लड्डू बनवाये और शलजम के अचार की फ़रमाइश की। हलवा तो चटपट बन गया, मगर अल्लाह मारा शलजम का अचार उठने में तो दिन लगते हैं। इतने में चचा का दिल एक चमारिन पर आ गया। चची मर गयी। मगर मियाँ को जसने की लत न गयी। सौतें मौसम के साथ बदलती रहीं। आवागमन बन्द न हुआ ... ''

एकदम रशीद मेहरबान हो गये। ज़िद करके पिक्चर दिखाने ले गये। एक दिन बोले, क्लब चलो, वहीं डिनर ले लेंगे। मैंने भी अकबर से मिलने के बाद अपने डगमगाते घर-बार को मुस्तहकम करने का तहय्या कर लिया था। मैं ऐसी गयी-गुज़री भी नहीं कि बैठी तमाशा देखती रहूँ।

शाम ही से तैयारी शुरू कर दी। सुरमई सर्ज के सूट में रशीद वाकई अंग्रेज लग रहे थे। मगर मेरा गन्दमी रंग आज चम्पई हो रहा था। हल्का-हल्का मेकप, ताइरी[1] रंग की कांजीवरम् की साड़ी, भारी सोने का गुलूबन्द। आया की

1. चिड़िया जैसे।

आँखों में चमक आ गयी।

''आज तो बहू जी पदमिनी सुमाँ लग रही हो, साहब की छुट्टी हो जायेगी!'' मैं झेंप गयी। क्लब में खूब रौनक़ थी। रशीद तीसरा पैग चढ़ा रहे थे। मुझे ज़रा घबराहट हो रही थी। एकदम मेरा कलेजा मुँह को आ गया।

शहंशाह अकबर महारानी जोधाबाई और दो कमसिन लड़कियों के साथ दाख़िल हुए। बैरा उन्हें हमसे दूर एक मेज़ पर ले गया। दाख़िला के दरवाज़े की तरफ़ रशीद की पीठ थी। उन्होंने देखा नहीं। फिर जब उनकी नज़र अकबर की मेज़ पर गयी तो एकदम रंग सफ़ेद, फिर सुर्ख़ हो गया। मेरा दिल डूबने लगा। ज़रूर वह जोधाबाई को आँखों-ही-आँखों निहार रहे थे। अकबर भी उससे बड़े प्यार से कुछ कान में कह रहे थे। शायद उन्होंने रशीद की तरफ इशारा किया। रशीद ने गर्दन के इशारे से जवाब दिया। ''कौन है यह हसीना?'' मैंने पूछा।

''अकबर हुसैन की बहन··· है न क़त्लालः-ए-आलम! जलो मत।''

''जल के मैं क्या करूँगी?'' मैंने भरी हुई आवाज़ में कहा। क्लब आने की सारी ख़ुशी ख़ाक में मिल गयी। खाना आ गया और हम खाने में लग गये। दूसरा कोर्स आने से पहले रशीद एकदम उठकर बाथरूम जाने का इशारा करके उठ गये। मैं नज़रें झुकाये बैठी रही।

''हलो!'' अकबर कब उठकर आये, मैंने नहीं देखा। मेज़ पर अब वह हसीना और एक लड़का बैठा था, दूसरा ग़ायब था।

''हलो!'' मैं चौंक पड़ी।

''हलो, मुझसे तो बड़ी पारसाई जता रही थीं। और अब इस हरामज़ादे के साथ खुले बन्दों क्लब में गुलछर्रे उड़ा रही हो! तुम्हारा शौहर नामुराद···''

मैं अहमक़ों की तरह मुँह देखने लगी। ''मतलब?''

''मतलब यह कि यह रशीद जानवरों से भी बदतर इन्सान है। अगर तुम्हारे शौहर को पता चल गया तो? भई, मैं तो यहाँ नया-नया आया हूँ। किसी को जानता नहीं। यह उल्लू का पट्ठा लड़कियों को बस शो के लिए ले जाता है। कुँवारा है न! छड़ा। और कुँवारा ही मर जायेगा···''

''कुँवारा!···'' मेरी ज़बान खुश्क थी, दिल उथल-पुथल हो रहा था।

मैंने रशीद को वापस लौटते नहीं देखा।

''ओह, अकबर साहब हैं··· कॉलेज में सायकॉलोजी के प्रोफेसर! माई

वाइफ...''

एक लम्हे के लिए अकबर का रंग उड़ गया। मगर बड़ी तेज़ी से उन्होंने अपने जज़बात पर काबू पा लिया।

''आदाब अर्ज़!''

''आदाब अर्ज़!'' मैंने बड़ी ज़ोरदार एक्टिंग की।

''अच्छा तो फिर मुलाक़ात होगी।''

''जी ज़रूर...''

अकबर के जाने के बाद रशीद का मूड एकदम बिगड़ने लगा।

''अब इसमें मेरा क्या कुसूर जो लड़कियाँ मुझ पर मरने लगती हैं।'' रशीद मुस्कराये।

''आपने उनसे यह क्यों कहा कि आपकी शादी नहीं हुई।''

''मैंने कतई यह नहीं कहा। न ही उन्होंने पूछा।''

''मगर आपका तो फ़र्ज़ था कि मिले थे तो क़ायदे से बीवी का ज़िक्र...''

''ऐसी मेरी बीवी परीज़ाद है कि उसका हर एक से ज़िक्रे-ख़ैर करता रहूँ। सब कहते हैं, निहायत ही बेजोड़ शादी हुई। देखो इस वक़्त जितने मर्द बैठे हैं उनके पहलू में हसीन लड़कियाँ ही नज़र आ रही हैं।''

अकबर की मेज़ पर नज़र गयी तो वह लोग उठकर वापस जा रहे थे। मेरा रंग रशीद से दबता हुआ है, लेकिन आज तक किसी ने मुझे बदसूरत नहीं कहा था। मेरा दिल डूबने लगा। कॉलेज में तो मेरा चार्मिंग लड़कियों में शुमार था। बेफ़िक्री के दिन थे।

अब तो एहसासे-कमतरी ने चेहरे पर फटकार बरसा दी है। बेअख़्त्यार आँसू उबल पड़े।

''ओ हो, तुम्हें लाकर झक मारी! अच्छा, सॉरी डार्लिंग!''

''अब दूसरी शादी कर लीजिए।''

''अरे गोली मारो लड़कियों को! एक से क्या मिला जो दूसरी देगी। अपन तो अब संन्यास लेनेवाले हैं!'' मैं चुप रही तो बोले, ''तुम एकदम ठण्डी हो। बेजान! तुम चाहतीं तो अपना गुलाम बना लेतीं। तुम समझती हो तुम काली हो, इसलिए मुझे अच्छी नहीं लगतीं? पम्मी की रंगत तो इतनी काली थी जैसे मेरे बाल—नहीं, मेरे बाल तो ज़रा भूरे हैं, जैसे तुम्हारे बाल।''

रशीद की आँखों में बीते हुए दिन जाग उठे। लड़कियों का ज़िक्र मज़ा ले-ले

करने लगे।

''बाज़ी लड़कियाँ तो बस मक्खियों की तरह चिपट जाती हैं। घिन आने लगती है।'' रशीद बहुत हँस-हँसकर बातें कर रहे थे। मगर उनकी आँखों से उकताहट बरस रही थी।

''भई हद से ज्यादा बोरियत हो रही है।'' उन्होंने बैरा को इशारा किया, बिल लाने को कहा।

''अभी तो दस भी नहीं बजे और आपने तो कहा था, आज खाना भी खायेंगे।''

''मैंने नौकरों से कह दिया था कि तुम लोग अपने लिए खिचड़ी पका लो। खाना भी नहीं…''

''हम भी खिचड़ी खा लेंगे तो क्या ग़ज़ब हो जायेगा।''

''शायद बची भी न हो।''

''तो कुछ आमलेट, वग़ैरह बन जायेगी।''

वापस घर पहुँचे। मैं कपड़े बदलने गुसलखाने में गयी। लौटी तो रशीद फोन पर बात करके रख रहे थे। फिर उठकर आइने के सामने कंघी करने लगे। नया रूमाल दराज से निकालकर यूडीक्लोन छिड़का।

''कपड़े नहीं बदले?''

''नहीं… मुझे फैक्टरी में कुछ काम आ पड़ा है।''

''इतनी रात गये?''

''अभी तो पौने ग्यारह हैं। अक्सर तो बारह तक ड्यूटी चलती है। मगर आज मैं जल्दी ही लौट आऊँगा।''

मगर रशीद साढ़े पाँच बजे लौटे। आँखों के गिर्द स्याह हलके। बेसुध-से पलँग पर पैर टिकाकर बैठ गये। मैं जूता उतारने लगी तो चिढ़ गये। मैं हैरत से मुँह ताकने लगी। एकदम उन्होंने दोनों हाथों से चेहरा ढाँप लिया और बेतरह रोने लगे।

मैंने अपनी ज़िन्दगी में किसी मर्द को ऐसी बुरी तरह बुकरते नहीं देखा था।

मैंने पूछा—''क्या बात है?''

वह कुछ नहीं बोले। वैसे ही सिसकते रहे। मैंने गिलास में पानी उँडेलकर दिया।

''आखिर मैं कोई ग़ैर नहीं, आपकी अपनी हूँ। कोई परेशानी हो, कुछ हो,

आप मुझे बताते ही नहीं। क्या मुझसे कोई भूल हो गयी कि आप मुझे कुछ कभी नहीं बताते। इधर कई दिन से आप बेहद परेशान हैं। कुछ नौकरी की गड़बड़ी है?''

''नहीं तो। तुम्हें किसने कहा?''

''किसी ने भी नहीं। मैं तो बस यूँ ही, कि और क्या बात हो सकती है। आप मुझे ग़ैर क्यों समझते हैं। मैं आपकी बीवी हूँ। आपका दुख मेरा दुख...''

''ओफ! तुम तो बस ज़रा-सी बात पर भेजा खाने लगती हो! हर बात तुम्हें बतायी जाये, यह बोर्सिग मुझे बिल्कुल पसन्द नहीं।'' वह खड़े हुए, ''मैं लेबोटरी में सो जाऊँगा, वरना तुम चलो-फिरोगी तो मेरी नींद हराम होगी।''

मेरी आँखें भर आयीं।

''अगर सिवाय उकताहट और परेशानी के मैं कुछ नहीं दे सकती तो मुझे घर भिजवा दीजिए।''

''लिल्लाह मुझ पर रहम करो!'' रशीद चीख़ पड़े, ''तुम मुझे पागल बना दोगी!'' मुझे हैरतज़दा देखकर एकदम बुझ गये।

''ओह डियर, आई एम सॉरी, मुझे माफ कर दो!'' मेरा हाथ पकड़कर पास बैठा लिया। मेरी ठोड़ी ऊँची करके बोले, ''कौन कहता है तू बदसूरत है मेरी जान! मैं ही अन्धा हूँ।''

रशीद के मुँह से दारू का भपका आया। मगर मैंने दम घोट लिया। 'वाकई मैं अब ठण्डी हूँ। शरमो-हया की पासदारी की वह कीलें, जो बचपन से मेरे सिर में ठोंकी गयी हैं, जंगिया चुकी हैं। मगर नहीं, मैं पत्थर की मूरत नहीं। इक्कीस साल की नरम-गरम औरत हूँ। यह तो ग़ैर नहीं, मेरा अपना है। मेरा महबूब है, खुदा-ए-मजाज़ी है। स्वामी है। मेरा कन्हैया है!' और फिर नद्दी का बाँध टूट गया।

मगर रशीद का रंग फ़क़ हो गया। गुस्से से उनका चेहरा दहक उठा। उन्होंने मेरे झूमते-लहराते वजूद को दूर ढकेल दिया।

''कुतिया, हरामज़ादी, ये तहखण्डे तूने कहाँ से सीखे, यह रण्डियों के दाँव-पेंच, पैंतरे यार अकबर ने सिखाये होंगे, वरना कौन संझे गरमाता है जो तू आज...आज!'' लात मार-मारकर उन्होंने मुझे मसहरी से नीचे गिरा दिया और भन्नाते बाहर निकल गये।

पूरा महीना गुज़र गया, रशीद लापता है। अजीब क़िस्म का खौफ गला दबोचे लेता है।

अकबर भी अपनी बीमार माँ को देखने गये हैं। नहीं, उन्होंने छुट्टी नहीं ली, न किसी काम से भेजे गये हैं कम्पनी की तरफ से। रातों को बिजली जलाये दुआएँ पढ़ती रहती हूँ।

और फिर तूफान फट पड़ा। त्रिवेणी होटल के कमरा नम्बर ग्यारह में मसहरी पर दो लाशें पायी गयीं। मौतें किसी ज़हर से वाक़ा हुई हैं। मेरे हवास गुम हैं। तार पाकर भैया आ गये हैं।

एक हफ़्ता उल्टी-सीधी कार्रवाइयों में गुज़रा। मेरी समझ काम नहीं करती। क्या हुआ, क्यों हुआ?

वापसी के ख़याल से दम घुटा जा रहा था। दुल्हन बनकर रही थी, नीम -मुरदा लौट रही हूँ।

रवानगी से पहले अकबर आये। वह दूसरी लाश उनके भांजे मुमताज की थी, जिसे मैंने उस दिन क्लब में देखा था, जिसके पीछे रशीद उठकर चले गये थे।

मेरी समझ में कुछ नहीं आता।

"मैं दिसम्बर की छुट्टियों में लखनऊ आऊँगा।"

मैं खामोश रही।

"सेहत का ख़याल रखना। तुम्हारे ख़त का इन्तज़ार रहेगा।"

मेरी आँखें छलक उठीं।

"उसी नाकारा परप्रोर्ट के लिए आँसू जाया कर रही हो।"

"आँसू तो उन सब बदनसीब नौजवानों के लिए खुद-बखुद बह रहे हैं जो रशीद की तरह जहन्नुम के अजाब सहकर मरते हैं या मेरी तरह ज़िन्दादरगोर जीते हैं।"

"वह फ्रॉड था, तुमसे सिर्फ़ इसलिए शादी की थी कि तुम्हारी आड़ में शिकार खेल सके।"

"हाँ, उसे मेरी ज़रूरत और मेरे वालदैन को एक अदद दामाद की ज़रूरत थी और मुझे एक पालनहार की ज़रूरत थी। ज़रूरत ! ज़रूरत ! एक क्लर्क की, एक अदद टाइप रायटर की, पुरानी मोटर की ··· आपने वाण्ट के कॉलम देखे हैं?"

''क्या बहकी-बहकी बातें कर रही हो। चलो उठो, मुँह धो डालो। चपरासी टैक्सी लेने गया है।''

''ज़रा सोचते तो शहंशाह, दुनिया का सबसे हसीन, सबसे नाज़ुक, सबसे अहम और रगे-जाँ के क़रीब रिश्ता 'ज़रूरत' की बुनियादों पर क़ायम है। लड़के-लड़कियाँ अलग-अलग पिंजरों में एक-दूसरे से बहुत दूर पाले जाते हैं। लड़के हूरों के ख्वाब देखते हैं, लड़कियाँ परियों के, शहजादों के इन्तज़ार में रतजगे मनाती हैं। फिर 'ज़रूरत' कभी इन नवाबों को गडमड कर रही हैं। कभी परियों का शहज़ादा हूरे-बहिश्ती का रूप धार लेता है। सब उथल-पुथल हो जाता है। फिर एक दिन ज़रूरत दो इन्सानों को मियाँ-बीवी बना देती है और क़ुदरत के बनाये उसूलों को भुलाकर दुनिया के लागू किये क़ानून के मुताबिक़ जीते हैं, मरते हैं।''

''इस वक़्त तुम्हारे दिल में बहुत ज़हर भरा हुआ है। मेरा इन्तज़ार करना।''

''शुक्रिया, मगर एक बार मैं तो अपना इन्तज़ार करके देखूँगी। एक बार ख़ुद को पा लिया तो आसमान की बुलन्दियाँ नाक़ाबिले-रसाई हैं।''

''इतनी ऊँची उड़ान न लगाना कि आसमान की बुलन्दियों में इस ख़ाकनशीं अकबर को भूल जाओ।''

''नहीं, ऐसा नहीं होगा। अनारकली ने महाबली को दिल की दीवार में चुन दिया है। आसानी से न निकल पायेंगे।''

टैक्सी पर सामान रखा जा चुका था। मेरे नाम की पुकार हुई।

उठते-उठते एकदम हमारी आँखें आपस में उलझ गयीं। सन-सन करते न जाने कितने युग इस एक लम्हे में बीत गये। आँखें छलक उठीं। मेरे आँसुओं से भीगे आँचल में अकबर ने अपने मोती भी पिरो दिये और पल्लू हथेली पर रखकर आहिस्ता से मुट्ठी बन्द कर दी। अपनाइत और दोस्ती की अनगिनत सदियाँ हमारे होंठों ने चुन के दिल में समो लीं।

ख़ुदएतमादी और भरोसे का ठाठें मारता समन्दर दोनों हाथों में समेटे मैं टैक्सी में बैठ गयी।

रफ़ीक़ा 'सलीम क्लीनिक' से निकली तो एकदम आँखों-तले अँधेरा छा गया। अगर नर्स उसे न सँभाल लेती तो वह मुँह के बल पक्के फर्श पर गिरती। ऑप्रेशन नाकाम साबित हुआ। वह कभी माँ बनने का ख़्वाब भी नहीं देख सकती। कोई ख़राबी थी। जो दिन चढ़ गये थे, उतर गये।

करीमा ने पूरे एतमाद से उसे यक़ीन दिलाया था कि उसका ऑप्रेशन कामयाब साबित हुआ है। डाक्टर शरोदकर भी मुतमइन थे। तो फिर क्यों उसकी दुनिया उजड़ गयी?

रफ़ीक़ा के अब्बा-अम्माँ हज को गये हुए थे। वे इस शादी से ज़्यादा खुश नहीं थे। यह विलायती क़िस्म की शादियाँ अमूमन साल-दो साल से ज़्यादा नहीं घिसटतीं। नवाबज़ादे बड़े दिलफेंक होते हैं, फिर सलीम तो इकलौते भी थे। रानी साहबा कोई हीरों में लदी-फँदी बहू के अरमान में मस्त थीं। उन्हें क्या खबर थी, देहली में फेस्टिवल की मुलाकात चट मँगनी-पट ब्याह की सूरत अख़्तयार कर लेगी। मगर नाज़ों के पाले पूत के आगे घुटने टेकने पड़े। धूमधाम से रिसेप्शन किया और पोते की आस लगाकर पार्टियों में दिल बहलाने लगीं। एक साल, दो साल ··· जब पूरे पाँच साल गुज़र गये तो कान खड़े हुए। अगर पोता न हुआ तो लाखों की जायदाद देवर-जेठ हड़प कर लेंगे। और भई, पोता खेलाने का अरमान तो हर दादी को होता है। फिर बहू कोई अपने ख़ानदान की भी न थी। बेतरह ज़ोर डाल रही थी। मगर सलीम इस कान सुनते, उस कान उड़ा देते।

''ममा, ज़ुल्फ़िकार चचा के बेटों की पलटन में से कोई चुनकर गोद ले लो। हम तो मिलेट्री के टट्टू, हमारा क्या ठीक, और फिर हवाई जहाज़ अपने गाँव का इक्का तो होता नहीं कि घोड़ा बैठ जाय तो रिक्शा या सायकिल ही पकड़ लें।'' मगर अम्माँ ने वह मातम डाला कि तोबा अली! तब रफ़ीक़ा ने जायदाद की लालच में नहीं, उनका जी रखने के लिए ऑप्रेशन कराने का फ़ैसला किया। ऑप्रेशन क्या था, बस यूँ ही डाक्टर ने कुछ सफाई कर दी, फेस के दुबलेपन को तर्क करने की राय दी। रातों को जागने और होटलों के चक्करों पर थोड़ी पाबन्दी लगायी और बेगम साहब पोता लपकने के लिए आँचल पसारकर बैठ

गयीं, कि बेटा महीना-भर की छुट्टी पर आ रहा था, क्यों न सेकेण्ड हनीमून मना लिया जाय।

सलीम आये तो, मगर कुछ रूखे-से, खोये-से। बैठे-बैठे सोच में गुम होकर न जाने कहाँ ग़ायब हो जाते। कभी ऐसा लगता, कुछ कहना चाहते हैं, हिम्मत नहीं पड़ती। एक अजीब-सी दीवार खड़ी कर ली है इर्द-गिर्द। किसी पर दिल आ गया है। पीने की लत भी कुछ बढ़ गयी है।

एकदम क्लीनिक का दरवाज़ा खुला और मटका-सा पेट लिये वही अजनबी लड़की निकली जो अन्दर से निकलते वक़्त दाखिल हुई थी, जिसका मटका-सा पेट देखकर रफ़ीक़ा रश्क से अधमरी हो गयी थी। तेज़ी से वह दरवाज़े की तरफ़ बढ़ी तो न जाने क्यों वह भी उसके पीछे लपकी। उसने भन्नाकर रफ़ीक़ा पर नज़र डाली।

''क्या है ?'' वह रुखाई से बोली।

''कुछ नहीं।'' उसने साथ चलते हुए कहा। वह पल्लू से आँसू पोंछती और तेज़ चलने लगी।

''सँभल के !'' रफ़ीक़ा ने उसे ठोकर खाते हुए देखकर बाज़ू से थाम लिया।

''छोड़ दो मुझे !''

''सुनो ...''

''तुम जासूसी कर रही थीं मेरे खिलाफ़। मैं तुम्हें ख़ूब जानती हूँ। बड़ी सोशल वर्कर बनती हो।''

''जो तुम सोच रही हो वह बात नहीं। मैंने तुम्हारी बातें सुनीं। जिस मर्ज़ में तुम गिरफ़्तार हो, मेरे पास उसका इलाज है। यक़ीन मानो, मैं ... बस, सामने होटल में एक कप चाय पी लो और मेरी कहानी सुन लो। शायद हम एक-दूसरे की मदद कर सकें।''

लड़की ने थोड़ी देर सोचा, फिर ढीली पड़ गयी। दोनों होटल के केबिन में बैठ गयीं।

''बोलो क्या पियोगी ?''

''ज़हर !''

''ठण्डा या गरम ?''

लड़की ने बेएतबारी से एक नज़र देखा। ''तुम यह काम करती हो। मेरी

मदद करोगी। मैं तुम्हें हज़ार, डेढ़ हज़ार से ज़्यादा नहीं दे सकूँगी। कि वह हरामज़ादा मेरी सब जमा पूँजी ले गया और यह रोग लगा गया।" उसने अंग्रेजी और उर्दू में रोग लगा जानेवाले को खूब गालियाँ दीं।

"ऐसी हालत में जी नहीं जलाते। भूल जाओ जो बीत गयी। आगे की फ़िक्र करो। मुझे रुपया नहीं चाहिए तुम्हारा। मुझे···"

"तुम फोकट में भी यह धन्धा करती हो।"

"आहिस्ता बोलो। यह तोस खत्म करो।"

वह तोस खाने लगी। "ऐसे में औरतों को खाना-पीना अच्छा नहीं लगता, मगर मेरे पेट का शैतान अभी से मुझे खा रहा है। हरदम भूख लगती है।"

"मेरे घर चलोगी? यहाँ ठीक से बातें नहीं कर सकते।"

"चलो," थोड़ी देर उसे घूरने के बाद लड़की ने हँसकर कहा।

टैक्सी घर पहुँची तो ज़रा-सा हिचकिचायी, फिर हँस पड़ी।

"दूध का जला छाछ फूँककर पीता है।"

रफ़ीक़ा ने उसके शाने (कन्धे) पर प्यार से हाथ रख दिया। लड़की फूट-फूटकर रोने लगी।

"देखो, मेरा मर्ज़ तुम्हारी 'बीमारी' से बिल्कुल उलट है, यानी तुम माँ बननेवाली हो, और मैं माँ नहीं बन सकती। तुम बच्चे को बवाल समझती हो और बच्चा न होने की वजह से मेरा सबकुछ तबाह हो जायेगा। तुम बच्चा ज़ाया करने गयी थीं और मैं बच्चे की आरज़ू में। डाक्टर कहते हैं, मुझमें कोई ख़राबी नहीं। फिर भी शादी को पाँच साल हो गये हैं, बच्चा नहीं हुआ। मैं तुम्हारा सारा ख़र्च बरदाश्त करूँगी। फ़रागत के बाद तुम बच्चा मुझे दे देना और नयी ज़िन्दगी शुरू करना।"

"मगर···"

"मुझे तुम्हारा नाम भी नहीं मालूम।"

"ग्रेटा··· मारग्रेट···"

"मेरी बात दिल को लगी?"

"मगर तुम यह सबकुछ···क्यों कर रही हो?" छोड़ो उस हरामज़ादे को! अभी तुम जवान हो, सुन्दर हो। फिर··· अरे, बहुत मिल जायेंगे तुम्हें चाहनेवाले। और लकी हो तुम कि कोई लफड़े का डर नहीं, मज़े करो···मगर कोई काम के डाक्टर से हमारा भी काम करवा दो!"

''कैसी बातें करती हो ? क्या यह ब्रच्चा तुम्हारा नहीं ? हरामज़ादा मर्द छोड़कर चला गया तो क्या तुम्हारी ममता मर गयी ?''

''अरे उस कमीने को बाप क्यों मानती हो ? इस बच्चे में उसकी साझेदारी है कितनी ?''

ज़रा भी तो नहीं । सब ही हाड़-मांस तुम्हारे खून से बना है ?

''पर बिना बाप का बच्चा ... ''

''बिना बाप का बच्चा यीसू मसीह था । खुदा का बेटा । अरे पगली, सभी बेटे-बेटियाँ, चरिन्दे-परिन्दे, ज़मीन-आसमान, ऊँचे पहाड़, उफनती नदियाँ, हँसता चाँद, दमकता सूरज खुदा के बेटे-बेटियाँ हैं, कि कन-कन में वही दमक रहा है । उसी का नूर छलक रहा है । और फिर थोड़े दिन की बात है, तुझे छुटकारा मिल जायेगा ।''

रफ़ीक़ा ने हिसाब लगाया तो सलीम जब छुट्टी पर आया था तो उस हिसाब से बच्चा डेढ़-दो माह पहले पैदा हो जायेगा ।

''उन्हें देखा जायेगा ... सतमासा भी तो हो सकता है ।''

उसने सबसे पहले तो अपनी सास को ख़ुशख़बरी सुनायी कि ख़ैर से उसका पाँव भारी है । उन पर थोड़ी-सी ओस तो पड़ी, क्योंकि वह अपनी रिश्ते की एक चाँद-सी भतीजी पर नज़र डाल चुकी थीं । इन्तज़ार था । ख़ैर से बेटा छुट्टी पर आये तो उस पर रन्दा फेरा जाये—मुई बाँझ पर ही लट्टू होना था ! वैसे माँ-बेटे ने आज तक एक-दूसरे की बात तो टाली नहीं थी । हालात को देखकर खानदान के बहुत-से लड़कियों के वालिदैन उनकी ख़ातिर-मदारत करते रहते थे ।

उसने करीमा कों अपना प्लान बताया तो वह उछल पड़ी—

''अरे वाह पट्ठी, तू तो प्रधानमन्त्री की पदवी के लायक है । ऐसा कर, तू मेरे यहाँ आ जा । मेम साहब तेरे बस की नहीं । और कहीं भेद खुल गया तो सब चौपट हो जायेगा । बुढ़िया को मैं पटा लूँगी । बच्चा इतने साल बाद हो रहा है, एक डाक्टर की निगरानी निहायत ज़रूरी है । सुन, ममा के गाँव में कैसा रहेगा ? वह तो हज को गयी हैं, वहाँ से भइया के पास इंगलैण्ड जाने का प्रोग्राम है । हज की बरकत इस वक़्त तेरे साथ है । हमारे वालिद अनजाने ही में हमारे लिए बरकतें समेट रहे हैं । भई वाह !''

''और तुम्हारा क्लीनिक ?''

''वह हमारी असिस्टेंट सँभालती है । मैं स्वीज़रलैण्ड तीन हफ्ते के लिए

गयी थी, कई महीने के लिए रह गयी। तू खातिर जमा रख, सब ठीक हो जायेगा।''

रफ़ीक़ा ने कई खत लिखे, लेकिन सलीम मियाँ ने एक का भी जवाब नहीं दिया। शायद बहुत दौरे मारने पड़ रहे थे। अम्माँ के पास भी ख़त नहीं आया। दिन क़रीब आ जायेंगे, तब ही जाना चाहिए, वरना सास आन दे देंगी। बहू की देख-रेख की आड़ में।

ग्रेटा बड़ी ही मूडी हो गयी। कभी खूब हँसती। पीने के लिए ज़िद करती। पेट के बच्चे को कोसती। उसके हरामी बाप को गालियाँ देती। ब्वाय फ्रेण्ड की तस्वीर को कभी चूमती, कभी उस पर जूते मारने लगती। दिन क़रीब आ रहे थे, इसलिए करीमा ने उसे टाट प्लान गाँव शिफ्ट करने की राय दी। मोटरों में ज़रूरी सामान समेटा और बग़ैर किसी से कुछ कहे-सुने काफ़िला गाँव जा पहुँचा। करीमा की वैन सामान के पहले ही पहुँच चुकी थी।

ग्रेटा में और उसके आशिक़ में ज़रूर कुछ विलायती ख़ून होगा कि बच्चा गोरा-चिट्टा अपनी दादी की तरह भूरी आँखों का पैदा हुआ। हिसाब से दिन पूरे नहीं होते थे। दादी ने जब इंक्यूम्बटर में मोटा-ताज़ा बच्चा देखा तो दंग रह गयी।

''शीशे की चादर की वजह से कुछ बड़ा दिखायी पड़ रहा है।'' करीमा ने वज़ाहत की।

''अल्लाह रखे, बना-बनाया बाप पे गया है।'' दादी ने आँसू-भरी आँखों से आँसू पोंछे और इंक्यूम्बटर की बलाएँ लेकर कहा।

गाँव में हुल्लड़ मच गया। कई दिन तक नाच-रंग होता रहा। कमीनों (टहल करनेवालों) को जोड़े बँटे। लगान में छूट दी गयी। ज़मीनों के टुकड़े अल्लाह नाम पर निकाले गये।

वालिद साहब को तार दिया गया। जवाब नदारद। चौकी से फोन खड़काया। मालूम हुआ, ड्यूटी पर गये हुए हैं। रफ़ीक़ा का कलेजा धक-धक कर रहा था। डाक्टर करीमा तसल्लियाँ दे रही थी–

''सब ठीक हो जायेगा। अब इस चुड़ैल का पाप काटो।''

''मेरा बच्चा कहाँ है?''

''बच्चा? कैसा बच्चा?'' करीमा ने कहा।

''तुम लोग मुझे चीट कर रहे हो, मेरे बच्चे को दे दो वरना...''

''वरना तुम क्या करोगी ?'' करीमा ने नरमी से पूछा, ''यतीमख़ाने में दे दोगी न ?''

''मैं ··· मैं ··· '' वह फूट-फूटकर रोने लगी ।

''तुम्हें बच्चे चाहिए तो मेरे यतीमख़ाने में भरे पड़े हैं । जगह भी नहीं । तुम ज़ितने चाहो समेट ले जाओ ।''

''डैम इट, नफ़रत है मुझे इन कीड़ों से ! बस चले तो ज़हर दे दूँ हरामज़ादों को ।''

''हाँ, मैं भी उनके हरामज़ादे माँ-बाप को ज़हर देना चाहती हूँ ।''

''तुमने दो हज़ार का बोला था । हम इंगलैण्ड जाना चाहता है । ··· ''

''हवाई जहाज़ का टिकट तुम्हें मिल जायेगा ··· दो हज़ार के अलावा ।''

''थैंक यू !''

''और देखो, वहाँ से अपने ब्वाय फ्रेण्ड के साथ एक छोकरी समेत आना । हमें इस बच्चे की एक बहन भी चाहिए ।''

ग्रेटा ने बहुत गुस्सा होना चाहा मगर हँसी न रोक पायी ।

''कैसा लोग है तुम ! जास्ती बुरा तो नहीं । हम उस हरामज़ादे को शूट कर देगा ।''

''हमारा आर्डर पूरा करने के बाद तुम शौक से शूट कर देना ।''

सलीम का अता-पता न मिलने की वजह से रफ़ीक़ा इतनी आदी हो चुकी थी कि वापसी पर भी उसे रूखे-सूखे बर्ताव से ज़्यादा दुख नहीं हुआ । वह बच्चे में ऐसी खो चुकी थी कि किसी चीज़ का होश न रहा था । सलीम उसी तरह खिंचे और गुमसुम ही रहे । आख़िर उसके सब्र का पैमाना छलक गया–

''कब जा रहे हो वापस ?''

''क्यों, क्या दो ही दिन में मेरा वज़ूद बोझ बन गया ?''

''अगर वहाँ कोई और मामला चल पड़ा है तो ··· ''

''तुम मुझसे छुटकारा चाहती हो न ! ··· इसमें तकल्लुफ़ कैसा ?''

''मैं तुमसे छुटकारा चाहती हूँ ? तुम पागल तो नहीं हो गये ! आखिर ··· ''

''मैं तुम्हें तलाक़ देने को तैयार हूँ । बस अम्मी बड़ा दुन्द मचायेगी । अब तो तुमने उनका अरमान पूरा कर दिया । चाँद-सा पोता ··· ''

''पोता ··· ''

''दूर के रिश्ते से तो नवासा हुआ ... ''

''यह क्या बक रहे हो ? देखो मैं तुमसे कुछ नहीं छुपाऊँगी। यह बच्चा ... ''

''रफ़ीक़ा, मैं तुम्हें तलाक़ देने को तैयार हूँ।'' सलीम ने बड़ी नरमी से कहा।

''मगर ... ''

''मेरी पूरी बात सुन लो ... वह जो एक्सीडेंट हुआ था, उसमें मैं बहुत बुरी तरह ज़ख़्मी हो गया था। और ... यह मेरी कमज़ोरी थी कि जब मैं छुट्टी पर पन्द्रह दिन के लिए आया था तो मैंने यह बात तुम्हें नहीं बतायी थी कि ... मैं वैसे सही व सालिम हूँ मगर ... मैं बाप नहीं बन सकता।''

''झूठ ... कमीने तुम झूठ बोल रहे हो। ज़लील ... तुम ... '' रफ़ीक़ा की आँखों से आँसू बहने लगे।

''ज़रा ठण्डे दिल से मेरी बात सुनो।''

''तुम झूठे हो। हमने जान-बूझकर पाँच साल बच्चा नहीं पैदा होने दिया। न तुममें कोई ख़राबी है न मुझमें ... यह तुम्हें हो क्या गया है ? तुम कोई गहरी चाल चलके मुझसे छुटकारा पाना चाहते हो। वह कौन हरामज़ादी है जिसने तुम्हें मुझसे छीन लिया ? इतनी दूर हटा दिया कि तुम अपने बच्चे को ठुकरा रहे हो। तुम मुझसे छुटकारा पाना चाहते हो ! मैं तुम्हारा खून कर दूँगी, कमीने, ज़लील ... ''

रफ़ीक़ा जंगली बिल्ली की तरह सलीम पर झपट पड़ी। अगर वह उसके दोनों हाथ न थाम लेता तो अपने लम्बे-लम्बे नाखूनों से उसकी आँखें निकाल लेती। मगर सलीम ने उसे सीने से लगाकर भींच लिया।

एकदम दोनों बेबस होकर एक-दूसरे में समा गये। कमरे में उनकी साँसों और घड़ी की टिक-टिक के सिवा कोई आवाज़ न थी। वहीं क़ालीन पर वह एक-दूसरे में डूब गये।

डेढ़ साल के अन्दर सलीम और रफ़ीक़ा एक बेटी के वालिदैन बन गये। बच्ची बिल्कुल माँ पर गयी थी, लेकिन आँखें बिल्कुल बाप की तरह ... डाक्टर करीम अपनी कारगुज़ारी पर नाज़ाँ था।

दादी अम्माँ की बाछें खिल गयीं।

''बस एक बेटा और फिर ... '' वह चहकने लगी।

''बस, मज़ाक खत्म, ज़रा हिसाब लगा लो, हमें कितने दिन मिले। शादी के बाद पूरे साल भी नहीं, फिर दो दफ़ा तीन-चार दिन के लिए। आप ये बच्चे समेटिए, हम दोनों लम्बी छुट्टी पर जायेंगे।''

''कहाँ जाओगे? विलायत का इरादा है?''

''विलायत तो दो दफ़ा जा चुके हैं। अपना मुल्क देखा ही नहीं। एक दफ़ा ट्रेनिंग के सिलसिले में जाना हुआ। सोचा, चलो भगवान के दर्शन भी कर डालें। दुनिया-भर के आते हैं और हमने ही अपना मुल्क नहीं देखा।''

''ऐ बेटे, हज को जाओ तो एक बात भी है, मुए पत्थरों में क्या धरा है?''

''अगर ज़र्रा-ज़र्रा में खुदा का नूर जलवागर है तो क्या इस पत्थर के बुत में ख़ुदा का वजूद नहीं, जिसे किसी फ़नकार ने दिल की गहराइयों में डूबकर तराशा होगा। वहाँ बत्तीस रुपये में काम बन गया। हमने तो बता दिया था, भाई हम मुसलमान हैं, मगर भगवान को क्या पता चलेगा? एक आदमी हमें कोठरी में ले गया। एक लँगीदी गले में जनेऊ डाला और माथे पर ठप्पा लगा दिया। सौदा महँगा नहीं पड़ा। पुजारीजी ने दो लड्डू दिये। सेर-डेढ़ सेर से कम न होंगे। हमने सैंतकर रख लिये कि बेगम के साथ ही तो अब लौटेंगे। कम्बख़्त लड़कों ने सफाचट कर दिये। अम्माँ आप भी चलियेगा, वहीं बच्चों का मुण्डन करायेंगे।''

''दीवाना हुआ है लड़के, मैंने तो मन्नत मानी थी अजमेर शरीफ़ की···''

''चलो, अजमेर शरीफ़ ही सही। मगर हमने सोचा था, हज को जायेंगे। वहाँ अकीका करेंगे दोनों बच्चों का, अब आप कहती हैं तो···''

''ऐ लो, मैं काबे को कहूँगी! मेरी मत मारी गयी है जो···हज मुबारक के बजाय अजमेर में बाल उतरवाऊँ!''

''मगर मैं तो वह क़ब्रिस्तान देखने जाऊँगी।''

''ऐ, खाक डालूँ क़ब्रिस्तान पर और वह भी मुआ किरस्तानों का!''

''अम्माँ, मिट्टी का कोई मज़हब नहीं होता। वह तो सभी कुछ प्यार से समेट लेती है।''

''ऐ भाई, मैं चली।'' बेगम ने छोटी को बगल में दबाया और पोते की उँगली पकड़ी, ''अब तुमसे बहस कौन करे।'' बेगम उठने लगी।

थोड़ी देर ख़ामोशी छायी रही। फिर रफ़ीक़ा ने सहमी हुई आवाज़ में कहा, ''तुम कितने बदल गये हो! बिल्कुल अजनबी!'' थोड़ी देर ख़ामोश रहने के

बाद सलीम ने बड़ी अजीब आवाज़ में कहा–

"जब हवाई फ़ौज दुश्मन पर बम बरसाकर लौटती है तो खूब जश्न मनाये जाते हैं। नाच-रंग, पार्टियाँ, अखबारों में हमारी बहादुरी और जाँबाज़ी के चरचे, मगर रात को जब हम पर नींद का राज होता है तो हम अकेले बमों के धमाके सुनते हैं। मरनेवालों के खून में डूबी लाशें हमारे बेबस एहसास पर हमला करती हैं। हम सोते में चौंककर नन्हें बच्चों की तरह चीखें मारने लगते हैं। जगार हो जाती है और हमारे फेंके हुए बम हम पर बरसने लगते हैं। सुबह जब दिन निकलता है तो हम अपनी कमज़ोरी को बुज़दिली मानकर फिर बहादुर बम्बार यूनिट बन जाते हैं। मगर नींद में तो हम अकेले ही जूझते हैं। रफ़ीक़ा, मैं अन्दर से टूट चुका हूँ।"

रफ़ीक़ा की आँखें भर आयीं। उसने सलीम को नन्हें बच्चे की तरह निहारा और उसका सिर अपनी ममता-भरी छाती से लगा लिया।

"अल्लाह, कितने बदल गये हो!" रफ़ीक़ा ने चोट की, "बिल्कुल अजनबी, जैसे अभी मिले हो; जैसे हँसना भी भूल गये।"

"हाँ, एअर फोर्स में कुछ खोकर कुछ पा भी लेते हैं। जब हम दुश्मन के मुल्क पर बम बरसाते हैं, लम्हे-भर में मकान ज़मींदोज़ हो जाते हैं। सैकड़ों औरतें, मर्द और बच्चे गोश्त और हड्डियों के लोंदे बन जाते हैं। पूरा रक़बा आग और धुएँ में गुम हो जाता है। तब हम कामयाब और सुर्ख़रू लौटते हैं। अपने साथियों का ग़म गलत करने के लिए शराब में धुत होकर नाचते हैं। ऊँचे-ऊँचे क़हक़हे लगाते हैं। मगर रात को जब हम सो जाते हैं तो भूत-प्रेत जाग उठते हैं। इन्सानी जिस्मों के चिथड़े भयानक सूरतें अख़्तयार करके हम पर हमलावर होते हैं। हम चौंककर नन्हें बच्चों की तरह चीख़ें मारने लगते हैं। हमारे गिराये बम पलटकर हमीं पर गिरने लगते हैं। तब हम मन्दिरों, मस्जिदों और गिरजाघरों में प्रायश्चित करते हैं। उनकी पनाह में सुकून ढूँढ़ते हैं। ज़ख़्मी दिलो-दिमाग़ को जीने का सहारा मिलता है। हमारी टुकड़ी के दो जवानों ने तो ख़ुदकुशी कर ली। वर्दी पर तमगे सजाकर हम बड़े सूरमा नज़र आते हैं। अन्दर से हम रेज़ा-रेज़ा हो जाते हैं। जितनी भी है यह ज़िन्दगी, उसके आगे भिखारी की तरह सिर झुका दिया है। तुम समझ रही हो ना···"

"हाँ।" रफ़ीक़ा ने सलीम का सिर अपनी छाती से लगा लिया और उसके आँसुओं में अपने आँसू घोल दिये।

फ़िरदौस

"बस अब तो एक ही रास्ता रह गया है, खुदकुशी।" वह सिसकियाँ भरकर बेहाल हो गया। मैं ख़ामोश रही।

"अब नहीं सहा जाता।"

मैं फिर भी ख़ामोश रही।

"ऐ आपा, मेरी जान पर बनी हुई है और तुम हो कि बस..."

"अरे भई तो मैं क्या करूँ, मेरे पास तो फ्रूट साल्ट से ज़्यादा खतरनाक दवा भी नहीं।"

"अल्लाह! तुम्हें मज़ाक सूझ रहा है और यहाँ जान पर बनी है।"

"जान पर बनी है तो फिर क्यों परेशान होती हो। अल्लाह ने चाहा तो मौत ख़ुद ही आ जायेगी। वैसे ख़ुदकुशी हराम भी है। यों मरोगी तो सीधी जन्नत में जाओगी, कि शौहर पर जान छिड़कनेवाली बीवियाँ जन्नती होती हैं।"

"सच कहती हूँ, वह हरामज़ादा एक दिन मेरी जान लेकर छोड़ेगा।"

"फिर तो तुम्हें जन्नत में ज़मुर्रद का महल मिलेगा। शौहर यानी ख़ुदाए-मजाज़ी की बख़्शी हुई मौत तो ऐन शहादत के रुतबे पर पहुँचा देगी।"

"उन्हें हँसी आ गयी। धुआँधार बारिश में सूरज जगमगा उठा। सलीमा खातून, दो बच्चों की माँ, बला की जामा-ज़ेब[1] और कमसिन लगती थीं। शौहर नामुराद आये-दिन शराब पीकर ठुकाई करते। सास सगी खाला थी, पर निरी सिरके की बोतल धरी थी। कमसिनी में बेवा हो गयी और इकलौते बेटे की चाहत में जवानी फूँक दी। भली बीवियाँ उनके आँचल पर नमाज़ पढ़ती थीं। मीलाद शरीफ़ किस सोज़ से पढ़ती थीं। तक़सीम के वक़्त यह बूढ़ी नानी को छोड़कर न जा सकी कि उन्होंने माँ के बाद पाला-पोसा। शुरू ही से सलीमा को आँख के तारे इकलौते वाहिद खाँ के लिए माँग लिया था।

बूढ़ी नानी को बेटा-बेटी नये मुलुक में कहाँ ढोते फिरते। पुराने आबाई मकान में से होते हुए सब चले गये। खुदा जाने क्या घपला हुआ कि बुढ़िया को एक खस्ता मकान में नाकारा सामान के साथ छोड़ गये।

---

1. जिस पर पोशाक फबे।

रिश्ते में वाहिद खाँ सलीमा के मामू लगते थे। सात-आठ बरस बड़े होंगे। अब मुझे ज़्यादा तफ़सील तो याद नहीं, निहायत ग़ैर-दिलचस्प तफ़सील होगी। लखनऊ में सलीमा ने एफ. ए. तक तालीम पायी और फिर वाहिद खाँ बी. ए. के बाद किसी फर्म से बम्बई में जुड़ गये और शादी करके माँ समेत आ गये। दो बच्चे हुए। सलीमा ने ट्रेनिंग लेकर म्यूनिसिपल स्कूल में नौकरी कर ली। वाहिद की आमदनी अच्छी थी। दो बच्चे, टूटी-फूटी दादी क्या सँभाल पाती।

सलीमा से मेरी मुलाकात एक स्कूल के जलसे में हुई थी। बड़ी अदबनवाज़ थी। कभी मुशायरों में मिलना हो जाता। वह मुहम्मद अली रोड पर रहती थी। कभी उधर जाना होता तो मैं थकान उतारने उसके यहाँ चली जाती और कभी मेरी ड्राइव पर चाय का प्रोग्राम बनता तो वह मेरे पास भी आ जाती। मगर उसके शौहर कुछ खिंचे-से रहते। नौकरी कभी किसी स्कूल में आरज़ी तौर पर कर लेती, कभी ट्यूशन कर लेती। उसकी सास को ये मक्कारियाँ कतई पसन्द नहीं थीं। अपने चाव से शादी की थी लड़की पसन्द करके। अपनी भतीजी थी, पर न जाने क्यों डरती थी कि ये हसीन जादूगरनी बेटे को उल्लू का गोश्त न खिला दे। सलीमा बताती थी कि मेरी ख्वामख्वाह शिकायतें करती रहती है। मुझसे भी बड़ी बी ने कुछ आज़ाद औरतों पर कटी-कटी बातें कीं। मैंने कतई नोटिस नहीं लिया और दिल बहलानेवाली बातें कीं।

''भई, मेरे बच्चे तो आपा ने पाले, बस यही शिकायत थी कि खिला-खिलाकर मोटा कर दिया। लड़कियाँ अब फ़ाक़ा करती हैं। बेचारियाँ दूध-मक्खन को तरसती हैं।'' वह सुघड़ाये पर जोर देतीं। बच्चों की परवरिश माँ का फ़र्ज़। घरदारी पर ज़ोर देतीं। घरदारी बावर्ची और आया मिलकर बहुत अच्छी कर लेते हैं। मैं तो मोटापे के डर से अच्छा खाना पकाने पर बावर्ची को डाँटती हूँ। ख्वामख्वाह जस्सावाला के क्लीनिक जाकर गोश्त छुड़ाना पड़ेगा।

सलीमा ने कई बार दबी ज़बान से कहा, वह बहू को मेरी किस्मत से बचाना चाहती है।

एक दिन वह बार-बार अपने रँडापे का रोना रो रही थीं कि कैसे उन्होंने बेटे की ख़ातिर दूसरा निकाह नहीं किया।

''अरे वाह ! क्यों नहीं किया ?''

''माँ-बाप की लाज समेटे जवानी राख कर दी।''

''आपने बहुत ग़लती की। क्या पहले निकाह से आपके बाप की लाज भंग

हो गयी थी ?''

''ऐ ख़ुदा न करे ··· वह तो वालदैन के हुक्म की तामील की, हमने अपनी मरज़ी से थोड़े ही खसम ढूँढ़ा ।'' उन्होंने चोट की, क्योंकि उन्हें मालूम था कि मैंने खुद खसम ढूँढ़ा था ।

''मगर हमारे रसूलल्लाह को तो ख़दीजतुलकुबरा ने ख़ुद पैग़ाम भेजा था ।''

''ऐ भई, वह तो पैग़म्बर रसूल के अज़ीम इन्सान बन्दे, हम गुनाहगार उनकी ख़ाके-पा के बराबर ···''

''मगर तलाक़ का हक़ और दूसरे निकाह की इजाज़त और आज़ादी सबसे पहले इस्लाम ने औरत और मर्द दोनों को बराबर दी ।''

''खुदा के वास्ते मेरी जान छोड़ो !'' वह फूट-फूटकर रोने लगीं और सलीमा की सिट्टी गुम हो गयी ।

वाहिद का चेहरा सुर्ख़ हो गया और मैं डरी कि कहीं बुढ़िया मुझे पिटवा न दे । वह फूट-फट रो रही थी । मुझे भी अपनी सिट्टी गुम हुई नज़र आयी ।

''अच्छा भाई ख़ुदा हाफ़िज़ !''

''चाय आपा ··· चाय तो ···''

''फिर रश बढ़ जायेगा, फिर कभी ।'' और मैं हटी वहाँ से ।

मैं भूल-भाल गयी, मगर एक दिन सलीमा दहाड़ों-दहाड़ रोती चली आ रही है ।

''ऐ भाई क्या हुआ ?''

''कुछ नहीं ।''

''तो क्या इतने दिन बाद मिलने आयी हो, इसलिए यह मुहब्बत के आँसू हैं ?''

''मेरी जान पर बनी है और आप हँस रही हैं ।''

''भाई, मुझे रोना तो आ रहा है मगर मेरी आँखों के गदूद कुछ खराब हैं । आँसू नहीं निकलते । यक़ीन मानो, मेरा दिल तो फूट-फूटकर रो रहा है । हालाँकि मुझे यह भी नहीं मालूम कि तुम रो क्यों रही हो ?''

''तो लीजिए, जी खोलकर हँसिए ।'' उन्होंने बुर्का दूर फेंका । उनके सिर पर पट्टी बँधी थी । बाँहों और पिंडलियों पर बड़े-बड़े नील पड़े थे । नाक़ के पास लम्बी-सी खरोंच थी, जिस पर मरक्यूरी क्रीम ने और रौनक बढ़ा दी थी ।

कोई डेढ़ साल बाद उन्हें देखकर उलझन हो रही थी।

''हड्डी-पसली ? तो···'' वह फूट-फूटकर रोने लगी। मेरा जी दुख रहा था, जल रहा था, मगर मैं हँसती रही। फिर बोतल से पानी उँडेलकर थरमस में बर्फ का टुकड़ा डाला। पानी पीकर उनका ज़रा जी सँभला।

''आपा··· मैं तो मर जाऊँगी··· अब नहीं सहा जाता, मगर··· मगर क्या करूँ ? बच्चों को कैसे छोड़ दूँ··· ?'' वह हिचकियों से रोने लगी।

मैंने घण्टी बजायी। बावर्ची दरवाज़ा खोलने के लिए जाग चुका था। मैंने चाय के लिए कहा और बेआदत वह सेव, दालमोठ, काजू वग़ैरह ले आया।

उनका दुखड़ा सुनने को दिल नहीं चाह रहा था, कि उन्हें चीन से लायी हुई एलबम दिखाने लगी। दो गोलियाँ एस्प्रो की दीं, जो उन्होंने चुपचाप निगल लीं। फिर उन्होंने तफ़सील शुरू की।

''भाई बोर न करो। मैं पचासियों बार इसी क़िस्म के क़िस्से सुन चुकी हूँ। मुझे मालूम है कि बड़ी बी ने मेरे हिस्से का गुस्सा उस अहमक़ बहू पर उतारा होगा। मगर हद हो गयी कि डेढ़ बरस में गुस्सा उतर नहीं चुका।···तुम इतनी बेबस तो नहीं कि बेकुसूर जूते खाती हो। न ही तुम्हारा खसम पहलवान है, तुम पलटकर एक थप्पड़ भी नहीं मार सकतीं ?''

''हैं··· हैं··· आपा, शौहर पर हाथ उठाऊँ !''

''तो फिर ख़ामोश पिटती रहो, जन्नत में बड़ा शानदार जमुर्रद का महल मिलेगा। तुम्हारा मियाँ हूरों के चक्कर में तुम्हारी खिदमत का मोहताज नहीं होगा। हाँ, बुढ़िया, जो तुमसे पहले ही बिराज रही होगी, शायद टेढ़ी खीर साबित हो।''

''खुदा के लिए ऐसी कुफ्र की बातें···''

''तुम मुझे गड़बड़ाकर ऊटपटाँग की बातें कहलवा रही हो। अच्छा, खुदा हाफ़िज़। मुझे बर्थ-डे पार्टी में जाना है।'' वह ख़ामोश मुझे घूरती रही, फिर लँगड़ाती हुई चल दी।

ये कम्बख़्त बूढ़ी सासें भी अजीब तमाशा होती हैं। बड़े अरमान से बीबियों-लड़कियों में से चाँद का टुकड़ा ढूँढ़कर उसे बहू बना लेती हैं। बेटा बेटी का गुलाम बन जाता है। जब देखो उसके कलेजे में छुपा हुआ है। माँ तो जैसे कोई चीज़ ही नहीं है। क्या अजब जो बेटे के कान भरे और वह उसे सड़क पर फेंक दे। बुढ़िया दर-दर की ठोकरें खायेगी, किसकी जूतियाँ सँभालेगी। हाँ,

खसम को रिझाने के लिए सरे-शाम ही सोलह सिंगार शुरू हो जाते हैं ? आया और चहेती के कलेजे में घुसा। जैसे माँ तो कुछ है ही नहीं। अरे नौ महीने पेट में रखा, ख़ूने-जिगर पिलाकर पाला, ख़ुद गीले में सोयी, बच्चे को छाती पर सुलाया और सपूत ने यह अन्जाम दिया कि माँ से दो बातों की फुरसत नहीं।

'एक के बाद दूसरा अभी नहीं, दूसरे के बाद तीसरा कभी नहीं !' दुश्मनों के मुँह में खाक, जो उनसे दूर बच्चों को कुछ हो जाय तो गोद खाली, खानदान ही खत्म।

यह हरबा निशाने पर बैठा और मियाँ-बीवी में खट-पट शुरू हो गयी। ज़ाहिर है, अम्माँ जान ने तो बेटे की तरफ़दारी की। बीवी अगर बच्चा रोग तगड़ में लगाती है तो यार-धींगड़े भी दिलेरी से पा लेगी। मर्द तो मुए कीचड़ में मुँह डालें तो कौन-सी नयी बात होगी। कभी यार-दोस्त घसीट ले जायें तो जाना ही सजता है। मगर बीवी जो हरामियों की फ़ौज जुटा दे तो···

बस भड़क उठे और चली चार चोट की मार। सलीमा ने लूप क्या लगवाया कि गले का फन्दा बन गया। वह बोझ समझकर मेरे सिर पर नाज़िल। मैंने धक्के तो नहीं दिये। हाँ, ज़हनी धक्के देकर चलता किया। मुझे ख़याल भी नहीं आया कि सलीमा ने आना-जाना बन्द कर दिया। बेखयाली चली जा रही थी कि पीछे से तरोताज़ा गोबर के ढेर में पैर पड़ा। बाख़ुदा ! टैक्सीवाले को आवाज़ दी। एक नज़र डालकर फर्राटे भरता यह जा, वह जा। लोग मेरी दुर्गत पर इत्मीनान से मुस्करा रहे थे। चार कदम पर सलीमा का घर देखकर जान में जान आयी। सलीमा भागती हुई कोठे से उतरी और रोते हुए मुझसे लिपट गयी।

मुझे तख्त पर बैठाकर बच्ची से बोली–

"पापा से कहो, मेरे गुसलवाला गर्म पानी तसले में ले आयें।" और लपककर अलगनी से तौलिया उतार लायी। मैं ना-ना करती रही मगर उसने पहले लोटे की धार से पैर साफ किया, चप्पल निकालकर नीचे रख दीं और मेरा पैर पोंछकर पाउडर छिड़कने लगी।

"भई, ये मेरी इतनी पालीपोस किस खुशी में हो रही है !"

"जीती रहे वह भैंस !"

"भैंस ! कौन-सी भैंस ?"

"वही जिसके गोबर ने आपको मेरे घर आने पर मजबूर किया। कहाँ ग़ायब हो गयी थीं ?"

''जन्नत की सैर को गयी थी।''

''कश्मीर तो आप गये साल गयी थीं, फिर ··· ''

''साइबेरिया गयी थी।''

''हैं-हैं, किसी क़सूर में ? वहाँ तो नमक की खानों में मज़दूर बेड़ियों में जकड़कर फेंक दिये जाते हैं, जहाँ से उनकी हड्डियाँ ही निकलती हैं। बर्फ के तूदे ··· ''

''वह ज़माने लद गये। मैं तो गर्मियों में गयी थी। कश्मीर से हज़ार गुना बड़ी जन्नत। वही आसमान से बातें करते चिनार और बाँसों के झुण्ड। चार हज़ार से ज़्यादा किलोमीटर लम्बी मीठे पानी की झील। ऐसी शफ़्फ़ाफ़ कि तह में नाचती सुहा-ए-शहीर[1] भी दिखायी दें। वैसे ही शगुफ़्तों के बोझ से झूलते न जाने कौन-से फूल—नाम भी याद नहीं, डायरी में लिखे हैं। और उई ! हुस्न ! उफ ! मेरी तो आँखें चकाचौंध हो गयीं। इतने हसीन बच्चे जैसे कश्मीर के, बस उसमें से गरीबी निकाल दो।''

''अरे बेबी, पापा से कहना थोड़े-से पापड़ और पकवाएँ।''

''सलीमा, ये तुझे क्या हो गया ? खसम पर हुक्म सादर कर रही है, जहन्नुम में जायेगी।''

''अरे मर गये जहन्नुम में भेजने वाले !''

''सासूजी ?''

''ख़ुदा उनका साया हमारे सिरों पर क़ायम रख़े। उधर पिछले कमरे में बच्चियों को कुरान पढ़ाने लगी हैं। वाकई बेकार बैठी ऊब जाती थीं।

''तो तुम्हारी जान खाती थीं ?''

''अब तो वह मेरी जान हैं। पूछिए यह इन्क़लाब आया कैसे ? ··· बताऊँगी, पहले चाय हो जाये।'' वाहिद मियाँ चाय की ट्रे ला रहे थे। हाथ के धुले कपड़े और पैर में लँग ! चेहरे पर भयानक शर्मिन्दगी, बालों में सफ़ेद लटें। मैं सन्नाटे में रह गयी।

''वाहिद मियाँ, आप चाय नहीं पियेंगे ?'' मैंने टोका।

''जी, मैं उधर ही पी लूँगा। हाँडी में प्याज लाल हो रही है, जल जायेगी !'' वह लँगड़ाते डग भरते चल दिये। मैंने सलीमा की तरफ देखा। वह बड़े नाज़ से

---

1. छोटे सितारे (सप्तर्षि मण्डल)

मुस्करा रही थी । मैंने उसका हाथ झटककर उठने की धमकी दी ।

''आपा चाय !''

''भाड़ में जाय तुम्हारी चाय और चूल्हे में जाओ तुम !''

''आप ही ने तो कहा था ।''

''अगर मैंने यही कहा था जो मैं आज देख रही हूँ, तो मैंने झक मारी थी । मैं किसी इन्सान की, ख़्वाह वह मर्द हो या औरत, ऐसी ज़िल्लत नहीं देख सकती । मैंने तुम्हें जीने की राय दी थी, किसी को कत्ल करने का मशवरा नहीं दिया था । हुआ क्या ?''

फिर सलीमा ने बताया कि एक दिन वे उसे पीकर मार रहे थे तो उस पर भी जुनून सवार हो गया । उसने जो धक्का दिया तो वाहिद चित गिरे, फिर दोनों में गुत्थम-गुत्था हो गयी और सलीमा बिल्कुल पागल हो गयी । उसने उनकी पिंडली में ऐसे दाँत गड़ाये कि खून का फव्वारा छूटा । कोई ऐसी रग कट गयी थी कि खून रोके न रुका । वाहिद बेहोश ! अम्माँ की चिल्ली-घोर सुनकर मुहल्लेवाले आ गये । उन्हें अस्पताल ले गये, मगर खून किसी तरह बन्द न होता था । कितनी ही बोतलें चढ़ायीं, महीनों खटिया गोड़ी, सारा जमा-जत्था चुक गया । जो ज़मीन का टुकड़ा था, गिरवी हो गया । स्टील के कारखाने में जो नौकरी थी, वह भी गयी, कि उनका रिकार्ड खराब था । वार्निंग पर वार्निंग मिल चुकी थी । ऊपर से अफसर पर नशे में हाथ छोड़ बैठे । प्रोविडेंट फण्ड पर पहले ही हाथ डाल चुके थे । बोतल की आदत ने नीम-वहशी बना दिया । सलीमा को स्कूल में फिर पुरानी जगह मिल गयी । अब खुदा के करम से इण्टर तक हो गया है और उस उर्दू-स्कूल की वह प्रिंसिपल है । बारह सौ तनख्वाह । ऊपर से एलाउंस । अच्छी गुजर हो जाती है ।

''पैर का लँग नहीं गया ?''

''कहते हैं विलायत में ऑप्रेशन कराना पड़ेगा, तो शायद ठीक हो जाय । ज़हरबाद हो गया था । जान ही बच गयी तो ख़ुदा की मेहरबानी थी, कि वह बड़ा रहमवाला है । अम्माँ की तो कमर टूट गयी । मुझे सीने से लगाकर बहुत रोती थीं । मैंने उनके पैर पकड़ लिये । उनके सिवाय मेरा कौन है ? बड़े चाव से मुझे माँगा था, फिर न जाने क्या हो गया उन्हें ।''

''और चुड़ैल, तूने खसम को बावर्ची बना दिया ... फटकार है तेरी सूरत पर ... लो मैंने चाय पी ली और वाहिद के तले हुए पापड़ भी जरूर ... अब तुम ग़ारत हो

जाओ और वाहिद को मेरे पास भेज दो!"

"आप हद करती हैं आपा, अब उन्हें मेरे ख़िलाफ़ भड़काओगी। उनसे क्या कहना है, मुझसे कहिए ना?"

"तुम्हारी बला से, मुझे कुछ भी कहना है। तुम हमारी बातें सेंध करती रहना। तुम्हें मुझ पर भरोसा नहीं?"

"है तो भरोसा, पर आप ऐसे ज़न्नाटे से बात करती हैं कि इन्सान मरग़ूब हो जाता है।"

"गधी, तुम्हें यक़ीन है कि मैं उन्हें तेरे ख़िलाफ़ भड़काऊँगी! मैं वाक़ई बद्दिल हो गयी?"

"नहीं आपा जान! ठीक है, आप भड़काकर भी देख लीजिए। यह इम्तहान भी हो जाय तो अच्छा है।"

"यह बात हुई न कुछ!"

वह चली गयी तो वाहिद मियाँ लँगड़ाते हुए आये।

"जी क्या हुक्म है?"

"बदतमीज़ी न करो! मुझे तुमसे एक ज़रूरी बात में सलाह लेना है।" मैंने उन्हें बोलने ही नहीं दिया, "मुझे इन्कमटैक्स रिटर्न देना है और मेरी कुछ समझ में नहीं आता। मेरी मकानदारनी मुझे बोर कर रही है, फ्लैट छोड़ने को कहती है। पक्के स्टाम्प पर ढाई सौ किराया लिखवाया था और उसके गुर्गे मुझे परेशान करके किराया बढ़वाये जा रहे हैं। अभी और बढ़ाया है, पाँच सौ कर दिया। नीचे जिस बोर्ड पर फ्लैट में रहनेवालों के नाम लिखे हैं, वहाँ अपने नाम का बोर्ड जड़ दिया है। उसके आदमी वक़्त बे-वक़्त उससे मिलने आते हैं। हज़ार बार कह दिया, वह यहाँ नहीं रहती। वह कहाँ रहती है, कोई नहीं जानता। कभी सुना है हांगकांग में मुस्तक़िल व्यापार है, कभी पाकिस्तान में सेटल होने की इत्तला आती है। जो उस पते पर उसे पूछने आते हैं, वह ख़्वामख़्वाह मेरा वक़्त बरबाद करते हैं। मैं अक्सर घर में तनहा होती हूँ। अब मैंने गोरखे से कह दिया है कि मुझसे बग़ैर पूछे किसी को मेरे पास न आने दे, तो मेरे अपनों को इस रोक-थाम से बड़ा बुरा लगता है।"

"कौन बदमाश हैं वे, मुझे बताइए, सालों को..." वह एकदम घबरा गये।

"यह गाली तुम मेरे हिसाब में जोड़ दो, शुक्रिया!"

वह मुस्कराने लगे।

''इसके अलावा मुझे इन्कमटैक्स भरना नहीं आता। बहुत ज़्यादा काम नहीं है, मगर जो बात समझने से जी घबराता हो वह बड़ी मुश्किल··· मेरा मतलब है बड़ी लगती है।''

''तो आप उनसे कहियेगा।'' वे कुछ सहमकर बोले।

''हाँ, मैंने पहले ही कह दिया है कि मुझे किसी की मदद चाहिए। अभी तुम्हारे बारे में भी पूछ लूँगी कि कौन-सा वक़्त ठीक रहेगा?''

''सुबह-शाम का खाना एक ही वक़्त हो जाये, रोटी कभी होटल से ले आता हूँ, कभी खुद डाल लेता हूँ।''

''अब ऐसा करो, कल सुबह नाश्ते के वक़्त काम खत्म कर लो और बस सब काग़ज़ात देख लो।''

वाहिद दूसरे दिन आठ बजे आ गये। मैं सोकर भी नहीं उठी थी। मैंने फाइल निकलवा दी, वह बैठे देखते रहे। खाने पर इन्कार करने से पहले मैंने उनके लिए भी प्लेट लगाने को कह दिया। बड़े ही तकल्लुफ से खा रहे थे। दो-तीन दिन में उन्होंने काम खत्म कर दिया। था ही कितना। कई बार मैंने उन्हें किताबों की अलमारियों में झाँकते देखा।

''लाजवाब कलेक्शन है।''

''मेरा नहीं, शाहिद साहब को किताबें जमा करने का जुनून था, पढ़ने की फ़ुरसत मुझे ज़्यादा थी। तुम्हें कोई किताब चाहिए तो बेतकल्लुफ़ ले जाओ।''

''यह मगर···''

''किताबों की सबसे बड़ी इज़्ज़त और हिफ़ाज़त पढ़ने ही से होती है।''

वह बार-बार खाने के कमरे में लगी हुई घड़ी देखने उठते थे। शायद किताबों के अलावा ट्रांजिस्टर और घड़ियाँ जमा करने का भी शौक था। दस-बारह बहुत कीमती घड़ियाँ छोड़ गये। मैंने बाँट दीं, कि मर्दाना घड़ियाँ लड़कियों के काम की नहीं थीं। अब भी दो-चार घड़ियाँ थीं। मैंने उन्हें एक निकालकर दी। वह घबरा गये—

''नहीं··· नहीं, बहुत कीमती है।''

''मैंने कई तो बाँट दीं। शाहिद साहब के बाद बेकार पड़ी थीं, आप इस्तेमाल करेंगे, मुझे खुशी होगी।''

वह चुप हो गये। मेरा काम खत्म हो रहा था, मगर मेरी भांजी सलीमा को

मदद की ज़रूरत थी । इन्कमटैक्स के चक्कर में परेशान थी । देखते-ही-देखते उनके पास इतना काम हो गया था कि फुरसत ही नहीं मिलती थी । वह पन्द्रह सौ की घड़ी कुबूल करने के बाद कुछ लेने को तैयार नहीं हुए । दबी ज़बान से बोले–

"अगर फोन लग जाये तो ··· "

फोन लग गया ।

फिर ऐसा हुआ कि पिछले इतवार को टिन्नू की सालगिरह थी । मैं गयी तो ऐसा लगा, किसी अजनबी घर में भूले से आ गयी हूँ । भड़कदार कपड़े पहने बच्चे ऊधम मचाये हुए थे । लम्बा-चौड़ा केक चौके पर सजा था । बड़ी बी कासनी, चूड़ीदार और पत्ती के काम का सफ़ेद बुर्राक कुर्ता-दुपट्टा पहने चौके पर डटी हुई थीं । उठकर मुझसे खूब गले मिलीं । तब बेअख़्तियार मेरे दिल ने सोचा–

अगर फ़िरदौस बर-रूए-ज़मीं अस्त ।
हमीं अस्त व हमीं अस्त व हमीं अस्त ।

नन्हीं-सी जान

"तो आपा, फिर अब क्या होगा ?"

"अल्लाह जाने क्या होगा ! मुझे तो सुबह से डर लग रहा है ।" निज़हत ने कंघी में से उलझे हुए बाल निकालकर उँगली पर लपेटने शुरू किये । दिमाग़ी उलझन की वजह से उसके हाथ कमज़ोर होकर काँप रहे थे और बालों का गुच्छा फिसला जाता था ।

"अब्बा सुनेंगे तो बस अँधेर हो जायगा । ख़ुदा करे, उन्हें न मालूम हो । मुझे उनके गुस्से से तो डर ही लगता है ।"

"तुम समझती हो, यह बात छिपी रहेगी ? अम्मी को तो कल ही शक हुआ था कि कुछ दाल में काला है । पर वह सौदे के दाम देने में लग गयीं और शायद फिर भूल गयीं । और आज तो ··· "

"हाँ आपा, छिपनेवाली बात तो नहीं । मैं तो यह कहती हूँ, जब रसूलन के

अब्बा को ख़बर होगी, तब क्या होगा ? ख़ुदा क़सम भूत है वह तो ··· मार ही डालेगा ··· हमेशा ऐसे ही मारता है कि ··· ''

''और उसने किसी को बताया भी तो नहीं । कैसी पक्की है ! पिछली बार जब दीन मुहम्मद का किस्सा हुआ, तो भी चुपके से ख़ाला के यहाँ भाग गयी ··· भाई जान दोनों को निकालने को कहते थे ।'' बाल जमाने के लिए वह ऊपर से महीन दाने की कंघी फेरने लगी ।

''हाँ, और उस बेचारे की इतनी-सी तो तन्ख़ाह है । भाई जान पुलिस में देने को कहते थे, और देख लेना, अबकी वह छोड़नेवाले नहीं । बहन, हद हो गयी, मालूम है अब्बा जान का गुस्सा !''

''तो आपा, वह पुलिस में दे देंगे ?'' सलमा की आवाज़ बेकाबू हो गयी ।

''और नहीं, तो फिर क्या ?''

''फिर, फिर क्या होगा ? ··· बेचारी रसूलन ··· आपा ··· पुलिस के नाम से तो मेरा भी जी डरता है ।''

''डरने की बात ही है ··· पुलिस किसी की नहीं होती ··· वह तुम्हें याद है, नन्हू की बहू ने हँसली चुराई थी, तो दोनों गये थे जेलख़ाने ।''

''हथकड़ियाँ डालकर ले जाते हैं ··· क्यों, आपा ?''

''हथकड़ियाँ और बेड़ियाँ ।''

''लोहे की होती हैं न ?''

''हाँ, पक्के फ़ौलादी लोहे की ।''

''फिर कैसे उतरती होगी, मर जाते होंगे, तभी उतरती होंगी । क्या करेगी, बेचारी रसूलन ?''

''और क्या, बेचारी ··· भई, मज़ाक़ थोड़े ही है ··· और तुमने देखा, उसने गाड़ा किस सफ़ाई से बेचारे को । हिम्मत तो देखो, हमें भी न बताया । अरे, उसने तो किसी को बताया ही नहीं ।''

''कैसी बेरहम है ··· हाँ ··· बेचारा बच्चा ··· उसका जी भी न दुखा ··· नन्हीं-सी जान !''

''क्या मुश्किल से जान निकली होगी !''

''मुश्किल से क्या निकली होगी । एक उँगली के इशारे से बेचारा ख़तम हो गया होगा ।''

''चलो, ज़रा उससे पूछें, कैसे मारा उसने ?''

दोनों डरी, सिमटी आँख बचाती, तलुओं से जूतियाँ चिपकाये गोदाम की ओर चलीं, जहाँ अनाज की गोल के पास टाट पर रसूलन पड़ी हुई थी। पास ही दो-तीन नन्हीं-नन्हीं चुहियाँ गिरा-पड़ा अनाज और मिर्च के दाने लेने को डरी-डरी घूम रही थीं। दोनों को देखकर ऐसे भागीं, जैसे वे मार ही तो देतीं। गो आनेवालियों के दिल चुहियों से भी ज्यादा बोदे थे। थोड़ी देर तक वे रसूलन के पीले चेहरे और पपड़ी जमे होंठों को देखती रहीं। रसूलन नौकरानी थी, पर वे बचपन से दोस्त ही रहीं। और वैसे थोड़ी-बहुत रसूलन ही मज़े में थी। वह पर्दा नहीं करती थी और मज़े से दुपट्टा फेंककर आम के पेड़ तले कूदा करती। ये दोनों, जब से इनके मामूँ रामपुर से आये थे, पर्दे में रहती थीं और गुलाब सागरवाली नानी ने आकर सबको मोटी कलफ़दार मलमल की ओढ़नियाँ बना दी थीं और बाहर क़दम रखना जुर्म था। यह रसूलन ही थी, जो उनपर तरस खाकर दो-चार कोयल-मारी अँबियाँ उन्हें भी खिड़की से दे देती थी, जहाँ वे परकटे तोतों की तरह टुकुर-टुकुर देखा करती थीं और मामूँ की मूँछ की नोक भी दिख जाय तो वे गड़ाप से पीछे कूद पड़ती थीं··· और अब रसूलन पर यह विपदा पड़ी थी।

"रसूलन!··· ए रसूलन!··· कैसा है जी?"

"जी!" रसूलन ने जैसे आह खींचकर कहा, "अच्छी हूँ, निज़हत बी।"

"क्या बुख़ार तेज़ है··· और दर्द अब भी है या गया?"

"हाँ, निज़हत बी। सलमा बी···"

"अरे भई फिर कुछ कर न। कह दे माँ से कि हकीम साहब के यहाँ से ला दे कोई दवा।"

"नहीं, बीबी··· मार डालेगी माँ तो··· वैसे ही ग़ुस्से में रहती है··· और अब तो और भी···"

"हाँ! ग़रीब लड़की! मरती हो, तो कोई दवा लाकर न दे··· हद है जुल्म की!" सलमा की आँखें भर आईं।

"मगर कब तक छिपायेगी··· मिट्टी भी तो ठीक से नहीं डाली तूने।"

"क्या?" तो क्या सबको मालूम हो गया था? रसूलन और भी पीली पड़ गयी। उसके सुरमयी गाल मिट्टी के रंग के हो गये।

"अब बस हम से मत बनो। हमें सब मालूम है।"

"हैं? आपको··· निज़हत बी, आपने कहाँ देखा?" वह काँपकर उठने

लगी ।

''और क्या, हमें कल ही मालूम हो गया था और हम पिछवाड़े जाकर देख आये । मैं और सलमा गये थे ।''

''हाँ ··· हमने देख लिया !'' सलमा जल्दी से बोली कि कहीं वह पीछे न रह जाय और रसूलन समझे, बस सबकुछ आपा ही देख सकती हैं ।

''शी ! इतनी ज़ोर से न बोलो ··· '' दोनों खुद ही डरकर सिमटने लगीं ।

''हम और आपा कल गये थे शाम को । फिर हमने ढूँढ़ा, तो मेंहदी के पास हमें शक हुआ । फिर क़मीज़ का कोना दिखायी दिया ··· जिसके चीथड़ों में लपेटा है तूने ।''

''हाँ, दीन मुहम्मद की फटी हुई क़मीज़ ··· ओह ! मेरे तो रोंगटे खड़े हो गये ··· बेचारे की गर्दन यों टेढ़ी हो गयी थी ।'' निज़हत ने ज़िबह की हुई मुर्ग़ी की तरह गर्दन अकड़ायी ।

''फिर ··· फिर सलमा बी ··· फिर आप ने कह दिया होगा सब से ··· हाय ! मेरे मालिक ! मेरी माँ !''

''हम ऐसे छिछोरे नहीं हैं, रसूलन ··· तेरी शिकायत कैसे कर देते ··· और फिर जबकि हमें मालूम है कि तू अकेली ही क़ुसूरवार नहीं ··· यह दीन मुहम्मद ··· ''

''उस बदमाश का मेरे सामने नाम न लीजिए ··· बीबी ··· ''

''हम तो कितनी दफ़ा कह चुके तुझे, उस कुत्ते से न बोला कर, हमेशा तुझे ज़लील कराता है ··· मगर ··· ''

''अच्छा बीबी, अब उस मुए से बोलूँ, तो रसूलन नहीं, भंगन की जनी ··· बस ··· तो अब आप कह देंगी सब से, और जो सरकार को मालूम हो गया, तो खैर नहीं । हाय मेरे अल्लाह ! ··· मैं तो मर ही जाऊँ ··· ''

एक तो अँधेरा, दूसरे निडर चुहियाँ, फिर रसूलन मरने की धमकी दे ! निज़हत की उँगलियों की पोरीं ठण्डी पड़ गयीं और सलमा की आँखों में मिर्चें लगने लगीं ।

''कैसी बातें करती है, रसूलन !'' सलमा की नाक जल उठी ।

''क्या करूँ, बीबी, जी करता है, अपना गला घोंट लूँ ।'' और वह जी छोड़कर सिसकियाँ भरने लगी ।

''हैं-हैं ! रसूलन ! क्या बातें मुँह से निकालती हो ! ख़ुदा सबका मददगार है । वही सबकी मुसीबत दूर करता है, मुझे तो उस नामुराद दीन मुहम्मद पर

गुस्सा आ रहा है। जैसे उसका तो कुछ कुसूर ही नहीं।'' निज़हत ने कहा।

''हाँ भई, लड़कों को कौन कुछ कहता है। दीन मुहम्मद कुछ भी कर दे, भाई जान हिमायती, अब्बा जान तरफ़दार। और बेचारी रसूलन !··· ख़याल ही से मेरा कलेजा कटा जाता है। याद है, आपा, पिछली दफ़ा कैसा ग़दर मचा था। और रसूलन की माँ भी ग़रीब क्या करे ? सच कहती हैं अम्मी। लड़कियाँ जन्म से खोटा नसीब लेकर आती हैं।''

सलमा के गालों पर सचमुच आँसुओं की लकीरें बहने लगीं। तीनों के गले भर आये और निज़हत की नाक में चिउँटियाँ-सी रेंगने लगीं, मानो किसी ने पानी चढ़ा दिया हो। तीनों चुहियाँ भी शायद भूल से मिर्च का दाना चबा गयीं। आँसू-भरी उदास आँखों से, दूर बैठी सिसकारी भरती रहीं। आँखें, भूरी मूँछें बेज़ारी में भुट्टे के बालों की तरह काँप रही थीं।

''मेरी निज़हत बी, बताइए अब मैं क्या करूँ ? मुझे तो दादी बी की पिटारी से ज़रा-सी अफ़ीम ला दीजिए। सचमुच खाकर सो ही रहूँ।'' रसूलन निचला होंठ काटने लगी।

''नहीं, रसूलन, ख़ुदकुशी हराम है। अब तो बात, मालूम होता है, दब-दबा गयी, और किसी को पता भी न चलेगा और तू अच्छी हो जायगी।'' सलमा बोली।

''क्या करूँ अच्छी होकर, इस रात-दिन की जूतियों से तो मौत भली।''

''मगर मैं पूछती हूँ··· यह तूने कैसे मारा··· ऐ है, ज़रा-सा था···'' निज़हत का आख़िर को जी न माना।

''मैंने ?··· बीबी आप··· हो-हो··· हो-हो !'' रसूलन बीमार कुतिया की तरह रोने लगी।

''चुप रहो, आपा ! तुम और बेचारी का दिल दुखा रही हो। मत रो, रसूलन !'' सलमा आगे खिसक आयी।

''चलो, अम्मी आ रही हैं।'' निज़हत और सलमा दरवाज़े के पीछे दुबक गयीं। अम्मी लोटा लिये निकली चली गयीं।

''ठहरो, बीबी, कहोगी तो नहीं किसी से ?'' रसूलन ने गिड़गिड़ाकर सलमा के पाजामे की मोरी पकड़ ली।

''नहीं··· अरे छोड़··· अरे···''

दोनों स्तब्ध रह गईं। चुहियाँ पीपों के पीछे भाग गयीं।

''हूँ ··· तो यह मामला है ! अच्छा, कहूँगा अम्मी से ।'' भाई जान स्टिक में कड़ुआ तेल लगाने गोदाम में आये थे ।

''भाई जान ! उन्होंने सारी बातें सुन लीं । चुप, रसूलन । आपा, चलो ।''

दोनों दुबककर निकलने लगीं । एक चुहिया भाई जान की स्टिक को नफ़रत से घूरती पुराने पलँग के बानों में घुस गयी ।

''क्या आप ··· अच्छा, तो यह कहिए, साज़िशें हो रही हैं ··· मगर मैंने सुन लिया है । वह दीन मुहम्मद की क़मीज़ ··· मेंहदी के नीचे ।'' भाई जान तेल की तलाश में पीपे टटोलने लगे ।

''तो ··· तो आप देर से खड़े थे ··· ?'' सलमा ने चाहा, उसके चेहरे की सफ़ेदी आँचल में जज़्ब हो सके, तो क्या कहने !

''और क्या, बरामदे में था मैं ··· अब तुम पकड़ी गयीं ··· बताओ, क्या साज़िश थी ?

''भाई जान ··· ''

''कुछ नहीं, सच-सच बता दो, नहीं तो अभी अम्मी से जाकर कहता हूँ ··· बोलो, क्या बात है ?''

''अच्छे भाई जान ! ··· देखिए ग़रीब रसूलन ··· हाय अल्लाह !'' निज़हत का जी चाहा ज़ोर से चने की गोली से माथा फोड़ डाले ।

''यह रसूलन ··· सुअरनी है । मेरे सारे जूते पलँग के नीचे भर देती है । इस चुड़ैल की तो खाल खिंचवा दूँगा । ठहर जा ··· क्या गाड़ कर आयी है ··· शर्तिया ··· ''

''नहीं, भाई जान ! ··· अच्छा आप क़सम खाइए कि कहेंगे नहीं किसी से !'' सलमा ने बढ़कर प्यार से भाई जान के गले में बाँहें डाल दीं ।

''हटो, नहीं खाते हम क़सम ! ··· मत बताओ हमें । हम खुद जानते हैं । आज से नहीं, कई दिन से ··· ''

''हाय मेरे मौला !'' रसूलन औंधी पड़कर फूट-फूटकर रोने लगी ।

''अच्छे भाई जान, आप हमारा ही मरा मुँह देखें, जो किसी से कहें ··· सुनिए, हम सब बता देंगे ।'' दूसरी तरफ़ से निज़हत ने गला दाबा ।

''बात यह है ।'' और कान में सलमा ने खुसुर-पुसुर करके कुछ बताना शुरू किया ।

''अरे ? ··· कब ?'' भाई जान की नाक फड़की और भवें टेढ़ी-मेढ़ी लहरें लेने

लगीं।

''कल शाम को ···'' निज़हत ने हौले से बताया।

''अब्बा जान क्लब गये थे और अम्मी सो रही थीं।'' सलमा के गले में सूखा आटा फँसने लगा।

''हूँ, फिर··· अब क्या उन्हें पता नहीं चल जायगा ?'' भाई जान दोनों को झिटककर बोले।

''मगर आप ··· आप न कहिएगा। आप को रज़िया आपा की क़सम।'' सलमा ने कहा।

''रज़िया ··· रज़िया ··· हैं ! हुश्त ··· हटो ··· हम किसी की क़समें नहीं खाया करते।'' और वह हाथ झटकाते चले ''हम ज़रूर कहेंगे ··· वाह, हटो, हम जा रहे हैं।''

''आपा, तुम भी क्या हो ! ··· इतनी ज़ोर-ज़ोर से बोलती हो कि सब उन्होंने सुन लिया।'' भाई जान के जाने के बाद तो सलमा की आँखें आँसुओं में डूब गयीं।

''ये भाई किसी के नहीं होते। स्वेटर बुनवायें, बटन टँकवायें, वक़्त-बेवक़्त अण्डे तलवायें, रुपया उधार ले जायें और कभी भूलकर भी वापस न करें। क्या मिस्कीन सूरत बना लेते हैं, जैसे बड़ी मुसीबत पड़ी है, निज़हत गुड़िया, ज़रा एक रुपया उधार दे दो। सच कहता हूँ, कल एक के बदले दो दे दूँगा ··· हुँह ! और दुगने तो दुगने, असल ही दे दें, तो बहुत जानो।'' निज़हत बिलकुल ही बग़ावत पर तुल गयी।

रसूलन की माँ रोटियों के लिए पलेथन लेने आयी। बेचारी के सारे मुँह पर झुर्रियाँ पड़ी हुई थीं और चेहरे से नफ़रत और गुस्सा बरस रहा था।

''अरे रसूलन की माँ, इसका बुख़ार नहीं उतरता। तुम कुछ करती भी नहीं।'' निज़हत ने डाँटा।

''अरे बेटा, क्या करूँ। हरामख़ोर ने मुझे तो कहीं का न रक्खा। जहाँ नौकरी की, इसी के गुनों से निकाली गयी। ··· घड़ी भर को चैन नहीं।''

''मगर रसूलन की माँ, तुम चाहो कि यह मर जाय, तो तुम भी नहीं छूटोगी, हाँ और क्या।''

''मर जाय, तो पाप ही न कट जाय। कलमुँही ने मुझे मुँह दिखाने का न रक्खा। ··· थानेदारिनी तो अब भी मुझे रखने को कहती हैं, पर इस कमीनी के

मारे कहीं नहीं जाती···जब देखो, मुझे तो इन नसीबों का रोना है। जवान बेटा चल दिया और यह मारी गयी रह गयी, मेरे कलेजे पर मूँग दलने को।

''तो ज़हर दे दे ना मुझे···हो···हो-हो!'' रसूलन ने बेबसी से रोकर कहा।

''अरे मैं क्या दूँगी ज़हर, इन करतूतों से देख लेना, जेल जायेगी और वहीं सड़-सड़ के मरेगी। लो, अन्धेर ख़ुदा का! मुझसे कहा तक न इसने! हटो बीबी, मुझे आटा लेने दो।''

''यह क्या हो रहा है यहाँ, सलमा···निज़हत···हूँ, कितनी दफ़ा कहा है कि शरीफ़ बेटियाँ रज़ीलों-कमीनों के पास नहीं उठती-बैठतीं, मगर नहीं सुनतीं। जब देखो, सर जोड़े बातें हो रही हैं, जब देखो दुखड़े रोये जा रहे हैं।···चलो, यहाँ से निकलो···ऊई, इसे हुआ क्या, जो लाश बनी पड़ी है, बन्नो?''

''जी···जी, बुख़ार है, बीबीजी, कमबख़्त को!'' रसूलन की माँ जल्दी-जल्दी आटा छानने लगी।

''बुख़ार तो नहीं मालूम होता। ख़ासा तबाक़-सा चेहरा बना रखा है। यह क्यों नहीं कहतीं कि बन्नो···

''बीबीजी···यह देखिए यह···'' दीन मुहम्मद बीच में चिल्लाया।

''आपा!···वह···वह ले आया!'' सलमा ने जैसे क़ब्र से निकाली लाश को देखकर डर से घिघियाना शुरू कर दिया और निज़हत से लिपट गयी।

''अरे क्या है?''

''यह···देखिए पिछवाड़े, मेंहदी के तले।''

''है-है!···कमबख़्त···ऊई!'' अम्माँ जान के हाथ से लोटा छूट पड़ा। वे मरी हुई चुहिया तो देख न सकती थीं।

''यह···यह, इस रसूलन ने, बीबीजी···मेंहदी के नीचे गाड़ा···यह देखिए!''

रसूलन का जी चाहा वह भी नन्हीं-सी चुहिया होती और सट से मटकों के पीछे जा छिपती।

''चल झूठे!···कैसा बन रहा है···जैसे खुद बड़ा मासूम है।'' निज़हत चिल्लायी।

''तो क्या मैंने मारा है? वाह साहब, वाह!···वाह, निज़हत बी! और फिर अपनी ही क़मीज़ में लपेट देता कि झट पकड़ा जाऊँ!···बीबीजी, यह रसूलन ने गाड़ा।''

''चल, नामुराद! तुझे कैसे मालूम, मेरी बच्ची ने गाड़ा है? तेरी

अम्माँ-बहना ने गाड़ा होगा। और मेरी लौंडिया के सिर थोप रहा है। उसका जी परसों से अच्छा नहीं है। अलग पड़ी है कोठरी में।" रसूलन की माँ दहाड़ी और ज़ोर-ज़ोर से छलनी से आटा उड़ाने लगी, ताकि सब के दम घुटने लगें और भाग खड़े हों। वह अपनी पीठ से रसूलन को छिपाये रही। कहते हैं, दाई ने उसके गले में बाँस घँघोल दिया था, तभी तो ऐसा चीख़ती थी। मुहल्ले की ज्यादातर लड़ाइयाँ वह केवल अपने गले के जोर से जीत जाया करती थी।

"सरकार, मैं शर्त बदता हूँ। इसी का काम है यह... यह देखिये, मेरी क़मीज़ भी चुराकर फाड़ डाली। जाने दूसरी आस्तीन कहाँ गयी?" दीन मुहम्मद बोला।

"हरामख़ोर, उसी का नाम लिये जाता है। कह दिया, परसों से तो वह पड़ी मर रही है। मुर्ग़ियाँ भी मैंने बन्द कीं और अपने हाथ से गोदाम की झाड़ निकाली।...मुआ काम है कि दम को लगा है।" रसूलन की माँ झूठ-सच उड़ाने लगी।

"इसीलिए तो मक्कर साधे पड़ी है डर के मारे, नहीं तो हमें क्या मालूम नहीं इसका मरज़... चुपके से गाड़ आयी कि सरकार को मालूम हो गया, तो जान की ख़ैर नहीं।" बीबीजी जूतियों में से पानी टपकाने लगीं" इस चुड़ैल से तो मैं तंग आ गयी हूँ। रसूलन की माँ, यह कीड़ोंभरा कबाब मैं घड़ी भर नहीं रखने की। लो भला ग़ज़ब ख़ुदा का है कि नहीं!"

"सुअर कहीं का!... यह दीन मुहम्मद..." सलमा बड़बड़ायी।

सलमा और न जाने क्या बड़बड़ाती कि अम्माँ जान ने डाँट बतायी "बस बी, बस, तुम न बोलो, कह दिया कि कुँआरियाँ हर बात में टाँग नहीं अड़ाया करतीं... चलो यहाँ से, तुम्हारा कुछ बीच[1] नहीं... रसूलन की माँ, बस आज ही इसे इसकी ख़ाला के यहाँ पहुँचा दे, कितना कहा, हरामख़ोर का ब्याह कर दे कि पाप कटे।" बीबीजी बुरी तरह ताने देने लगीं।

"कहाँ कर दूँ, बीबीजी, आप ही तो कहती हैं कि छोटी है। सरकार कहते हैं, अभी न कर, जेल हो जायगी। और मैं तो मुई की कर दूँ, कोई क़बूले भी, मुझे तो इसने कहीं मुँह दिखाने का न रखा।" रसूलन की माँ रो-रोकर छलनी झाड़ने लगी।

---

1. अर्थात् बीच में कूदने की ज़रूरत नहीं। 'बीच नहीं' एक क़िस्म का मुहावरा है। (सं.)

''अरी, और यह मरा कैसे ? रसूलन, ज़रा-सी जान को तूने मसलकर रख दिया और तेरा कलेजा न दुखा।''

''उँह-ऊँ-ऊँ!'' बेचारी रसूलन कुछ भी न बता सकी।

''बन रही है, बीबी ··· बड़ी नन्हीं-सी है न।'' दीन मुहम्मद फिर टपका।

''ऊँ-ऊँ! ··· अल्लाक़सम बीबीजी ··· यह ··· यह दीन मुहम्मद।''

''लगा दे मेरे सिर ··· अल्लाह क़सम, बीबीजी, यह इसी की हरकत है ··· झूठी!''

''ख़ुदा की मार तुझपर, झाड़ूपीटे एकदम मेरी लौंडिया का नाम लिये जाता है। बड़ा साहूकार का जना आया वहाँ से! हर वक्त मेरी लौंडिया के पीछे पड़ा रहता है।'' रसूलन की माँ चिग्घाड़ती हुई फट पड़ी।

''बस-बस! जब तक बोलती नहीं, बढ़ती ही जाती हैं ··· तुम्हारी लौंडिया है भी बड़ी सैयदानी! ···''

''देखो, दीन मुहम्मद की माँ, तुम्हारा कोई बीच नहीं ··· ज़माने भर का लुच्चा मुआ ···''

''बीच कैसे नहीं, और तुम्हारी लौंडिया ··· अभी जो घर के सारे पोल खोल दूँ, तो बग़लें झाँकती फिरो, कहो कि नौकर होकर नौकर को उगाड़ती हैं ··· और ···'' रसूलन की माँ चिग्घाड़ सकती थी, तो दीन मुहम्मद की माँ की कमज़ोर मगर एक लय की आवाज़ कानों में लगातार पानी की तरह गिरकर पत्थर तक को घिस डालती थी। चें-चें-चें जब शुरू होती थी, तो लगता था, दुनिया एक पुराना चर्खा बन गयी है, जिसमें कभी तेल नहीं दिया जाता।

''आया निगोड़मारा कहीं से! ···'' रसूलन की माँ दब नहीं रहीं थी। ज़रा योंही कुछ सोच रही थी।

''और क्या, नन्हीं बनकर मेरे लौंडे का नाम ले रही है, जैसे हमसे कुछ छिपा है। पिछले जाड़ों में भी इसी ने ऐसे ही झटपट कर दिया और कानों-कान ख़बर न हुई, और तुम ख़ुद छिपा गयीं। मेरा लड़का मुई पर थूकता भी नहीं।''

''देखिए, बीबीजी, अब यह बढ़ती ही चली जा रही है। मुई क़साइन कहीं की! माना चलो, चटपट भी किया, क्या कोई तुम्हारे ख़सम का था ···''

''मेरे तो नहीं, हाँ, तुम्हारे ख़सम का था, जो पोटली में बाँध अन्धे कुएँ में झोंक आयी और लौंडिया को झट-से ख़ाला के यहाँ भेज दिया। ज़रा-सी फितनी, और गुन तो देखो!'' दीन मुहम्मद की माँ की आवाज़ लहरायी।

''बस जी, बस ! यह कंजड़खाना नहीं ... तुम्हारे ख़सम का, न इनके ख़सम का। चलो, अपना-अपना काम करो। ... भला बतलाओ, सरकार को पता चला, तो ... अल्लाह जानता है ... क़ियामत रखी समझो ... टाँग बराबर छोकरी, क्या मज़े से मार-मूर ठिकाने लगा दिया और तोप भी आयी ... अन्धेर है कि नहीं ... ऐ, चल हट उधर ! ...'' बीबी जल्दी से लपकी।

''कुछ नहीं, अब्बा मियाँ, यह रसूलन ...'' भाई जान हाकी स्टिक पर अब तक तेल मल रहे थे।

''ऐ चुप भी रह लड़के ! कचहरी से चले आते हैं। आते ही झल्ला जायेंगे।''

''यह देखिए, सरकार ... यह मारकर पिछवाड़े गाड़ आयी। ... मैंने आज देखा।''

''अरे ! ... इधर लाना ओफ़्फ़ोह यह किसने मारा ?''

''सरकार, रसूलन ने ... वह अन्दर बनी बैठी है।''

''ओ मुर्दे, क्यों झूठे दोस मढ़ता है। बिजली गिरे तेरी जान पर !'' रसूलन की माँ दाँत पीसती झपटी।

''मुर्दी होगी तेरी चहेती, जिसके ये करतूत हैं ! ... लाडो के गुन तो देखो ! ...''

''चुप रहो, क्या भटियारिनों की तरह चीख़ रही हो !'' सरकार रोब से गुर्राये और सारे मजमे में सन्नाटा छा गया। ''अभी पता चला जाता है। बुलाओ रसूलन को।''

''सरकार ... हुज़ूर !'' रसूलन की माँ काँपने लगी।

''बुलाओ ! ... बाहर निकालो, सब मालूम हो जायगा।''

''सरकार, जी अच्छा नहीं निगोड़ी का।'' बीबीजी उठीं हिमायत करने।

''जी-वी सब अच्छा है। ... बुलाओ उसे ...''

''रसूलन, ओ रसूलन ! ... चल बाहर, सरकार बुलाते हैं।'' दीन मुहम्मद दरोगा की तरह चिल्लाया।

रसूलन घुटी-घुटी आहें भरने लगी, चीख़ें रोकने में उसके होंठ पटर-पटर बोलने लगे। मगर हुक्मे-हाकिम मर्ग मफ़ाजात। कराहती, सिसकती, लड़खड़ाती जैसे अब गिरकर जान दे देगी। निज़हत ने लपककर सहारा दिया। बुख़ार से पिंडा तप रहा था और मुँह पर नाम को ख़ून नहीं।

''बन रही है, सरकार !'' दीन मुहम्मद अब भी न पसीजा।

''अरे, इधर आ ! ... इधर, हाँ, बता ... साफ़-साफ़ बता दे, नहीं तो बस !''

''पुलिस में दे देंगे, सरकार।'' दीन मुहम्मद टपका और रसूलन की माँ ने एक दोहत्तड़ उसकी झुकी हुई कमर पर लगाया कि औंधे मुँह गिरा सरकार के पास।

''जवानामर्ग[1], तुझे हैज़ा समेटे! ···''

रसूलन की टाँगें काँप रही थीं और मुँह से बात नहीं निकलती थी।

''हाँ, साफ़ बता दे, नहीं तो सच कहते हैं, हम पुलिस में दे देंगे।'' सरकार बोले।

रसूलन की हिचकी बँध गयी और हिचकियों के कारण वह बोल भी न सकी।

''बेगम, इसे पानी दो ··· हाँ, अब बता ··· कैसे मारा?''

पानी पीकर ज़रा जी थमा। बड़ी देर तक पानी चढ़ाती रही कि जवाब से बची रहे।

''हाँ बता, जल्दी बता!'' सबने कहा।

''सरकार! ···''

''हाँ, बता ···''

''सरकार! ··· ईं-ईं ··· हो ··· हो-हो! ··· मैं ··· मेरे सरकार ··· मैं दरबा ··· फिर ··· दरबा बन्द कर रही थी ··· तो काली मुर्ग़ी भागी। मैंने जल्दी से दरवाज़ा भेड़ा ··· तो ··· यह पिच गया ··· ओ-हो ··· हो! ···''

''सरकार, बिलकुल झूठ। यह ऐसी बुरी तरह मुर्ग़ियों को हँकाती है कि क्या बतायें।'' दीन मुहम्मद कहाँ मानता था ''मना करता हूँ कि हौले-हौले ···''

''च-च-च! क्या ख़बसूरत बच्चा था! मनारका मुर्ग़ी का था। अभी आपने कानपुर से मँगवाया था ··· आज इस रसूलन को खाना मत देना, यही सज़ा है इस चुड़ैल की ··· और दीन मुहम्मद, आज से मुर्ग़ियाँ तू बन्द किया कर, सुना?''

''वाह-वाह! निगोड़े ने मेरी लौंडिया को हलकान कर दिया। सदक़े किया था निगोड़ा, बोटी का तिक्का! ज़रा-सा मुर्ग़ी का बच्चा और इतना शोर! चल री, चल! आज ही मुर्दार को ख़ाला के घर पटकूँ। ऐसी जगह झोंकूँ (धप! धायँ! एँ-हें, रसूलन की आवाज़) कि याद ही करे। अजीरन कर दी मेरी ज़िन्दगी ··· मुँह काला करवा दिया ···

रसूलन की सिसकियाँ और माँ के कोसने बड़ी देर तक हवा में नाचते रहे।

---

1. भरी जवानी में मर जाय।

घरवाली

जिस दिन मिर्ज़ा की नयी नौकरानी लाजो घर में आयी तो सारे मुहल्ले में खलबली मच गयी। मेहतर, जो मुश्किल से दो झाड़ुएँ मारकर भागता था, अब ज़मीन छीले फेंकता था। ग्वाला, जो दूध में पानी का छींटा देकर सिर मूँड़ जाया करता था; अब घर से कढ़ा हुआ दूध लाने लगा—ऐसा गाढ़ा कि रबड़ का गुमान होता था।

पता नहीं कि किस अरमान-भरी ने लाजो नाम रखा होगा ? लाज और शर्म का तो लाजो की दुनिया में कोई मतलब न था। न जाने कहाँ और किसके पेट से निकली, सड़कों पर रुल कर पली। तेरे-मेरे टुकड़े खाकर इस क़ाबिल हो गयी कि छीन-झपटकर पेट भर सके। जब सयानी हो गयी तो उसका जिस्म उसकी वाहिद दौलत साबित हुआ। जल्दी ही वह तो हमउम्र आवारा लौंडों की सोहबत में ज़िन्दगी के अछूते राज़ जान गयी और शुतुर-बे-मुहार[1] बन गयी। मोल-तोल की उसे क़तई आदत न थी। कुछ हाथ लग गया तो क्या कहने ! नक़द न सही तो उधार ही सही। जो उधार की भी तौफ़ीक़ न हो तो ख़ैरात सही।

''क्यों री, तुझे शर्म नहीं आती ?'' लोग उससे पूछते।

''आती है !'' वह बेहयाई से शरमा जाती।

''एक दिन खट्टा खायेगी !''

लाजो को कब परवाह थी ? वह तो खट्टा-मीठा एक साँस में डकार जाने की आदी थी। सूरत बला की मासूम पायी थी। आँखें बिना काजल के कलौंच-भरीं, छोटे-छोटे दाँत, मीठा रंग ! क्या फीकत क़िस्म की वरग़लाने-वाली चाल पायी थी कि देखनेवालों की ज़बानें रुक जातीं और आँखें बकवास करने लगतीं।

मिर्ज़ा कुँवारे थे। हाथ से रोटियाँ थोपते-थोपते अत्तू हो गये थे। बस छोटी-सी बिसातखाने की एक दुकान थी, जिसे वह जनरल स्टोर कहते थे। घर जाकर शादी कराने की फ़ुरसत नहीं मिलती थी। कभी व्योपार ऐसा मन्दा होता

1. बिना नकेल की ऊँटनी।

कि दिवाला निकलने की नौबत आ जाती। कभी ऐसी टूटकर बिक्री होती कि सिर उठाने की मुहलत न मिलती ; सिर पर सेहरा बँधवाने की तो बात ही कहाँ।

बख़्शी को लाजो एक बस-स्टॉप पर मिली थी। बीवी पूरे दिनों से थी ; नौकरानी की ज़रूरत थी। जब बच्चा हो गया तो उसे मारकर निकाल दिया। लाजो तो पिटने और निकलने की आदी थी, मगर बख़्शी को कुछ उसकी लत-सी पड़ गयी थी। अब उसे समुन्दर पार बड़े मार्के की नौकरी मिल गयी थी, इसलिए उसने सोचा कि लाओ भाई, उसे मिर्ज़ा के यहाँ डाल आयें। कँजरियों में मिट्टी पलीद कराते हैं, ज़रा यह मुफ़्त का माल भी चख देखें।

"लाहौल विला कूव्वत !... मैं नीच औरतों को घर में डालने का क़ायल नहीं !" मिर्ज़ा बिदक गये।

"अरे मियाँ हटाइए भी, सारा काम-काज करेगी !" बख़्शी ने समझाया।

"नहीं भाई ! यह लानत कहाँ मेरे सिर मँढ़े जाते हो, अपने साथ क्यों नहीं ले जाते ?"

"मेरा अकेले का टिकट आया है, सारे कुनबे का नहीं।"

इतने में लाजो बावर्चीख़ाने पर धावा बोल चुकी थी। लहँगे को लँगोट की तरह कसे हुए, लम्बा बाँस—जिसके सिर पर झाड़ू बँधी थी—लिये सारे घर में घुमाती फिर रही थी। बख़्शी ने जब उसे मिर्ज़ा के फ़ैसले की खबर दी तो उसने बिल्कुल नोटिस नहीं लिया। उसने पतीलियाँ मचान पर जमाने को कहा और खुद नल पर पानी लेने चली।

"अगर तू कहे तो वापस घर पहुँचा दूँ।"

"चल दूर हो ! तू मेरा ख़सम है जो मैके छोड़ आयेगा ? जा अपना रास्ता ले, हम यहाँ से निपट लेंगे।"

बख़्शी ने मोटी-मोटी गालियाँ दीं कि हरामज़ादी अकड़ती काहे पे है। लाजो ने उससे भी तगड़ी गालियाँ दीं कि बख़्शी-जैसे लफंगे को भी पसीना छूट गया।

बख़्शी के जाने के बाद मिर्ज़ा की ऐसी सिट्टी गुम हुई कि वह एकदम भाग लिये मस्जिद में और बैठे सोचते रहे कि बेकार का ख़र्च बढ़ेगा। चोरी अलग करेगी ! क्या बला सिर पर आ पड़ी ? मग़रिब की नमाज़ के बाद घर लौटे तो दम भरकर रह गये ! जैसे बी-अम्माँ मरहूमा वापस तशरीफ ले आयी हों। घर

चन्दन हो रहा था। पानी पीने का कोरा मटका, जिस पर मँजा हुआ कटोरा झिलमिला रहा था, लालटेन साफ़ जगमगाती।

"मियाँ खाना उतार दूँ?"

लाजो ने घाट-घाट का पानी पिया था।

"खाना?"

"तैयार है। गर्म-गर्म रोटी डालती हूँ। अभी आप बैठिए।"

बिना जवाब सुने वह रसोईघर में चली गयी।

आलू-पालक की तरकारी, धुली मूँग की दाल-जीरा और प्याज़ से बघारी हुई! बस, अम्माँजी के हाथ से खायी थी। गले में निवाला अटकने लगा।

"पैसे कहाँ से लायी?" उन्होंने पूछा।

"बनिये से सामान उधार ले आयी।"

"मैं तुम्हारी वापसी का किराया दे दूँगा।"

"वापसी?"

"हाँ, मेरी हैसियत नहीं।"

कौन माँगे है तनख्वा?"

"मगर··· ?"

"ज्यादा मिर्चें तो नहीं?" लाजो ने फुलका रकाबी में डालते हुए पूछा। गोया बात ख़त्म! जी चाहा कि कह दें, नेकबख़त सिर से पैर तक मिर्चें-ही-मिर्चें लगी हुई हैं, मगर लाजो छपाछप ताज़ा फुलके लाने में लगी हुई थी; जैसे रसोई में कोई बैठा पका-पकाकर दे रहा हो।

"ख़ैर सुबह देखा जायेगा।" मिर्ज़ा सोचकर अपने कमरे में चले गये। उमर में पहली बार एक औरत घर में सो रही थी। न जाने कैसा लग रहा था। थके हुए थे, सो गये।

"ना मियाँ, मैं ना जाने क़ी!" उन्होंने जब सुबह को उसके घर जाने की बात छेड़ी, तो लाजो ने अल्टीमेटम दिया।

"मगर··· ।"

"क्या मेरे हाथ का खाना पसन्द नहीं आया?"

"यह बात नहीं।"

"घर की झाड़ू-बुहाड़ू ना की?"

"वह तो सब ठीक है मगर··· ।"

"तो फिर कौन सजा हुई··· ?" लाजो ने गर्म मिजाज़ में कहा।

पहली ही नज़र में लाजो दिल दे बैठी थी। मिर्ज़ा को नहीं, घर को। बग़ैर मालकिन का घर अपना ही हुआ न! घर मर्द का थोड़े ही होता है। वह तो मेहमान होता है। बख़्शी मुवा तो कीड़ों-भरा कबाब था। अलग कोठा करके रखा था और कोठा भी कम्बख़्त नन्दी कुमार की भैंस का। भैंस तो कभी की ख़ुदा को प्यारी हो चुकी थी, मगर ऐसी बू छोड़ गयी थी कि लाजो की रग-रग में रच गयी थी। ऊपर से नखरे करता था सो अलग। यहाँ घर की रानी तो वही थी।

मिर्ज़ा निरे भोंदू थे, यह लाजो ने देखते ही ताड़ लिया था। वाक़ई मेहमानों की तरह आते, चुपचाप जो आगे रख देती खा लेते। वे पैसे दे जाते और दो-चार बार हिसाब पूछा, फिर इत्मीनान हो गया कि लूटती नहीं। वे सुबह को जाते और शाम को आते।

लाजो दिन-भर घर को सँवारती, आँगन में नहाती। कभी जी चाहता तो पड़ोस में रामू की दादी के पास जा बैठती। रामू मिर्ज़ा के स्टोर में काम करता था। लाजो पर फौरन नर्म हो गया। तेरह-चौदह बरस का होगा। मुँह पर ढेरों मुँहासे। बुरी सोहबत में मिट्टी हो गया था। उसी ने बताया कि मिर्ज़ा अक्सर कँजरी के यहाँ जाते हैं।

लाजो को बहुत बुरा लगा। बेकार का खर्चा! डाकिनें होती हैं ये कँजरियाँ! आखिर वह खुद किस मर्ज़ की दवा थी? उसने सोचा। आज तक जहाँ रही, सभी ख़िदमात ख़ुश-अस्लूबी से सँभाली। लाजो को आये हफ़्ता गुजर गया था, लेकिन ऐसी बेक़द्री उसकी कहीं नहीं हुई। मर्द व औरत के रिश्ते को उसने हमेशा फ़राख़दिली से देखा। प्यार ही उसके लिए सबसे हसीन तजुर्बा था। कुछ उमर से उसे इस प्यार से दिलचस्पी पैदा हो गयी थी। न माँ मिली न दादी-नानी, जो ऊँच-नीच समझातीं। इस मामले में लाजो बिल्कुल पड़ोस की बिल्ली थी, जो बिल्लों के इल्तिफ़ात (मेहरबानी) को अपना हक़ समझती थी। इधर-उधर से बहुत पैग़ामात उसे मिल रहे थे, मगर वह मिर्ज़ा की नौकरानी थीं; नहीं गयी। उनको टाल दिया कि लोग हँसेंगे मिर्ज़ा पर।

मिर्ज़ा ऊपर से बर्फ़ का तूदा बने बैठे थे, अन्दर बेचारों के ज्वालामुखी दहक रहा था। जान-बूझकर वे घर से कटे-कटे-से रहते। अजीब दिल का आलम था। कुछ मुहल्ले के मनचलों का भी उनकी दहशत में हाथ था। जिधर देखो, लाजो के चर्चे। आज उसने दूधवाले का मुँह खसोटा, कल पनवाड़ी के थोबड़े

पर गोबर उठाकर दे मारा ! जिधर भी जाती, लोग हथेली पर दिल लेकर दौड़े पड़ते थे । स्कूल के मास्टरजी गली में मिल जाते तो उसे शिक्षा देने पर उतारू हो जाते । मस्जिद से निकलते हुए मुल्लाजी भी उसके कड़ों की आवाज़ सुनकर आयतलकुर्सी[1] पढ़ने लगते ।

मिर्ज़ा कुछ चिढ़े हुए से घर में घुसे । लाजो उसी दम नहाकर आयी थी । गीले बाल शानों (कन्धों) पर पड़े थे । चूल्हा फूँकने की वजह से गाल तमतमा रहे थे । आँखें छलक रही थीं । मियाँ को बेवक़्त आता देखकर उसने दाँत निकोस दिये । मिर्ज़ा बड़बड़ा कर गिरने से बचे । उन्होंने सिर झुकाकर रोटी खायी ! फिर जाकर मस्जिद में बैठ गये । मगर दिल घर में पड़ा था । पता नहीं बैठे-बिठाये उन्हें घर क्यों एकदम याद आने लगा था ? लौटे तो लाजो दरवाज़े पर खड़ी किसी से झगड़ रही थी । मिर्ज़ा को देखकर वह मटक गया ।

''कौन था ··· ?'' उन्होंने शक्की शौहर की तरह पूछा ।

''रघुवा ।''

''रघुवा ··· ?'' मिर्ज़ा बरसों से दूध लेते थे, मगर ग्वाले का नाम भी मालूम नहीं था ।

''दूध वाला !''

''हुक्का ताज़ा करूँ मियाँ ?'' लाजो ने बात टाली ।

''नहीं । क्या कहता था ?''

''पूछता था कितना दूध लाऊँ ?''

''फिर तुमने क्या कहा ··· ?''

''मैंने कहा, तेरी अरथी उठे ! जितना रोज लाता है ।''

''फिर ?'' मिर्ज़ा सुलग गये ।

''फिर मैंने कहा, हरामी, अपनी अम्माँ-भैंसा को दूध पिला ।''

''उल्लू का पट्ठा, बड़ा हरामी है रघुवा ! बन्द कर दूध, हम स्टोर से वापसी पर ले आया करेंगे ।''

रात को खाना खाने के बाद मिर्ज़ा ने बड़े ठस्से के साथ कलफदार कुर्ता पहना, इतर की फुरेरी कान में अटकाई और छड़ी सँभालकर खँकारते हुए चल दिये । लाजो जल-भुनकर कबाब हो गयी । पतिव्रता की तरह गुमसुम देखती

---

1. बलाओं को (अथवा शैतानों को) भगाने की दुआ ।

रही और मन-ही-मन में उस कँजरी को कोसती रही। वह मिर्ज़ा को पसन्द नहीं ? ऐसा तो कभी नहीं हुआ।

कँजरी अपने दूसरे ग्राहक को निपटा रही थी कि मिर्ज़ा बिगड़कर लाला की दुकान पर जा बैठे। मँहगाई और सियासी उलट-फेर पर जी जलाकर वापस झुँझलाते हुए लौटे तो ग्यारह बज चुके थे। पानी की सुराही सिरहाने रखी हुई थी, मगर ध्यान न गया। बावर्चीखानेवाले एक दर्रे में एक मटका रखा था, गटगटाकर ठण्डा पानी पिया। मगर जी की आग और भड़क उठी।

लाजो की चिकनी सुनहरी टाँग दरवाज़े की आड़ से झाँक रही थी। बेढंगी-सी करवट पर उसके कड़े खनखनाये। टाँग और पसर गयी। मिर्ज़ा ने एक गिलास और चढ़ाया। वे लाहौल का विर्द (पाठ) करते हुए पलँग पर गिर पड़े।

करवटें ले-लेकर जिस्म छिल गया। पानी पी-पीकर पेट नक्कारा हो गया। दरवाज़े के पीछे से टाँग कुछ और भी अड़ंगे लगाने लगी। अनजाना खौफ़ गला दबोचने लगा। बड़ा ऊधम मचायेगी नामुराद, मगर शैतान ने पीछे से ढकेलना शुरू किया। अपने पलँग से एक दर्रे तक न जाने कितने मील के चक्कर काट चुके थे। अब उनमें दम नहीं था।

एक भोला-भोला-सा ख़याल उनके दिल में सिर उठाने लगा कि अगर लाजो की टाँग इतनी खुली न रहे तो उन्हें उतनी प्यास न लगे। इस ख़याल ने जैसे ही फन उठाया, उनकी हिम्मत बढ़ गयी। नामुराद जाग गयी तो न जाने क्या समझेगी ? मगर अपने बचाव की ख़ातिर ख़तरा भी तो मोल लेना ही पड़ता है।

जूते पट्टी तले छोड़े और दबे पाँव वह साँस रोके आगे बढ़े। चुटकी से लहँगे की गोट पकड़कर खींच दी। दूसरे लम्हे उन्हें पछतावा भी होने लगा कि शायद ग़रीब को गर्मी लग रही हो। थोड़ी देर बग़ैर फैसलाकुन अन्दाज़ में खड़े काँपते रहे, फिर दिल पर पत्थर रखकर वापस मुड़े।

अभी उनके ठिठकते क़दम चौखट तक न पहुँचे थे कि क़यामत टूट पड़ी। एक करवट लगाकर लाजो ने उन्हें जा लिया! मिर्ज़ा की घिग्घी बँध गयी। मिर्ज़ा के साथ ज़िन्दगी में ऐसी बेजा कभी न हुई थी। वह हायँ-हायँ करते रहे और लाजो ने उनकी लाज लूट ली।

सुबह को मिर्ज़ा लाजो से ऐसे शरमा रहे थे जैसे नयी ब्याही दुलहिन ! लाजो सीना-ज़ोर फ़ातेह (विजयिनी) की तरह गुनगुना रही थी और पराँठों में घी की तहें जमा रही थी। उसकी आँखों में रात की बात का कोई अक्स न था । वैसे ही रोज़ाना की तरह दहलीज़ पर बैठी मक्खियाँ उड़ाती रही । मिर्ज़ा डर रहे थे कि अब वह उँगली पकड़ पहुँचा पकड़ेगी ।

दोपहर को जब वह उनके लिए खाना लेकर दुकान पर पहुँची तो उसकी चाल में अजीब-सा ठुमका था । लाजो को देखकर लोग ख्वाहमख्वाह भी चीज़ों का भाव पूछने आ जाया करते थे । मारे-बाँधे कुछ ख़रीदना भी पड़ जाता था । बग़ैर कहे लाजो फौरन सामान नाप-तोलकर देने लगती । हर चीज़ के साथ ढेरों मुस्कराहटें और नख़रे भी बाँध देती । इतनी-सी देर में वह इतनी बिक्री कर जाती कि मिर्ज़ा से सुबह से शाम तक न हो पाती । आज उन्हें यह बात नागवार गुज़र रही थी ।

मगर अब तो जो मिर्ज़ा के, सो राजा के नहीं । क्या बोटी चढ़ गयी और रंग निकल आया। लोग वजह जानते थे और जले मरते थे। मिर्ज़ा की भी दिन-ब-दिन बौखलाहट बढ़ती जा रही थी । जितनी वह उनकी ख़िदमतगुज़ारी करती गयी, वे उसके उतने ही दीवाने होते गये । उनके दिल में दुनिया का ख़ौफ़ बढ़ता गया । उन्हें लाजो की बेतकल्लुफ़ियों का मदहोशकुन तजुर्बा था । परले दर्ज़े की बेहया थी । खाना लाती तो बाज़ार में भूचाल आ जाता । किसी की चुटकी बजती, किसी को ठेंगा दिखाती, कूल्हे मटकाती, गालियाँ झाड़ती हुई आती तो मिर्ज़ा का खून खौल जाता । वे कहते–

"तुम खाना लेकर न आया करो ।"

"काहे को ?" लाजो का मुँह उतर जाता ।

सारे दिन अकेली बैठी बौला जाती थी । बाज़ार में ज़रा रंग जमता था, हँसी दिल्लगी चलती थी ।

जब कभी वह खाना लेकर न आती तो मिर्ज़ा के दिल में तरह-तरह के शुब्हे उठने लगते । न जाने क्या गुल खेल रही होगी, वे सोचते । मिर्ज़ा वक़्त-बेवक़्त जासूसी करने आ धमकते । वह फ़ौरन उनकी थकान उतारने पर आमादा हो जाती । ऐसी फंकैत लौंडिया से ख़ौफ़ न आयेगा ?

एक दिन जो यों एकदम घर पहुँचे तो देखा, लाजो रद्दी काग़ज़वाले को बेनुक़्त सुना रही है और रद्दीवाला दाँत निकोसे शर्बत के-से घूँट गुटक रहा है।

मिर्ज़ा को देखा तो भागा। मिर्ज़ा ने उसी दम लपककर गर्दन नापी और कस-कस के दो झापड़ लगाये, दी एक लात।

''क्या क़िस्सा था ?'' मिर्ज़ा के नथुने फूले।

''मौतपड़ा दस आने सेर के दे रहा था। मैंने कहा, अपनी माँ को दे जाकर, हरामज़ादे !''

रद्दी का खुला भाव आठ आने सेर का था।

''तुमसे किसने कहा है रद्दी बेचने को ?'' मिर्ज़ा बड़ बड़ाये और पैर खींचकर तस्मे खोलने लगे।

बस उस दिन तो उनके जलाल की इन्तेहा न रही, जब उन्होंने लाजो को गली के लौंडों के साथ कबड्डी खेलतें देखा। उसका लहँगा हवा में कुलाचें मार रहा था। बच्चे तो कबड्डी खेल रहे थे और बच्चों के बाप लहँगे की फ़ैयाज़ी से लुत्फ उठा रहे थे। ये सब बारी-बारी से उसे कोठा दिलाने की पेशकश कर चुके थे, जो लाजो ने ठुकरा दी थी।

मिर्ज़ा निहायत शर्मिन्दगी से सिर झुकाये गुज़र गये। लोग उन पर हँस रहे थे। मियाँजी का गुर्रा तो देखो, जैसे वह उनकी ब्याहता ही तो है।

लाजो उनकी जान को रोग की तरह चिमट गयी थी। उसकी जुदाई के ख़याल से ही उनके पसीने छूटने लगते थे। स्टोर में तो अब बिल्कुल जी न लगता। सारे वक़्त लाजो का ख़याल सताता कि न जाने कब किसी भारी पेशकश पर नामुराद की राल टपक पड़े।

''मियाँ निकाह क्यों ना पढ़वा लेते ?'' मिर्ज़ा के दुखड़ा रोने पर मीरन मियाँ ने राय दी।

''लाहौलविला कूव्वत ! निकाह जैसी मुक़द्दस रस्म को इस क़हबा[1] से कैसे वाबिस्ता किया जा सकता है ? ज़माने-भर में लहँगा उछालकर अब वह उनकी दुल्हन कैसे बन सकती है ?''

मगर जब शाम को वापसी पर लाजो ग़ायब मिली तो उनके पैरों तले से ज़मीन खिसक गयी। लाला कम्बख़्त बहुत दिनों से सूँघ रहा था। कोई ढँकी-छुपी बात नहीं थी, उसने पुकारकर सबके सामने कहा था कि कोठा नहीं, वह कहे तो बँगला ले देगा। मीरन मियाँ बड़े दोस्त बनते थे, लेकिन चुपके से

1. बदकार औरत।

धमकाया, न ही भागती हुई कोठे पर गयी, बल्कि चादर लपेट ली।

दिल पर पत्थर रखकर उसने शैतान की आँत जैसी मोरियाँ चढ़ायीं। मरे पर सौ दर्रे, ऊपर से कमरबन्द सटक गया। चिल्ला-चिल्लाकर गला पड़ गया तब बिल्लो आयी और कमरबन्द पड़ा।

'यह बन्दूक का गिलाफ़ किस बदमज़ाक ने ईजाद किया होगा, जितनी बार टट्टी जाऊँ, खोलूँ-बाँधूँ।'

मिर्ज़ा जब दुकान से लौटे तो फिर कमरबन्द सटक गया था। वह उँगली से पकड़ने की कोशिश कर रही थी। मिर्ज़ा को उस पर प्यार आ गया। चुमकारकर गोद में समेट लिया। बड़ी तिकड़मों से कमरबन्द हाथ में आया। तब उसे पाजामे से उतनी शिकायत न रही।

एक मुसीबत और खड़ी हो गयी। पहले जो लाजो की रानाइयाँ थीं, वह मिर्ज़ा की दुल्हन में बेहयाइयाँ बन गयीं। ये बाज़ारी औरतों के लटके शरीफज़ादियों पर ज़ेब नहीं देते। वह उनके ख़्वाबों की रिवायती दुल्हन न बन पायी कि मिर्ज़ा प्यार की भीख माँगें। यह शरमाये, वह ज़िद करें! यह बिगड़ जायेगी! वे मनायें, यह रूठ जाय! लाजो तो सड़क का पत्थर थी। सेंजों के फूल बनने के गुर नहीं जानती थी। डाँट-डाँटकर मिर्ज़ा ने लगामें लगायीं। आख़िरकार बँदरिया को सुधार ही लिया।

मिर्ज़ा अब निहायत ही मुतमइन थे कि उन्होंने लाजो को शरीफ़ज़ादी बनाकर ही छोड़ा। यह और बात है कि अब उन्हें घर भागने की ज्यादा जल्दी नहीं होती। आम शौहरों की तरह यार-दोस्तों में भी उठ-बैठ लेते, कि लोग जोरू का गुलाम न कहें। माशूक के नाज उठाना और बात है, मगर बीवी की जूतियाँ मर्द बर्दाश्त नहीं कर सकता।

अपनी ग़ैरहाज़िरियों की तलाफ़ी करने के लिए उन्होंने एक मामा (नौकरानी) रखने की तजवीज़ पेश की, मगर लाजो की आँखों में ख़ून उतर आया। वह जानती थी कि मियाँ कँजरी के पास जाने लगे हैं। सारे मुहल्ले के मियाँ लोग जाते थे, मगर घर में वह किसी का अमल-दख़ल बर्दाश्त नहीं कर सकती। कोई उसके झमझमाते बर्तनों को हाथ लगाये, उसकी रसोई में क़दम रखे; तो उसकी टाँगें चीरकर फेंक देगी। वह मिर्ज़ा में साझा बर्दाश्त कर सकती थी, मगर घर की वही अकेली मालकिन थी।

फिर मिर्ज़ाजी जैसे लाजो को घर में रखकर भूल गये। हफ़्तों 'हूँ-हाँ' से आगे बात न होती। जब तक वह दाशता थी, सब आँखें सेंकते थे। जब किसी शरीफ़ के घर बैठ गयी तो मुहल्ले-टोले के उसूलों के तहत माँ, बहिन और बेटी हो गयी। कोई भूलकर भी टाट के पर्दे के पीछे से निगाह डालने की ज़हमत न करता। सिवा मिठुवा-सिरकीवाले के लौंडे के। वह अब भी वफ़ा निभा रहा था और कोठे पर पतंग उड़ाता। जब मिर्ज़ा चले जाते तो लाजो काम-काज से फारिग़ होकर नल के नीचे नहाने बैठती। पर्दे के ख़याल से ही तो नल लगवाया था। और फिर लाजो ने कोठे की तरफ भी देखना छोड़ दिया था।

उस रात मिर्ज़ा यार दोस्तों के साथ दशहरे के दिन जश्न मनाने ग़ायब रहे थे। सुबह लौटे और जल्दी-जल्दी नहा-धोकर स्टोर चले गये। लाजो तो चढ़ी बैठी थी, बस तभी उसकी नज़र कोठे की तरफ़ चली गयी या शायद मिठुवा की नज़र में भाले लगे हुए थे। बस, उसके गीले जिस्म में घुस गये। लौंडे की बहुत दिन बाद उस दिन पतंग कट गयी। डोर टूटी तो लाजो की पीठ पर घस्सा मारती चली गयी। लाजो ने सिसकारी भरी और क़सदन या सहवन[1] चादर बग़ै उठकर कोठड़ी में लपक गयी। एक बिजली-सी कौंधी और सामने की कोठी पर गिरी। फिर उसे ख़याल आया कि नल तो खुला ही छोड़ आयी थी, लिहाज़ा वापस फिर उल्टे पाँव भागी।

इसके बाद जब कभी लाजो हलवाई के यहाँ से कुछ मँगवाने को टाट का पर्दा सरकाती तो मिठुवा आस-पास ही मँडराता नज़र आता।

"ऐ मिठुवे, क्या दिन-भर गोबर का-सा चोथ बना बैठा रहे है? अरे जा ज़रा दो कचौरियाँ तो ला दे। चटनी में खूब सारी मिर्चें डलवाइयो!"

मिठुवा और भी हिल गया। अगर ग़लती से नहाते वक़्त कोठे पर न नज़र आता तो फड़फड़ाके जाग उठता। वह जो प्यार सारी उमर दोनों हाथों से लुटाती आयी थी, मिठुवा के लिए भी हाज़िर था। मिर्ज़ा अगर किसी वक़्त का खाना न खाते तो वह फेंक थोड़े ही देती; किसी ग़रीब हाजतमन्द[2] को खिला देती

1 जान-बूझकर या अनजाने में। 2. ज़रूरतमन्द।

थी। मिठुवा से ज्यादा उसकी इनायात का कौन हाजतमन्द था?

मिर्ज़ा ने लाजो के पैर में ब्याह की ज़ंजीरें डालकर सोच लिया कि अब हो गयी वह गिरहस्थिन। अपनी आँखों से न देखते तो यक़ीन भी न करते। लाजो ने जो उन्हें यों बेवक़्त चौखट पर खड़े देखा तो बेअख़्तियार हँसी निकल गयी। उसने ख़्वाब में भी न सोचा था कि मिर्ज़ा इस शिद्दत से बुरा मानेंगे। मिठुवा ताड़ गया और धोती उठाकर ऐसा भागा कि तीन गाँव पार करके ही दम लिया।

मिर्ज़ा ने लाजो को इतना मारा कि अगर उसने दुनिया के सर्द व गर्म न झेले होते तो वह अल्लाह को प्यारी हो जाती। उसी वक़्त यह ख़बर सारे गाँव में आग की तरह फैल गयी कि मिर्ज़ा ने अपनी घरवाली को मिठुवा के साथ पकड़ लिया और दोनों को जहन्नुम दाख़िल कर दिया। मिर्ज़ा का मुँह काला हो गया। ख़ानदान की नाक कट गयी। लोग जोक़-दर-जोक़[1] तमाशा देखने जमा हो गये। मगर यह देखकर उन्हें सख़्त नाउम्मीदी हुई कि मिठुवा तिड़ी हो गया और घरवाली टूट-फूट गयी। 'मगर जी जायेगी, रामो की दादी उसे समेट लेगी।'

कोई सोचेगा कि इतने जूते खाने के बाद लाजो को मिर्ज़ा की सूरत से नफ़रत हो गयी होगी! तौबा कीजिए! जूताकारी से तो असल बन्धन बँधा, जो कि निकाह से भी न बँधा था। वह तो होश में आते ही मिर्ज़ा की ख़ैरियत पूछने लगी। उसके सभी आक़ा देर-सवेर उसके आशिक़ बन बैठते थे। उस इनायत के बाद तो तनख़्वाह का सवाल ख़त्म हो जाता। मुफ़्त की रगड़ाई ऊपर से। चार चोट की मार! मिर्ज़ा ने आज तक उसे फूल की छड़ी न छुआई थी। दूसरे आक़ा उसे यार-दोस्तों को मँगनी दे देते थे। मिर्ज़ा ने आज तक अपनी चीज़ समझा, उस पर अपना हक़ जाना। यह उसकी इज़्ज़तअफ़ज़ाई थी! हालाँकि इस्तेमाल में नहीं थी, फिर भी उन्हें इतनी प्यारी थी। दर्द पर मिर्ज़ा की टीस ग़ालिब हो गयी। सबने उसे समझाया कि जान की अमान चाहती है तो भाग जा, मगर वह न मानी।

मीरन मियाँ मिर्ज़ाजी को रोके हुए थे। बग़ैर नाक-चोटी काट के क़त्ल किये कोई चारा न था। उनकी नाक कट गयी, लाजो ज़िन्दा बच गयी। अब वह दुनिया को कैसे मुँह दिखायेंगे?

''अमाँ एक मालज़ादी की ख़ातिर फाँसी पर चढ़ जाओगे?''

---

1. झुण्ड के झुण्ड।

''परवाह नहीं।''

''मियाँ तलाक़ दे दो साली को और छुट्टी।'' मीरन मियाँ ने समझाया। ''अरे कोई शरीफज़ादी होती तो और बात थी।''

मिर्ज़ा ने उसी वक़्त तलाक दे दी। मुब्लिग़ बत्तीस रुपये महर और उसके कपड़े-लत्ते रामू की दादी के घर पहुँचवा दिया।

लाजो को जो तलाक़ की ख़बर पहुँची तो जान में जान आ गयी। जैसे सिर से बोझ उतर गया। निकाह तो उसे रास ही नहीं आया था। यह सब इसी मारे हुआ। चलो पाप कटा!

''मियाँ तो नाराज़ नहीं?'' उसने रामू की दादी से पूछा।

''तेरी सूरत ना देखना चाहूँ, कहीं निकल जा यहाँ से मुँह काला करके।'' दादी ने कहा।

मिर्ज़ा की तलाक़ की खबर सारे मुहल्ले में सरपट दौड़ गयी। तुरन्त लाला ने पैग़ाम भिजवाया–

''बँगला तैयार है।''

''उसमें अपनी अम्माँ को बैठा दे!'' लाजो ने कहलवा दिया।

मुब्लिग़ बत्तीस रुपये में से दस उसने बोर्डिंग और लॉजिग के रामू की दादी को दिये। तंग पाजामे शकूरा की बहू के हाथ औने-पौने बेच लिये। पन्द्रह दिन में लोट-पोटकर खड़ी हो गयी। कम्बख़्त की जैसे धूल झड़ गयी! जूते खाकर और निखर आयी। कमर में सौ-सौ बल पड़ने लगे। पान का बीड़ा लेने या सेव-कचौरी लेने हलवाई की दुकान तक निकल जाती तो गली की चहल-पहल बढ़ जाती। मिर्ज़ा के दिल पर आरे चलते।

एक दिन पनवाड़ी से खड़ी इलायची के दानों पर झगड़ रही थी। वह मज़े ले रहा था। मिर्ज़ा कटे-कटे नज़र बचाकर निकल गये।

''अमाँ तुम्हें तो हो गया है ख़ब्त, अब तुम्हारी बला से, वह कुछ भी करती फिरे! तुमने तो तलाक़ दे दी, तुम्हारा अब उससे क्या रिश्ता?'' मीरन मियाँ ने समझाया।

''वह मेरी बीवी थी, मैं कैसे बर्दाश्त कर सकता हूँ?'' मिर्ज़ा बिगड़ गये।

''तो क्या हुआ, अब तो नहीं बीवी! और सच पूछो तो वह तुम्हारी थी ही नहीं।''

''और निकाह जो हुआ था।''

''क़तई नाजायज़।''

''यानी कि···।''

''हुआ ही नहीं बिरादर, न जाने वह किसकी नाजायज़ औलाद होगी! नाजायज़ से निकाह हराम।'' मीरन मियाँ ने फ़तवा जड़ा।

''तो निकाह हुआ ही नहीं?''

''कतई नहीं।''

बाद में मुल्लाजी ने भी साद[1] कर दिया कि हरामी औलाद से निकाह जायज़ नहीं।

''तो गोया हमारी नाक भी नहीं कटी।'' मिर्ज़ा मुस्कराये! चलो सिर से बोझ हट गया।

''बिल्कुल नहीं।'' मीरन मियाँ ने रोका।

''भाई कमाल है; तो फिर तलाक़ भी नहीं हुई?''

''भाई मेरे, निकाह ही नहीं हुआ तो फिर तलाक़ कैसे हो सकती है।''

''मुब्लिग़ बत्तीस रुपये महर के मुफ़्त ही में गये।'' मिर्ज़ा को अफ़सोस होने लगा।

फ़ौरन यह ख़बर सारे मुहल्ले में छलाँगें मारने लगी कि मिर्ज़ा का उनकी घरवाली से निकाह ही नहीं हुआ, न तलाक हुई। मुब्लिग़ बत्तीस रुपये बेशक डूब गये।

लाजो ने जब यह ख़ुशख़बरी सुनी तो नाच उठी। सीने पर से बोझ फिसल गया कि निकाह और तलाक़ एक डरावना ख़्वाब था, जो खत्म हो गया और जान छूटी।

सबसे ज़्यादा खुशी तो इस बात की थी कि मियाँ की नाक नहीं कटी। उसे मियाँ की इज़्ज़त जाने का बड़ा दुख होता। हरामी होना कैसा वक़्त पर काम आया। खुदा-न-ख़्वास्ता इस वक़्त वह किसी की जायज़ औलाद होती तो छुट्टी हो जाती।

रामू की दादी के घर में उसका दम घुट रहा था। ज़िन्दगी में कभी यों घर की मालकिन बनकर बैठने का मौक़ा नहीं मिला था। उसे घर की फिकर लगी हुई थी। चोरी-चकोरी के डर से मियाँ ने इतने दिन से झाड़ू भी नहीं दिलवायी थी।

---

1 प्रमाणित।

कूड़े के अम्बार लग रहे होंगे। वह स्टोर जा रहे थे। लाजो ने रास्ता रोक लिया।

"फिर मियाँ, कल से काम पर आ जाऊँ?" वह इठलाई।

"लाहौल विला कूव्वत!" मिर्ज़ा सिर न्योढ़ाये लम्बे-लम्बे डग मारते निकल गये। दिल में सोचा, कोई मामा तो रखनी ही होगी, यह बदज़ात ही सही। बात साफ़ हो गयी।

लाजो ने कल-वल का इन्तज़ार नहीं किया, छतों-छतों घर में कूद गयी। लहँगे का लँगोट किया और जुट गयी।

शाम को मिर्ज़ा लौटे तो ऐसा लगा कि मरहूमा (स्वर्गीया) बी-अम्माँ आ गयी हों। घर साफ़, चन्दन व लोबान की भीनी-भीनी खुशबू, कोरे मटके पर झिलमिलाता मँजा हुआ कटोरा ... जी भर आया। चुपचाप भुना हुआ सालन और रोटी खाते रहे। लाजो अपनी हैसियत के मुताबिक़ दहलीज़ पर बैठी पंखा करती रही।

रात को दो टाट के पर्दे मिलाकर जब बावर्चीख़ाने में लेटी तो मिर्ज़ा पर फिर शिद्दत की प्यास का दौरा पड़ा। जी मारे लेटे उसके कड़ों की झनकार सुनते रहे; करवटें बदलते रहे।

जी कह रहा था कि बड़ी बेकद्री की थी उन्होंने उसकी!

"लाहौल विला कूव्वत ..." यकायक वह भन्नाये हुए उठे और टाट पर से घरवाली को समेट लिया।

● ● ●